이반 데니소비치의 하루

솔제니친 지음 | 류필하 옮김

소담출판사

류필하

고려대학교 노어노문학과를 졸업한 후 모스크바 푸슈킨 대학에서 문학 석사학위를 받았다.
페테르부르크 국립대학에서 박사과정을 수학.
저서로는 『러시아 생활 가이드』가 있고, 역서로는 『다락이 있는 집』『사랑의 문법』
『아쏠과 그레이』『도난당한 꿈』『일곱 번째 희생자』『코』등이 있다.

BESTSELLER WORLDBOOK 50

이반 데니소비치의 하루

펴낸날 ┃ 1994년 9월 10일 초판 1쇄

지은이 ┃ 솔제니친
옮긴이 ┃ 류필하
펴낸이 ┃ 이태권
펴낸곳 ┃ (주)태일소담
　　　　서울시 성북구 성북동 178-2 (우)136-020
　　　　전화 ┃ 745-8566~7　팩스 ┃ 747-3238
　　　　e-mail ┃ sodam@dreamsodam.co.kr
　　　　등록번호 ┃ 제2-42호.(1979년 11월 14일)
　　　　홈페이지 ┃ www.dreamsodam.co.kr

ISBN 89-7381-049-9　00890

- 책값은 뒤표지에 있습니다.
- 잘못된 책은 구입하신 곳에서 교환해드립니다.

Один день Ивана Денисовича

А.И.Солженицын

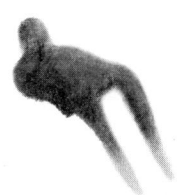

지금 그의 머릿속을 사로잡고 있는 것은 한 가지
어떻게 해서든지 살아보자는 생각뿐이다.
하느님의 은총으로 이 모든 것이 끝날 때까지
무슨 수를 써서라도 살아남아야 한다!

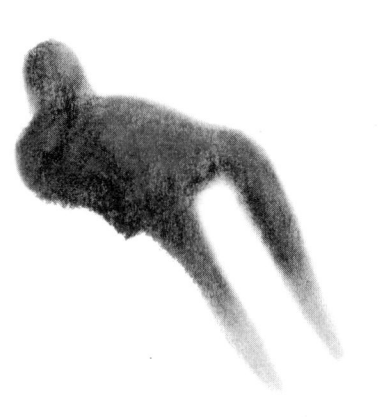

Один день Ивана Денисовича

이반 데니소비치의 하루

새벽 5시, 언제나 그러하듯 기상 신호가 울렸다. 본부 막사 앞에 매달아 놓은 레일을 쇠망치로 두들기는 것이다. 손가락 두 개 정도의 두께로 두껍게 성에가 얼어붙은 유리창을 통해서, 희미한 음향이 아련하게 들려오다가 그것도 이내 조용해졌다. 날씨가 추우니까 간수도 망치를 오래 휘두르기가 싫었던가 보다.

기상신호는 멎었으나 창밖은 한밤중과 다름없다. 슈호프가 밤중에 소변을 보러 일어났을 때처럼 여전히 캄캄한 암흑, 암흑이다. 유리창에는 세 개의 누르스름한 불빛이 비치고 있었다. 두 개는 수용소 바깥에 달아 놓은 것이고, 하나는 철조망 울타리 안에 달아 놓은 것이다. 어쩐 일인지 막사 출입문을 열러 오는 사람도 없고, 당번 죄수들이 막대기로 똥통을 들어 내는 소리도 아직 들리지 않는다.

이반 데니소비치 슈호프가 기상 시간에 늑장을 부리는 일은 한 번도 없었다. 언제나 기상신호와 함께 자리에서 일어나는 것이었다. 작업하러 나가기까지는 한 시간 반이라는 자유 시간이 있다. 수용소 생활에 익숙해진 죄수라면 이 시간을 이용해서 언제나 돈벌이를 할 수도 있다. 누구한테서든 주문을 받아 낡은 안감으로 벙어리장갑에 씌울 주머니를 만들어 주는 것도 벌이가 되고, 돈 많은 친구들이 맨발로 신발더미에 가서 신을 찾아 신지 않아도 되도록 침대까지 마른 펠트 장화를 갖다 준다든가, 그렇지 않으면 일손이 모자라는 보급계 창고로 달려가서 청소를 하거나 물건을 날라주거나 하는 일도 있다. 아니면 식당에 가서 먹고 난 식기를 거둬 모아 한아름 안고 설거지통으로 가져다 주는 일 역시 할 만하다.

그러나 거기는 지원자가 너무 많아서 오히려 귀찮아할 지경이다. 어쩌다 먹다 남은 찌꺼기라도 걸리면 그만 참지 못하고 자신도 모르게 그릇을 핥는 재미가 있기 때문이다. 하지만 슈호프는 처음 수용소 생활을 시작할 때 그의 작업반장이던 쿠조민의 말을 잊지 못하고 있었다. 1943년에 이미 강제노동수용소 생활이 3년째라던 쿠조민은 수용소의 늙은 늑대라는 별명을 가지고 있었는데, 언젠가 그는 밀림 속 빈터에서 모닥불을 피우며, 전선에서 압송되어 온 신입반원인 슈호프에게 이런 설교를 하였다.

「여보게, 여긴 법이라는 게 없단 말이야. 있다면 이 밀림과 같은 거지. 그렇지만 이런 데서도 사람은 살고 있어. 수용소에서 죽는 놈이 있다면, 그건 남의 죽그릇을 핥으려 드는 친구들, 자주 의무실에 드나들며 편히 누워 있을 궁리만 하는 친구들, 그리고 쓸데없이 간수장을 찾아다니며 동료를 밀고하는 녀석들뿐이지.」

간수장을 찾아다닌다는 말은 밀정 노릇을 한다는 뜻인데, 물론 이것은 은연중에 그의 울분을 토로하는 말이었다. 밀정 노릇을 하는 자들은 처세술이 대단히 좋다. 그들은 동료들의 피를 희생하여 자신의 안전만을 생각하는 놈들이다.

언제나 기상신호와 함께 제일 먼저 일어나는 슈호프가 오늘은 도무지 일어날 생각을 않고 있다. 엊저녁부터 오한이 들고, 뼈마디가 쑤시는 것 같기도 해서 기분이 몹시 언짢았는데, 밤중에도 좀처럼 몸이 풀리지 않았다. 잠을 자면서도 꼭 무슨 병에 걸린 것처럼 느껴지기도 하고, 좀 나아진 것 같기도 했다. 제발 날이 새지만 말았으면 하는 생각뿐이었다.

그러나 아침은 어김없이 찾아온 것이다. 하기는 막사 안에 그냥 누워 있을 수 있다 해도 몸이 녹을 리는 없었다. 창문에는 성에가 끼고, 천장 가까운 벽에는 온통 흰 거미줄 모양의 고드름이 주렁주렁 늘어붙어 있다. 말이 막사지 이건 바깥이나 조금도 다를 것이 없다!

슈호프는 일어나지 않았다. 그의 잠자리는 다락처럼 만들어진 위쪽 침상에 있었다. 그는 담요와 작업복을 머리 위까지 푹 뒤집어쓰고 방한복 소매 속에 두 발을 넣은 채 그냥 누워 있었지만, 직접 눈으로 보지는 못해도 귀에 들려오는 소리로 막사 안의 동정을, 그리고 자기가 속해 있는 작업반원들의 움직임을 환히 알 수 있었다.

흠, 지금 늙은 당번 죄수들이 여덟 말[斗]들이 무거운 똥통을 복도로 들어 내고 있구나. 작업불능자라 해서 가벼운 일을 시킨다는 게 기껏

똥통을 나르는 일이냐! 그득 들어 있는 똥물을 흘리지 않고 나르기란 결코 쉬운 일이 아닐 게다. 그건 그렇고, 제75작업반에서 건조기에 말린 방한장화를 한아름 갖다 던지는 소리가 난다. 그 다음은 우리 작업반에서 가져올 게다(그러고 보니 오늘은 우리 반도 신발을 말릴 차례로구나). 반장과 부반장이 지금 말없이 신발을 신고 있다. 침상이 삐걱거리는 소리로 미루어 보아 알 수 있다. 부반장은 곧 반원들에게 나눠줄 망을 받으러 갈 것이고, 반장은 명령을 수령하러 본부막사에 있는 생산계획부(生產計劃部)로 가겠지. 하지만 오늘은 여느 날처럼 단순히 명령 수령만을 위해 가는 것이 아니다. 슈호프는 오늘 자기들의 운명이 결정된다는 것을 생각했다. 본부에서는 우리 제104작업반을 현재의 공장 건설 작업으로부터 새로운 건설 지구인 '사회주의 단지'로 배치시킬 계획이라는 것이다. 그러나 '사회주의 단지'라는 것은 눈으로 뒤덮인 허허벌판이어서, 우선 구덩이를 파고 말뚝을 세워, 우리 자신의 탈주를 막기 위한 철조망부터 쳐놓아야 한다. 그 다음에야 본격적인 건설 작업이 시작되는 것이다.

거기 가면 틀림없이 한 달 동안은 몸을 녹일 만한 장소도 없을 것이다. 움막집 한 채 없는 곳이라니까 모닥불을 피울 수도 없을 것이다. 모닥불을 피울 나뭇가지조차 없을 테니까. 빳빳한 동태가 되지 않으려면 죽어라고 곡괭이를 휘두르는 수밖에.

반장은 어떻게든 이 문제를 좋게 해결해 보려고 지금 생산계획부의 작업할당계를 만나러 가는 것이다. 우리 작업반 대신에 어수룩한 다른 작업반을 보내려는 속셈이다. 물론 빈손으로 가서는 말이 통하지 않는다. 하다못해 베이컨이라도 반 킬로쯤 갖다 바쳐야 한다. 아니, 1킬로는 갖다 주어야 할 게다.

그보다도 온몸이 금방 부서질 것만 같으니 큰일이다. 의무실을 찾아가서, 하루만이라도 작업을 면제시켜 달라고 부탁해 볼까? 밑져야 본전 아닌가!

그런데 오늘 당직간수가 누구더라?

그렇지, 눈이 새까만 키다리 하사가 당직근무를 설 차례다. 얼른 보기엔 굉장히 무서운 것 같지만, 알고 보면 간수 중 누구보다도 만만한 친구다. 영창에 처넣는 일도 없고, 감독관에게 끌고 가는 법도 없다. 하여튼, 제9호 막사 죄수들이 아침밥 먹으러 갈 차례가 돌아올 때까지는 늑장을 부리고 누워 있어도 괜찮을 것이다.

침상이 삐걱 소리를 내며 흔들리는가 했더니 한꺼번에 두 사람이 자리에서 일어났다. 위쪽 침상에서는 슈호프 곁에 누워 있던 침례교 신자 알료샤가 일어나고, 아래쪽에서는 전직 해군 중령인 부이노프스키가 일어난 것이다.

똥통 두 개를 다 들어 낸 늙은 당번들이 서로 욕을 해대며 다투기 시작했다. 누가 더운물을 떠오느냐 하는 것으로 싸움이 붙은 모양이다. 여편네들처럼 시끄럽게 입들만 놀리고 있구나. 제20작업반의 전기용접공이 버럭 고함을 친다.

「왜들 시끄럽게 구는 거야!」 그는 방한화 한 짝을 홱 집어던졌다. 「그만두지 못해!」

방한화가 무딘 소리를 내며 기둥에 가서 부딪쳤다. 말다툼은 그쳤다.

옆의 작업반에서는 부반장이 투덜거리고 있다.

「바실리 표도르치! 식량계 놈들이 또 속였어, 죽일 놈들 같으니! 구백 그램짜리 빵이 네 개 있어야 하는데 세 개밖에 없으니 어떡하지? 모자라는 것을 누구 몫에서 떼란 말야?」

그의 음성은 나직했으나 반원들이 그 소리를 못 들었을 리 없다. 그들은 침을 삼키며 서로 눈치를 살피고 있을 게다. 누구든 한 사람이 저녁엔 빵 한 덩이를 덜 받아야만 하는 형편이다.

그러나 슈호프는 톱밥을 넣어 만든 매트리스 위에 여전히 죽은 듯이 누워 있었다. 차라리 오한증이 확실해지든지 그렇지 않으면 아주 몸이 개운해지든지 어느 한쪽이 분명해졌으면 좋으련만, 이것도 저것도 아니니 안타까운 일이다.

옆의 침례교 신자가 입 속으로 기도문을 외고 있는 동안, 밖에 나갔던 부이노프스키가 다시 기어 들어와서, 누구보고 들으라는 소린지 자못 고소하게 됐다는 투로 중얼거렸다.

「기운을 내라, 붉은 군대 수병(水兵)들아! 밖은 영하 삼십 도가 틀림없어!」

이 소리를 듣고 슈호프는, 정말 오늘은 의무실에 가 봐야겠다고 결심했다.

그러나 바로 그 순간, 누군가의 위압적인 손길이 그의 담요와 방한복을 낚아채듯 벗겨버렸다. 슈호프는 얼굴에 덮었던 작업복을 젖히며 몸을 일으켰다. 침상과 같은 높이에서 얼굴을 쳐든 채 비쩍 마른 타타르 하사가 버티고 있다.

그러고 보니 슈호프의 예상과는 달리, 오늘은 타타르가 당직인가 보다. 그래서 늦잠을 자는 놈을 잡으려고 살그머니 막사에 기어든 게 분명하다.

「시에이치 팔백오십사 호!」 슈호프의 검은 작업복 어깨에 붙은 흰 번호표를 재빨리 보고, 타타르는 판결문을 읽듯 뇌까렸다. 「너는 노동영창 삼 일이다!」

쥐어짜는 것 같은 그의 독특한 목소리가, 빈대가 들끓는 상하 오십 개의 죄수용 침상에 이백 명의 인원을 수용하고 있는 어두컴컴한 막사 안에 울려 퍼지자, 늑장을 부리고 있던 무리들이 여기저기서 일제히 자리를 차고 일어나 재빨리 옷을 껴입기 시작했다.

「영창이라니, 간수님, 무엇 때문입니까?」 슈호프는 자기가 실제로 느끼는 것 이상으로 애절하게 물었다.

노동영창이라는 건 중영창(重營倉)에 비하면 그래도 약과다. 더운 음식을 얻어먹을 수 있을 뿐더러, 첫째 서글픈 생각에 잠길 겨를이 없는 게 좋다. 진짜 영창은 작업에도 내보내지 않는 중영창을 말한다.

「기상신호가 울리면 곧 일어나야 한다는 걸 몰라? 자, 본부로 가자!」

하지만 타타르의 말투에는 어딘지 힘이 없다. 어째서 영창이냐고? 그런 것쯤은 타타르 자신에게도, 슈호프에게도 그리고 막사 안에 있는 다른 죄수들에게도 너무도 당연한 일이 아닌가.

수염 하나 자라지 않은 타타르의 밋밋한 얼굴에는 어떠한 표정도 없었다. 그는 고개를 돌려 두 번째 먹이를 찾았으나 그때까지 자리에 누워 있는 죄수는 하나도 없었다. 위층에서도 아래층에서도 왼쪽 무릎 위에 죄수 번호가 붙은 새까만 솜바지에 허둥지둥 다리들을 쑤셔넣는가 하면, 옷을 다 입은 자들은 앞깃을 여미며 밖으로 피해 달아나고 있다.

슈호프는 정말 억울하다고 생각했다. 무슨 다른 일 때문에 영창에 들어가게 되었다면 이렇게까지 분하지는 않았으리라. 지금까지 하루도 빼놓지 않고 언제나 제일 먼저 자리에서 일어났기 때문이다. 그렇다고 타타르에게 사정해 봐야 아무 소용도 없다는 것을 그는 잘 알고 있었다. 그래도 예의를 지키는 뜻에서 형식적으로나마 잘못을 빌어야 한다. 그는 바지를 입고(그의 바지 왼쪽 무릎 위에도 역시 CH-854라는 번호가 찍힌 때문은 헝겊조각이 붙어 있었다), 방한복을 걸친 다음(거기에도 앞가슴과 어깨 두 곳에 똑같은 번호표가 붙어 있었다), 마룻바닥에 쌓인 방한화 더미 속에서 자기 것을 찾아 신었다.

슈호프가 당직 간수한테 끌려가는 것을 104작업반원들 중 못 본 사람은 없었다. 그러나 누구 한 사람 그를 위해 말 한마디 하지 못했다. 말해봐야 소용도 없으려니와, 사실 뭐라고 할 말도 없지 않은가! 반장쯤 된다면 한두 마디 할 수 없는 것도 아니다. 그러나 반장은 그곳에 없었다. 슈호프도 동료들에게 아무 말도 하지 않았다. 공연히 타타르의 비위를 건드릴 필요가 없었던 것이다. 그저 얌전히 따라나서는 게 상책이다. 아침 식사는 반원들이 남겨 두겠지. 눈치가 빠른 친구들이니까.

두 사람은 밖으로 나왔다.

밖에는 호흡하기 곤란할 정도로 짙은 안개가 끼어 있었다. 추웠다. 두 개의 커다란 탐조등이, 양쪽 끝에 서 있는 망루(望樓)로부터 서로 엇갈리며 출입금지 구역을 비추고 있다. 그 밖에도 수용소 안팎에 설치된

무수한 전등이 별빛을 무색케 할 만큼 휘황하게 빛나고 있다.

빠드득거리며 방한화 소리도 요란하게 죄수들이 눈을 밟으며 이리 뛰고 저리 뛴다. 변소에 가는 사람, 세면장으로 가는 사람, 자기에게 온 사식을 찾으러 가는 사람——여유가 있는 죄수들은 보내 온 밀가루를 사식취급소(私食取扱所)에 맡겨 놓고 얼마 동안 배를 두드릴 수 있는 것이다——저마다 다 분주하다.

머리들이 모두 어깨 사이로 움츠러들어 있다. 당장 못 견딜 만큼 추워서라기보다는, 이 혹한 속에서 하루 종일 꿈틀거려야 한다는 생각 때문이리라. 그러나 타타르만은 기름때가 반지르르한 푸른 금장이 달린 모피외투에 몸을 감싼 채, 이까짓 추위쯤 문제가 아니라는 듯이 당당한 자세로 걷고 있다.

그들은 수용소 영창인 석조감옥을 에워싼 판자울타리를 지나 빵공장 옆을 지나갔다. 죄수들의 침입을 막기 위해 빵공장 둘레에는 철조망이 쳐 있다. 이윽고 본부막사 모퉁이를 돌았다. 하얗게 고드름이 달린 레일 토막이 굵은 철사에 묶여 기둥에 매달려 있다. 다른 기둥에는 고드름이 주렁주렁 달린 온도계가 매달려 있다. 수은주가 지나치게 내려갈 것을 염려해선지, 온도계는 기둥에 깊은 홈을 파고 그 속에 넣어 놓았다. 슈호프는 행여나 하고 뿌옇게 얼어붙은 유리관을 곁눈질해서 보았다. 만일 영하 41도 이하를 가리킨다면 작업장에 끌려나가지 않아도 되기 때문이다. 그러나 41도라면 오늘은 어림도 없다.

본부막사에 들어서는 길로 슈호프는 곧장 간수실로 끌려갔다. 오는 길에 눈치채지 못한 것은 아니었지만 간수실에 들어오자, 그는 자기를 기다리는 것이 영창이 아니라는 것을 알았다. 간수실 마룻바닥이 아직도 지저분한 것을 발견했기 때문이다. 타타르는 슈호프에게 영창을 면제해 주겠다고 말하고, 그 대신 마루를 닦으라고 명령했다.

간수실 마루를 닦는 일은, 작업장에 나가지 않는 특수한 죄수들이 하는 일이다. 즉, 본부막사 당번들의 직무인 것이다. 그러나 그들은 본부에 오래 있는 동안에 간수장이며 감독관이며, 심지어는 수용소장의 방에까지 마음대로 드나들 수 있게 되어, 자연히 간수들조차 모르는 정보를 알게 되었고, 그러다 보니 언제부터인지는 모르지만 하잘 것 없는 간수들 따위의 방을 닦는 것은 자기들의 일이 아니라고 여기게 되었다. 처음에는 한두 번 당번들을 불러 주의를 주기도 했으나, 형편이 돌아가는걸 알게 된 간수들은, 일반 죄수 중에서 아무나 잡아다가 청소를 시키게 되었던 것이다.

간수실에는 페치카가 훨훨 타오르고 있었다. 간수 두 사람이 꾀죄죄한 작업복 차림으로 장기를 두고 있고, 다른 하나는 모피외투에 혁대까지 매고 장화를 신은 채 벽 옆의 좁고 긴 의자 위에 누워 잠을 자고 있다. 한쪽 구석에 걸레가 담긴 양동이가 보였다.

슈호프는, 영창을 면제해 준다는 말이 너무나 고마워서 타타르에게 이런 소리까지 했다.

「고맙습니다, 간수님! 앞으론 절대로 늑장을 부리지 않겠습니다.」

여기서의 규칙은 아주 간단하다. 하라는 일만 끝내면 즉시 돌려 보낸다. 영창 대신에 간수실 청소를 명령받자, 슈호프는 몸이 금방 거뜬해지는 것 같았다. 그는 장갑도 끼지 않은 채(너무 서두르는 바람에 베개 밑에 넣어 두었던 장갑을 잊어버리고 왔던 것이다), 양동이를 들고 우물로 갔다.

생산계획부로 가던 작업반장들이 기둥 옆에, 옹기종기 모여 있다. 전에 '소련 영웅' 칭호를 가졌던 젊은 친구 하나가 기둥에 기어 올라가서 팔 소매로 온도계를 닦는다.

밑에서는 위에다 대고 마구 소리를 친다.

「야, 입김을 쐬지 마. 올라간다. 올라가!」

「저런 바보 같으니! 수은주가 올라간다니까!」

슈호프네 반장인 추린은 그들 속에 끼어있지 않았다. 슈호프는 양동이를 땅에 내려놓고, 소매 속으로 두 손을 집어 넣은 채 흥미로운 눈으로 그들을 바라보았다.

「제기랄, 겨우 이십칠 도 오 분이야!」

기둥에 올라간 청년은 목쉰 소리로 이렇게 내뱉더니, 다시 한 번 얼굴을 가까이 가져다가 확인하고 나서 껑충 밑으로 뛰어내렸다.

「저놈의 온도계는 고장났어. 믿을 수가 없어!」 누군가 투덜거렸다.

「하긴 수용소에 온전한 걸 달아 놓을 리가 있나!」

반장들은 흩어져 갔다. 슈호프는 우물로 달려갔다. 끈을 잡아매지 않은 방한모의 귀덮개가 펄럭거리고 양쪽 귀가 짜릿하게 얼어서 들어왔다.

우물 둘레에는 얼음이 두껍게 얼어 붙어서 두레박이 간신히 들어갈 지경이다. 두레박 줄은 막대기나 다름없이 꽁꽁 얼어 있었다.

김이 무럭무럭 나는 양동이를 들고 간수실로 돌아오자, 슈호프는 추위에 감각을 잃은 두 손을 따뜻한 우물물 속에 담갔다. 손이 조금 녹는 것 같다.

타타르는 보이지 않았지만 방 안에는 간수가 네 명 있었다. 장기를 두던 간수도, 의자에서 자고 있던 간수도 서로 얼굴을 맞대고 둘러앉아, 1월분으로 수수를 어느 정도나 받게 될 것인가 하는 것으로 의논이 분분했다(수용소 부속 부락은 식량 사정이 좋지 않았다. 그래서 일반 부락민들과는 달리 간수들에게는 여러 가지 명목을 붙여서 식량을 나눠 주고 있었다).

「야, 문 잘 닫아! 바람이 들어오잖아!」

그 중 하나가 얼굴을 돌리며 소리쳤다.

아침부터 방한화를 적셨다가는 큰일이다. 막사 안을 모조리 뒤져도 갈아 신을 신발이 없기 때문이다. 슈호프는 8년 동안의 수용소 생활을 통해, 신발 때문에 온갖 고초를 다 겪어 왔다. 방한화라곤 구경도 못 하고 겨울을 보낸 적도 있었다. 어느 해 겨울인가 편상화(목이 단화보다는 길고 장화보다는 짧은 구두의 하나) 한 켤레 얻어 신지 못하고, 바닥에 낡은 타이어 조각을 댄 짚신 비슷한 물건을 신발이라고 신고 다닌 적도 있었다.

그러나 요즘에는 사정이 아주 좋아진 셈이다. 지난해 10월에 슈호프는 제법 코끝이 딱딱하고 방한용 각반까지 달린 편상화 한 켤레를 지급받았다(실은 부반장과 함께 보급계에 열심히 드나들며 일을 거들어준 덕분에 얻어 신은 것이지만). 처음 1주일은 굽이 높다란 새 구두를 신고 삐걱거리며 신이 나서 돌아다녔다. 게다가 12월에는 재수좋게 방한

20

화를 배급받았다. 아마도 죽으란 법은 없는 모양이다.

그런데 그 빌어먹을 놈의 경리부장이 상관의 귀에 대고 이렇게 소곤거렸다──방한화를 받는 놈한테선 편상화는 도로 돌려 받기로 합시다. 죄수가 신발을 두 켤레씩이나 갖고 있다는 건 규정에 위반되는 일이니까요…….

결국 슈호프는 두 가지 가운데 하나를 선택해야만 했다. 편상화만으로 한겨울을 지내느냐, 그렇지 않으면 해빙기까지 방한화를 신느냐 하는 것이다. 방한화를 받으면 편상화는 반납해야 한다. 정성껏 기름을 발라 이제 겨우 길을 들여 놓게 된 새 편상화를 말이다! 오랜 수용소 생활을 통해서 이번의 이 편상화만큼 애석하게 여긴 것은 없었을 것이다. 한데 모아서 창고로 가져가면, 봄이 되더라도 다시 자기 손에 굴러 들어올 리는 만무하지 않은가…….

슈호프는 재빨리 방한화를 벗었다. 쩔렁 하고 숟가락이 떨어졌다. 영창에 처넣는다는 바람에 정신이 하나도 없었지만, 그래도 숟가락만은 잊지 않았던 것이다. 그는 방한화를 한쪽 구석에 갖다 놓고 발싸개도 함께 그 위에 벗어 던졌다. 걸레에 물을 흠뻑 적셔서 가지고 간수들의 발 밑을 향해 맨발로 용감히 돌진했다.

「이 자식, 조심해!」 간수 하나가 발을 번쩍 쳐들며 소리쳤다.

「쌀 말인가? 쌀은 배급 기준량이 달라. 수수와 쌀을 동일한 기준량으로 계산하면 안 돼!」하고 다른 하나가 하던 말을 계속했다.

「웬 물을 그렇게 많이 적셔, 이 바보 같은 놈아! 그 따위로 마루 닦는 법이 어디 있어?」

「이렇게 하지 않으면 깨끗이 닦이지 않습니다, 간수님. 마루 틈에 먼지가 잔뜩 끼어 있어서요.」

「이런 돼지새끼만도 못한 놈 봤나! 넌 네 마누라가 마루를 닦는 것도 본 적이 없나?」

슈호프는 물이 뚝뚝 떨어지는 걸레를 손에 든 채 부동 자세를 취했다. 그리고는 앞니가 숭숭 빠져 버린 입을 벌리며 히죽 웃어 보였다. 43년 우스치 이지마 수용소에 있을 때, 영양실조로 이를 한꺼번에 몇 개나 잃고 만 것이다. 바로 그전에 이질을 앓아서 위장을 몹시 상한 탓으로 얼마 동안 아무것도 먹지 못했는데, 아마 그것이 영양실조의 원인이 되었던 모양이다. 다행히 죽지 않고 살아나서, 지금은 다만 말을 할 때 바람이 새는 소리를 낼 뿐이다.

「마누라하고는 41년에 헤어졌기 때문에 지금은 얼굴조차 잘 생각이 나지 않을 지경입니다.」하고 그는 대답했다.

「이 녀석들은 닦는다는 게 늘 이래. 마룻바닥 하나 제대로 닦을 줄 모르는 이 따위 등신 같은 놈들한텐 정말 빵이 아깝다니까! 똥물이나 퍼먹여야 할 놈들이야.」

「도대체 어떻게 닦기에 날마다 닦는데도 한번도 깨끗해지지 않을까? 이봐, 팔백오십사 호! 물을 너무 많이 칠하지 말고 잘 닦아 보란 말야. 얼른 닦고 꺼져 버려!」

「아무튼 자넨 쌀과 수수를 혼동하고 있어!」하고 간수들은 다시 자기들의 화제로 돌아갔다. 마른 곳이 한 군데도 남지 않도록 마루에다 두루 물칠을 하고 나서, 슈호프는 물걸레를 그냥 페치카 뒤에 던져 넣었다. 문지방에서 장화를 신고, 양동이에 남은 물을 간수들이 다니는 바깥 통로에 뿌려 버렸다. 그리고는 목욕탕과, 아무런 난방장치도 없는 컴컴한 클럽 건물 옆으로 빠져 식당으로 걸음을 서둘렀다.

작업출동 전에 의무실에 들리려면 서둘러야 한다. 또다시 온몸이 쑤시는 것 같다. 그건 그렇고, 혹시 식당 앞에서 간수한테 들켰다가는 큰일이었다. 혼자 떨어져서 행동하는 놈은 당장 잡아다 영창에 처넣으라는 수용소장의 엄명이 있기 때문이다.

오늘따라 이상하게도 식당 앞은 붐비는 것 같지 않았다. 순번을 기다리느라고 늘어선 길다란 줄도 보이지 않는다. 아무 일 없이 그는 안으로 들어갔다.

문에서 들어오는 한기와 국그릇에서 올라오는 김으로 식당 안은 목욕탕처럼 온통 김이 서려 있다. 앞을 내다볼 수도 없을 지경이다. 작업반별로 식탁에 앉아서 한창 먹고 있는 패들, 통로에 가득 늘어서서 이리 밀고 저리 밀리며 자리가 나기를 기다리고 있는 축도 있다.

각 작업반에서 나온 식사당번들이 목판에 죽그릇과 국그릇을 담아 가지고, 고래고래 고함을 치면서 자기들의 자리를 찾느라고 우왕좌왕하고 있다——자, 여기 있다, 이거 받아라! 아니, 목판을 밀면 어쩌자는 거야! 저런, 저런! 한 손으로 목덜미를 후려치는군! 잘 한다, 잘 해! 어쩌자고 길을 막아서는 거야! 남이야 죽그릇 바닥을 핥건 말건 뭣 때문에 흘금흘금 보는 거야, 이놈아!

저쪽 식탁에서 젊은 친구 하나가 아침 식사를 앞에 놓은 채 성호를 긋고 있다. 필시 엊그제 갓 끌려온 서부의 우크라이나인임에 틀림없을 게다. 러시아인은 저렇게 손을 들어 성호를 긋는 일은 이미 잊은 지가 오래니까.

식당 안은 춥기 때문에 대부분이 모자를 쓰고 식사를 한다. 그렇지만 결코 서둘러 먹지는 않는다. 모두들 시꺼먼 양배추 잎사귀를 들춰 가며 밑바닥에 가라앉은 썩은 생선 부스러기를 끈기 있게 찾고 있다. 식탁 위에 뱉어 놓은 생선가시가 수북하게 쌓이면 교대하여 들어온 다른 반원들이 그것을 땅바닥에 쓸어 버린다. 그러면 생선가시는 마룻바닥에 떨어져 가루가 되도록 짓밟혀서 부서진다. 그러나 처음부터 땅바닥에 생선가시를 뱉는 건 추접스런 짓으로 되어 있다.

널따란 식당 한복판에는, 기둥 같기도 하고 받침대 같기도 한 것이 두 줄로 늘어서 있다. 그 중 한 개의 기둥 옆에 같은 작업반원인 페추코프가 슈호프의 식사를 지키고 앉아 있었다——페추코프는 슈호프보다 더 낮은 하급 반원이다. 똑같은 검은 작업복에 똑같은 모양의 번호표를 달고 있어서 겉으로는 모든 작업반원이 별 차이 없어 보이지만, 실은 엄청난 차이가 있다. 여러 계층이 있는 것이다. 예를 들면, 전직 해군중령인 부이노프스키에게는 남의 국그릇 따위를 지키고 앉아 있으란 말은 할 수 없다. 슈호프만 하더라도 무슨 일이건 모두 맡아하는 건 아니다. 더 낮은 반원이 있기 때문이다.

슈호프를 보자 페추코프는 한숨을 푹 쉬며 옆으로 비켜났다.

「다 식어 버렸어. 내가 대신 먹어 버릴까 했지. 틀림없이 영창에 들어 갔다고 생각했거든.」

그리고는 그냥 돌아서 나가 버렸다. 기다리고 있어 봐야 국이건 죽이

건 자기에겐 국물도 없으리라는 걸 알고 있기 때문이었을 것이다.

슈호프는 방한화에 꽂았던 숟가락을 꺼냈다. 이 숟가락이야말로 그에게는 무엇보다 귀중한 물건이다. 북쪽의 수용소를 전전하는 동안 잠시도 몸에서 떼어 놓은 적이 없는 숟가락이었다. 그것은 알루미늄 철사를 녹여서 슈호프 자신이 모래에 부어 만든 것인데, 손잡이에는 '우스치 이지마, 1944'라는 글자까지 새겨져 있었다.

숟가락을 식탁 위에 꺼내 놓고, 그는 박박 깎은 머리에서 모자를 벗었다. 아무리 날씨가 추워도 남들처럼 모자를 쓰고 식사를 할 수는 없었던 것이다.

그는 숟가락으로 국그릇을 휘저어 재빨리 건더기를 살폈다. 보통 정도는 못 되지만 그렇다고 예상보다 적은 것은 아닌 것 같다. 페추코프가 국그릇을 지키고 있었으니까 감자조각 한 개 정도의 피해는 각오해야 했다.

양배춧국은 뜨끈한 맛에 먹는 법인데 싸늘하게 식어 있다. 그래도 슈호프는 입맛을 다셔 가며 천천히 숟가락을 움직였다. 당장 지붕이 훨훨 타오르는 한이 있어도 식사를 급히 할 수는 없다. 사실 수용소 죄수들은, 취침 시간을 제외하면 아침 식사시간 10분과 점심 식사시간 5분, 그리고 저녁 식사시간 5분을 위해서 산다고 해도 지나친 말이 아니기 때문이다.

양배춧국 건더기는 날마다 똑같았다. 그것은 그해 월동용으로 무엇을 저장하느냐에 따라 결정된다. 지난해에는 소금에 절인 홍당무였다. 그래서 9월부터 5월말까지 내내 홍당무만 먹어야 했다. 금년에는 시꺼

먼 양배추 시래기뿐이다. 수용소 죄수들이 가장 잘 먹는 달은 6월이다. 저장했던 채소류가 다 떨어져서 곡물 가루(곡식을 갈아서 만든 쌀가루, 보릿가루, 밀가루 등)로 국을 끓여 주기 때문이다. 가장 못 먹는 달은 7월이다. 7월에는 양배추 대신 쐐기풀을 솥에 썰어 넣는다.

생선을 넣는다고 해도 살점은 다 떨어져 나가고 가시만 앙상하게 남아있기가 일쑤다. 대가리와 꼬리가 간신히 형태를 보존하고 있을 뿐이다. 슈호프는 생선뼈를 입 속에 넣고, 씹고 또 씹어 우러나오는 국물을 빨아 먹은 다음 찌꺼기를 식탁 위에 뱉었다. 그는 남들처럼 무슨 생선이건 대가리서부터 꼬리까지 남김없이 먹어 치운다. 그러나 눈알만은 아무래도 먹을 용기가 나지 않는다. 그의 이런 결벽은 곧잘 다른 친구들의 웃음거리가 되곤 했다.

슈호프는 오늘 아침 음식은 절약을 하는 셈이다. 막사에 들르지 않았기 때문에 자기 몫으로 나오는 빵을 가져오지 못한 것이다.

슈호프는 국그릇을 비운 다음, 죽그릇을 앞으로 당겼다. 말이 죽이지 곡분 대신 누른 빛이 도는 무슨 풀 같은 걸 썰어 넣어 아무 맛도 없었다. 이것을 처음 생각해 낸 것은 어떤 중국사람이었다고 한다. 어쨌든 끓여서 국그릇 3백 그램이라는 정량만 차면 문제될 것은 없을 테니 어쩔 수 없는 노릇이다.

슈호프는 죽그릇을 다 비우자 숟가락을 말끔히 핥아서 다시 방한화 속에 찔러 넣었다. 모자를 뒤집어쓰고 식당을 나와 이번에는 의무실로 향했다.

아직도 하늘은 캄캄했으나 휘황한 전등불 때문에 별빛은 보이지 않왔다. 두 개의 탐조등이 여전히 수용소 구내에 불빛을 교차시키고 있다.

여기에 처음으로 특수범(반역죄 해당 죄수) 수용소가 설치되었을 때는, 실전에서 쓰는 조명탄을 밤새껏 쏘아 댔다. 죄수들이 도망가는 것을 방지하기 위해서였다. 희고 푸르고 붉은 조명탄을 수도 없이 쏘아 올려서 하늘은 진짜 전쟁터를 방불케 하였다. 그러나 얼마 후부터는 조명탄을 사용하지 않게 되었다. 값이 너무 비싸기 때문이었다.

주위는 기상신호가 울렸을 때와 조금도 다름없는 한밤중과 같았다. 그러나 경험이 많은 죄수라면 작업 전의 점호신호가 멀지 않다는 것을 여러 가지 사소한 징조들로 쉽사리 알아챌 수 있다.

식당 당직근무인 절름발이 흐로모이가 제6호 막사의 작업불능 죄수들에게 아침밥 먹으라는 기별을 하러 갔다. 턱수염이 텁수룩한 늙은 화공(畵工)이 문화부로 붓과 물감을 받으러 간다. 번호표를 그리는 것이 그의 임무인 것이다.

당직간수인 타타르가 중앙통로를 가로질러 본부 쪽으로 부지런히 걸어가고 있었다. 죄수들의 그림자는 그다지 눈에 띄지 않는다. 모두들 침상으로 기어 들어가 남아 있는 몇 분이나마 몸을 녹여 보자는 것이다.

타타르를 발견하자 슈호프는 얼른 막사 뒤로 몸을 숨겼다. 이번에 또다시 그의 눈에 띄었다가는 정말 혼이 날 것이다. 어떤 경우에도 방심은 절대 금물이다. 혼자 다니는 것을 간수한테 들키지 않게 주의해야만 한다. 언제나 군중 속에 몸을 숨기는 것이 상책이다. 혹시 일을 시킬 죄수를 찾고 있는지도 모르며, 또는 울분을 터뜨릴 상대를 찾고 있는지도 모를 일이기 때문이다.

죄수들에겐 엄중한 명령이 내려져 있었다. 누구든지 간수를 만나면 5보(步) 앞에서 모자를 벗고, 2보가 지난 후에 모자를 쓰라는 것이었다.

타타르를 지나 보내고 나서 슈호프는 다시 걸음을 서둘렀다. 그러자 문득, 오늘 아침 작업점호 전에 제7호 막사로 담배를 사러 오라던 키다리 라트비아인의 말이 생각났다. 엊저녁에 고향에서 보내 온 차입소포를 받았다는 것이다. 그러니까 오늘 아침에 가지 못하면 사기 어려울지 모른다. 이번 기회를 놓치면 다음번 소포가 올 때까지 적어도 한 달 동안은 담배 냄새도 맡지 못할 게 아닌가. 키다리의 쌈지담배는 그다지 독하지도 않고 냄새가 향긋하며 빛이 거무스름한 게 보기에도 아주 근사한 것이다.

걸음을 멈추고 슈호프는 잠시 망설였다. 지금 발길을 돌려 제7호 막사로 돌아갈까? 그러나 이미 의무실은 바로 눈앞에 있었다. 그는 의무실 현관 쪽으로 다시 걸음을 옮겼다.

의무실 복도는 발을 들여놓기가 미안할 정도로 깨끗했다. 벽에는 흰 에나멜 페인트를 칠해서 눈이 부실 정도다. 벽뿐만 아니라 창문도 의자도 눈에 보이는 모든 것이 흰빛이다.

진찰실 문들은 모두 잠겨져 있었다. 의사들은 아직 자리에서 일어나지 않았나 보다. 그러나 당직실에는 니콜라이 브도부슈킨이라는 젊은 조수가 앉아 있었다. 새하얀 가운을 걸치고 흰 책상에서 종이에 뭔가 끄적거리고 있다.

그 밖에는 아무도 없었다.

슈호프는 상관 앞에 나갈 때처럼 공손히 모자를 벗어들었다.

「저……니콜라이……세묘노이치……다름이 아니라……몸이 좀 불편한 것 같아서 왔는데요…….」슈호프는 머뭇머뭇 입을 열었다.

브도부슈킨은 일손을 멈추고 얼굴을 들었다. 커다란 두 눈이 안정감을 준다. 머리에 얹은 캡도, 몸에 걸친 가운도 모두가 새하얗다. 죄수번호는 어디에도 보이지 않았다.

「왜 이제 왔소, 엊저녁에 오지 않고? 아침엔 휴진이란 걸 모르나? 작업면제자 명단은 벌써 본부에 올라갔어요.」

그 정도는 슈호프도 알고 있었다. 또한 저녁에 의사한테 정식으로 진찰을 받게 되면 좀처럼 작업면제를 받을 수 없다는 것도 잘 알고 있다.

「그렇지만 니콜라이 세묘노이치, ……엊저녁엔 그게 이렇게까진 아프지 않았기 때문에 그만…….」

「그게라니? 어디가 아프단 말이오?」

「어디 특정한 곳이 아픈 건 아니지만, 하여튼 온몸이 부서지는 것처럼 쑤시고 아파서요…….」

슈호프는 걸핏하면 의무실 문을 두드리는 그런 부류의 죄수는 아니었다. 그것은 누구보다도 의무실 조수인 브도부슈킨이 잘 알고 있다. 그러나 브도부슈킨이 아침에 작업면제를 시킬 수 있는 인원은 두 명으로 한정되어 있다. 그런데 오늘 아침엔 이미 두 사람에게 작업면제증을 떼어 준 것이다. 책상 위에 놓인 푸르스름한 유리 아래에 그 두 사람의 이름이 적힌 종이쪽지가 깔려 있다.

「그렇다면 좀더 일찌감치 왔어야 할 게 아니오? 작업출동 시간 바로 전에 달려오면 어떡하오? 아무튼 체온이나 한번 재 봅시다.」

브도부슈킨은 거즈로 싼 체온계를 꺼내서 슈호프에게 내주었다.

슈호프는 체온계를 받아들고 벽 밑에 놓인 의자 가장자리에 가서 앉았다.

브도부슈킨은 다시 하던 일을 계속했다.

수용소 내에서도 의무실은 제일 구석진 곳에 외따로 떨어져 있어서, 여기까지는 아무런 소음도 들려 오지 않았다. 괘종시계 소리조차 들리지 않았다(죄수들을 위해 시계를 달아 놓을 필요는 없다. 시간은 상관들만 알고 있으면 그만이니까). 그처럼 설치던 쥐새끼들도 여기서는 전혀 기척도 없다. 의무실에서 기르는 고양이가 죄다 잡아먹었기 때문이다.

이렇게 깨끗한 방안에, 이렇게 조용하고 이렇게 밝은 방안에 앉아 있기가 슈호프는 어쩐지 쑥스럽기만 했다. 사방을 둘러보았다. 하얀 벽에는 아무것도 눈에 띄는 것이 없다. 자기가 입고 있는 방한복을 살펴보았다. 가슴에 붙은 번호표의 글자가 닳아서 반쯤 지워져 있다. 들키기 전에 페인트로 그려 달라고 해야겠다. 한 손으로 턱을 쓰다듬어 보았다. 수염이 더부룩하게 자라 있다. 지난번 목욕 때 깎았으니 아마 열흘은 넘었을 것이다. 그렇다고 거추장스러울 건 하나도 없다. 3, 4일 후엔 다시 목욕탕에 가게 될 테니까 그때 깎기로 하자. 공연히 이발소에 가서 순번을 기다리고 앉아 있을 필요가 어디 있겠는가? 그리고 굳이 모양을 내봐야 보아 줄 상대도 없지 않은가.

브도부슈킨의 새하얀 캡을 멍하니 바라보며, 슈호프는 어느덧 레닌 그라드 남방 로바치 강변의 야전 병원을 회상하고 있었다. 턱에 상처를 입고 그곳으로 후송되었으나, 병원에 도착하자 그는 곧 자진해서 원대로 복귀해 버렸던 것이다. 모처럼의 기회였는데도 그때는 아무런 생각도 없었다. 참으로 애석한 일이다. 적어도 닷새 동안은 편히 드러누워 시간을 보낼 수 있었을 게 아닌가.

그러나 지금은 어떻게 해서든지 2, 3주일 입원해 보았으면 하고 꿈을 꾸기까지 하는 것이다. 생명에는 아무런 지장이 없고 수술도 필요 없으나, 입원만은 해야 하는 그런 병은 없을까? 3주일쯤 꼼짝 않고 드러누워 편히 쉴 수만 있다면, 먹는 것은 건더기가 하나도 없는 멀건 채소국만으로도 만족할 것 같다.

하지만 그것도 기대할 수 없을 것 같은 생각이 들었다.

요즘은 입원을 한다 해도 침대에 누워만 있을 수는 없는 모양이다. 스체판 그리고르이치라는 의사가 새로 부임해 온 후부터는 사정이 많이 변한 것이다. 그는 굉장히 정열적인데다가 말이 많은 인간이어서, 무슨 일이든지 몸소 앞장을 서서 해내는 대신에 환자들도 가만 놓아 두지 않는 성미다.

그는 걸어다니는 데 지장이 없는 환자를 전원 의무실 부속지에 몰아내어 작업을 시키기로 했다. 울타리를 세운다, 길을 닦는다, 화단에 흙을 나른다 하여 환자들을 들볶았고, 겨울에는 겨울대로 보설작업(保雪作業)이라는 걸 시켰다.

병에는 일을 하는 것이 가장 좋은 요법이라는 게 그의 지론이었다.

말은 너무 부려먹으면 뻗어 버리게 마련이다. 하지만 이런 진리도 그에게는 통하지 않는다. 몸소 벽돌을 쌓는 일이라도 한번 해 보면 그래도 조금은 통하련만.

브도부슈킨은 여전히 펜을 놀리고 있다. 그가 하고 있는 것도 실은 일종의 잔돈벌이에 지나지 않는다. 그러나 슈호프 같은 인간이 이해할 수 있는 성질의 것은 못 된다. 브도부슈킨은 어제 새롭게 완성한 장편시(長篇詩)를 정서하고 있었다. 작업요법의 신봉자인 그의 상관 스체판 그리고르이치에게 오늘 보여 주기로 약속했던 것이다.

물론 수용소 안에서만 가능한 일이긴 하지만, 브도부슈킨에게 견습의사(見習醫師)의 경력이 있다고 자칭하게 하여 현재의 직책을 준 것은 스체판 그리고르이치 자신이었다. 무식한 죄수들을 상대로 브드부슈킨이 정맥주사를 놓는 방법 같은 것을 배우게 된 것도 그후의 일이다. 하기는 상대가 모두 무식한 사람들뿐이어서 견습의사의 자격을 의심하는 사람은 하나도 없었다.

사실 브도부슈킨으로 말하면, 대학 문학부에 재학중인 학생이었는데 2학년 때 체포되었던 것이다. 자유의 몸으로서는 쓸 수 없었던 사람을 수용소 안에서 한번 쓰게 해 보자──스체판 그리고르이치는 이런 희망을 가지고 있었다.

허옇게 얼어붙은 이중창 너머로 출동준비 신호가 희미하게 들려왔다.

슈호프는 한숨을 내쉬며 의자에서 일어났다. 아직도 오한은 있지만 작업면제는 아무래도 틀린 것 같다. 브도부슈킨은 체온계를 받아들고 흘깃 쳐다보았다.

「이건 어중간한데, 삼십칠 도 삼 분, 삼십팔 도만 돼도 분명한데, 하여튼 나로서는 작업면제를 해 줄 수 없소. 하지만 당신 자신이 책임을 질 수 있다면 그냥 여기 남아 있어도 좋소. 나중에 진찰을 받고 환자로 결정되면 물론 작업은 면제되겠지만, 그렇지 않으면 그때는 태업이라는 죄목으로 영창 신세를 져야 할거요. 내 생각 같아서는 순순히 작업에 나가는 편이 좋을 것 같소…….」

슈호프는 아무 말도 없었다. 고개를 끄덕이려 하지도 않았다. 방한모를 깊숙이 눌러쓰고 그냥 밖으로 나와 버렸다.

따뜻한 데 들어앉아 있는 놈이 추위에 떨고 있는 놈의 심정을 어찌 알 수 있으랴? 혹한이 몸을 움츠리게 한다. 바람은 살을 에는 바늘처럼 슈호프를 엄습한다. 저도 모르게 기침을 하지 않을 수 없었다. 추위는 영하 28도, 슈호프의 몸은 38도. 자, 어느 쪽이 이길 것인가? 슈호프는 달음질해서 막사로 돌아왔다.

수용소 중앙의 통로에는 사람의 그림자도 보이지 않고, 주위는 온통 정적에 싸여 있다. 언제나 아침점호 직전에는 잠시 동안 이렇게 쥐죽은 듯이 고요한 법이다. 벌써 고삐가 풀려 끌려나갈 준비가 다 되어 있는데도, 아무도 그런 기색을 보이지 않는다. 오늘은 작업중지라도 된 듯한 얼굴들을 하고 있다.

작업 경호병들은 후끈후끈한 병사(兵舍)에 들어 앉아 총을 손에 쥔 채 꾸벅꾸벅 졸고 있다. 그들도 이 추위에 망루근무를 하기가 죽기보다 싫은 것은 마찬가지이다. 정문 옆의 위병소에는 위병들이 난로에 석탄을 퍼 넣고 있다.

간수실에서는 이제부터 신체검사를 하러 나갈 간수들이 마지막 한 대의 담배를 아쉬운 듯이 빨고 있다.

한편, 죄수들은 몇 겹으로 껴입은 누더기를 노끈으로 졸라맨 다음, 얼굴은 눈만 빼꼼히 내놓고 방한용 헝겊으로 감싼 채 방한화를 신고 담요 위에 누워 있다. 그들은 눈을 감고 꼼짝도 하지 않았다.

곧 반장의 호령이 떨어질 게다—— '일어나앗!'

제9호 막사에서는 모두들 선잠을 즐기고 있었다. 제104작업반도 마찬가지였다. 부반장인 파블로만이 연필을 들고 혼자 중얼거리며 무언가 계산에 열중이다.

또 한 사람, 슈호프의 옆자리에 있는 침례교 신자 알료샤가 위층 침상에서 복음서를 절반 가량이나 베껴 쓴 수첩을 들고 읽고 있다.

슈호프는 되도록 발소리를 죽이며 빠른 걸음으로 달려 들어와서 곧장 부반장의 침대머리로 갔다.

파블로가 얼굴을 쳐들었다.

「이반 데니소비치, 뭐랍디까? 별일은 없었어요?」(서부 우크라이나 친구들은 수용소에 끌려와서도 상대방에게 깍듯이 존칭을 쓰는 버릇을 버리지 못한다)

이렇게 묻고 나서, 그는 탁자 위에서 슈호프의 몫으로 남겨 놓았던 빵을 집어 주었다. 빵 위에는 흰 사탕이 한 덩어리 얹혀 있다.

마음은 몹시 조급했으나 그래도 슈호프는 실례가 되지 않도록 그의 물음에 공손히 대답했다(부반장도 상관임에는 틀림없다. 큰 힘을, 아니 경우에 따라서는 수용소장보다 더 큰 힘을 지닐 수도 있는 것이다).

그건 그렇고, 급히 서둘러야겠다.

빵 위에 얹힌 사탕을 입에 집어넣으며 그의 한쪽 발은 벌써 위층으로 올라가는 사다리를 디디고 있다. 집합명령이 떨어지기 전에 잠자리를 정돈해 놓아야 한다.

이런 경황 중에도 배급받은 빵을 손바닥에 얹고 분량을 재보는 것만은 잊지 않는다. 규정은 750그램으로 되어 있지만, 처음 감옥에 들어갔을 때도 그 다음 수용소로 옮겨 온 후에도 규정량을 초과해서 배급받은 기억은 한 번도 없었다.

하기는 저울에 달아 본 적도 없다. 또한 원래가 소심한 인간인지라 양이 적다고 해서 불평을 하거나 따지고 대들 만한 용기도 없다. 더욱이 규정량을 정확하게 달아서 빵을 자르다가는 당장에 빵 배급소에서 쫓겨나고 만다는 것쯤은 슈호프 뿐만 아니라 모든 죄수들에게 알려진 지 오래된 사실이다.

정량 부족쯤은 항상 그러려니 하지만, 문제는 단지 얼마나 부족하느냐 하는 데 있다. 그래서 날마다 빵을 받아들면 거의 본능적으로 손바닥에 얹고 무게부터 달아보아야 마음이 후련하다. 오늘은 그렇게 많이 가로챈 건 아닌 것 같은데? 어쩌면 거의 규정량에 가까울지도 모르겠는걸?

'적어도 이십 그램은 부족하구나.' 슈호프는 이렇게 생각하며 빵을 두 조각으로 나누었다. 점심때 먹을 한 조각은 작업복 안주머니에 넣었다.

이 주머니는 그가 손수 헝겊을 대고 꿰맨 것이다(죄수용 작업복은 공장에서 나올 때부터 호주머니가 달려 있지 않다). 나머지 한 조각은 아침식사 때 먹지 않고 남겨 두었던 빵이다. 지금 여기서 다 해치울까? 하지만 곧 작업출동 시간이다. 급하게 입에 쑤셔 넣어서는 먹어도 먹은 것 같지가 않다. 그럼 침대 모서리에 숨겨 둘까? 아니다. 감춰 둔 물건이 없어졌다 해서 당번들이 벌써 두 차례나 몹시 당하지 않았는가. 이렇게 횅하니 넓은 막사이고 보면 한길이나 다를 게 없는 것이다.

이반 데니소비치는 방한화를 벗었다. 그 속에 발싸개와 숟가락은 그냥 남겨 둔 채 발만 쏙 뽑고 나서, 그는 맨발로 위층으로 기어 올라갔다. 매트리스에 뚫어진 구멍을 넓히고 톱밥 속에 재빨리 빵 조각을 감췄다. 그리고는 모자 속에서 바늘과 실을 꺼냈다(바늘은 모자 속에 언제나 깊숙이 감춰 둔다. 검사 때는 모자도 살펴보기 때문이다. 언젠가 신체검사를 하던 간수 한 사람이 바늘에 손이 찔려서, 슈호프는 하마터면 단단히 혼이 날 뻔한 일이 있었다).

한 바늘, 두 바늘, 세 바늘……. 빵 조각을 쑤셔 넣은 매트리스의 구멍은 조금씩 좁아든다. 그러는 사이에 입안의 사탕은 깨끗이 녹아 없어지고 말았다. 슈호프의 신경은 극도로 긴장되어 있었다. 곧 작업지도원이 문 앞에 나타나서 출동을 외칠는지 모른다. 서둘러야 한다! 급히 서둘러야 한다! 손가락 끝이 부리나케 움직인다. 그러나 그의 머리는 벌써 그 다음에 할 일을 미리 생각하고 있다.

옆자리의 침례교 신자는 제법 소리까지 내가며 복음서를 읽고 있다(슈호프가 들으라고 일부러 그러는지도 모를 일이다. 대체로 그들 침례교 신자들의 전도열은 대단하니까).

「너희들 중에 누구든지 남을 죽이거나, 남의 재물을 훔치거나 혹은 횡령하거나, 남을 해치거나 하는 것으로 고난받지 말지어다. 그러나 만일 그리스도를 믿는다는 것으로 고통을 받는다면 이를 추호도 부끄러워하지 말 것이며, 오히려 그 이름으로 영광을 하느님께 돌리라.」

알료사는 참으로 용한 재주를 가진 녀석이다. 성경 구절을 적어 넣은 그 수첩을 벽 틈에 어찌나 교묘하게 숨겨 두는지 아직까지 내무검사에 들킨 적이 없으니 말이다.

슈호프는 서둘러서 작업복을 횡목(橫木, 가로질러 걸어 놓은 나무)에 걸어 놓고, 매트리스 밑에서 벙어리장갑과 또 한 켤레의 낡은 발싸개와 허리띠 대용의 노끈을 꺼냈다. 빵을 넣어 불룩하게 된 매트리스를 편편하게 다듬은 다음, 담요를 둘둘 말아 그 위에 덮고 베개를 제자리에 갖다 놓았다. 그리고 나서 맨발로 밑에 내려와 신발을 신기 시작했다. 우선 깨끗한 발싸개로 발을 싸고, 그 위에 다시 낡은 것을 감는 것이다. 이때 작업반장이 헛기침을 하며 일어서더니 큰 소리로 외쳤다.

「제 백사 작업반! 막사 밖으로 집합!」

눈을 붙이고 졸고 있던 반원들이 동시에 일어나서 하품을 하며 어슬렁어슬렁 문 쪽으로 걸어나갔다.

슈호프네 반장 추린은 수용소 생활 17년의 고참인데, 그는 작업출동 시간 전에 미리 반원들을 준비시키는 일이 절대로 없다. 그가 '집합' 하는 순간이 곧 작업출동 시간인 것이다. 반원들은 무거운 다리를 끌며 느릿느릿 밖으로 걸어나갔다. 복도와 현관을 거쳐 마당에 나가서 집합

하는 것이다.

제20작업반 반장도 추린의 말투를 흉내내듯 '집합' 하고 외쳤다.

슈호프는 급히 방한화를 신고 나서 방한복 위에 작업복을 걸치고 노끈으로 질끈 허리를 묶었다(허리띠를 가진 사람도 있었지만 죄다 압수당하고 말았다).

슈호프는 가까스로 현관 앞에서 자기 반원들의 뒤를 쫓아갈 수 있었다. 번호표를 붙인 죄수들의 잔등이 현관문을 빠져나가 하나씩 층계를 내려간다. 누더기란 누더기를 모조리 껴입어 몸집들이 제법 듬직해 보인다. 죄수들은 단정하지는 못하지만 그래도 대열을 지어 중앙통로를 향해 무거운 걸음을 옮긴다. 앞사람을 재촉하려는 자는 하나도 없다. 뽀드득뽀드득 눈을 밟는 방한화 소리만이 들릴 뿐이다.

주위는 아직도 어둠침침하다. 동녘 하늘이 어렴풋이 밝아 오며 푸른 빛을 띠기 시작했을 뿐이다. 약하게 불어오는 동풍이 뼛속으로 스며드는 것 같다.

아침에 작업장으로 나갈 때처럼 괴로운 일도 없을 것이다. 어둡고 춥고, 뱃속은 벌써 비어 있다. 앞으로 보낼 하루를 생각하면 까마득하기만 하다. 입이 무거워져서 말 한마디 건네고 싶지 않다.

집합 장소에서는 작업할당계 부계장(副係長)이 초조한 표정으로 기다리고 있다.

「이봐, 추린, 왜 이렇게 꾸물거리는 거야? 좀더 빨리 끌고 오지 못해?」

슈호프에게는 물론이고 추린에게도 부계장이라면 대단한 존재다.

함부로 말을 건넬 수도 없다. 부계장은 이렇게 내뱉듯 말하고는 앞장을 선다. 반원들은 눈을 밟으며 그 뒤를 따랐다. 사각사각, 뽀드득뽀드득.

틀림없이 돼지기름 1킬로그램은 갖다 바친 모양이다. 제104작업반은 오늘도 여느 날과 같은 작업대에 배치되었다. 이웃에도 낯익은 작업반들뿐이다. '사회주의 단지'로는 더욱 어수룩한 친구들이 배치될 모양이다. 오늘 같은 날 그런 데로 끌려갔다가는 정말 말이 아닐 게다. 영하 27도, 게다가 바람까지 부는데 불을 피우기는커녕 바람을 피할 만한 장소도 없을 테니 말이다.

돼지기름은 작업반장에게 없어서는 안 될 물건이다. 생산계획부에 갖다바치기도 해야겠지만 우선 자기도 먹어야 하기 때문이다. 하긴 반장쯤 되면 자기 앞으로 소포가 오지 않더라도 돼지기름이 떨어질 걱정은 없다. 반원 중의 누가 소포를 받든지 반장한테는 항상 인사가 있게 마련이다. 만일 모른 체하는 자가 있다면 그는 결코 무사할 수 없을 것이다. 작업할당 계장이 흑판에 인원수를 확인하며 물었다.

「추린, 너희 반은 오늘 병결(病缺) 한 명, 출동 이십삼 명이 맞나?」

「예, 이십삼 명입니다.」 반장이 대답했다.

누가 나오지 않았어? 판첼레프로구나. 뭐 그놈이 병결이라고?

여기저기서 수군거리는 소리가 일어났다.

판첼레프란 놈, 또 막사에 남았구나. 병은 무슨 병! 보안부에서 그놈의 고자질을 들으려고 붙잡아 왔겠지.

오후라면 얼마든지 밀정 노릇 하는 죄수들을 불러들일 수 있다. 두세 시간쯤 붙잡아 놓았다 돌려보낸다 해도 누구의 눈에 들킬 염려는 없다.

의무실의 작업면제증을 핑계 삼아 죄수들의 눈을 속여 보자는 수작인 게 뻔하다.

집합장소는 검은 작업복으로 가득 차 있었다. 각 작업반별로 신체검사를 받으러 나간다. 슈호프는 방한복에 붙인 번호표의 숫자를 다시 그려 넣어야 된다는 것을 생각하고 빽빽하게 들어선 죄수들 사이를 뚫고 건너편으로 나갔다.

화공(畵工) 앞에는 두세 명의 죄수가 차례를 기다리고 있었다. 슈호프도 그 뒤에 가서 섰다.

도대체 번호표란 신경 쓰이는 물건이다. 이것을 달고 있기 때문에 멀리서도 간수의 눈에 쉽게 뜨이고, 작업장에 나갈 때는 걸핏하면 경호병의 수첩에 기록되곤 한다. 게다가 제때에 숫자를 다시 그려 넣지 않았다가는 당장에 영창이다.

수용소 죄수 중에는 이른바 '화가'가 세 명 있다. 그들은 상관들을 위해 아무 대가 없이 그림을 그려 바쳐야 할 뿐만 아니라 아침마다 작업 출동 전에 한 사람씩 교대로 죄수들의 번호표를 다시 그려 주어야 한다. 오늘은 수염이 허옇게 자란 늙은 화공 차례다. 붓을 들고 모자에 붙인 번호표의 글자를 그려 넣고 있는 모습은, 마치 신부가 성유(聖油)를 이마에 발라 주고 있는 장면과 흡사하다. 화공은 두서너 번 붓을 움직이다가는 곧 손을 멈추고 장갑 낀 손에 입김을 호호 분다. 얇은 털실 장갑을 끼고 있기 때문에 손이 곱아서 숫자를 제대로 그려 넣을 수가 없는 모양이었다.

앞가슴의 'CH-854'를 다시 그려 넣자, 슈호프는 작업복 앞깃을 만질 생각도 않고(어차피 신체검사를 받으려면 작업복을 벗어야 하니까) 허리띠 대용의 노끈을 손에 쥔 채 서둘러 자기 작업반이 있는 곳으로 되돌아왔다.

같은 작업반원인 체자리가 담배를 피우고 있다. 그것도 마도로스 파이프에 담은 것이 아니고 보통 궐련이었다. 그러니까 한 모금 얻어 피울 수도 있는 담배다.

그러나 슈호프는 염치없게 부탁하지는 않았다. 체자리에게서 고개를 돌린 채 슬그머니 그의 옆에 가서 섰다. 일부러 딴 데다 시선을 돌리고 전혀 관심 없는 표정을 하고 있었지만, 체자리가 한 모금씩 피울 때마다 불그스름한 빛을 띤 동그란 재가 점점 길어지고, 궐련의 나머지 부분이 그만큼 짧아지면서 파이프 끝을 향해 타들어 가는 것에 신경을 쓰지 않을 수가 없다. 체자리는 무슨 생각에 잠겨 있는지, 이따금 생각난 듯이 담배를 입으로 가져갔다.

이때 추잡스런 페추코프가 역시 냄새를 맡고 다가왔다. 체자리의 앞을 가로막고 서서 그의 얼굴을 쳐다보며 잔뜩 눈독을 들이는 것이다.

슈호프에게는 쌈지담배 부스러기조차 남은 것이 없었다. 저녁때가 되기 전엔 어디서 구해 볼 방도가 없다. 초조한 기대 때문에 그는 온몸이 저려 오는 것 같았다. 이 순간 그에게는 피우다 남은 꽁초 한 대가 자기 한 몸의 자유보다도 더 소중하게 생각되었다.

그렇지만 그는 페추코프처럼 염치 없이 남의 입을 지켜보고 있을 만큼 치사한 인간은 못 된다.

체자리는 그야말로 여러 민족의 피가 뒤섞인 인간이었다. 그리스인도 아니고, 유태인도 아니고, 집시족도 아닌, 뭐라고 이름 붙일 수 없는 족속이었다. 나이는 아직도 한창이다. 전직(前職)은 영화감독이었다. 그러나 첫연출 영화의 촬영이 채 빛을 보기도 전에 사상적 과오 때문에 투옥된 인간이다. 그는 새까만 콧수염을 기르고 있다. 수용소에 들어와서도 그 수염에 미련을 갖고 있는 것은, 그의 증명서 사진이 그렇게 되어 있기 때문이다.

「체자리 마르코비치!」페추코프가 참다못해 아첨하는 말투로 입을 열었다.「한 모금만 부탁합시다!」그의 얼굴은 격렬한 갈망으로 보기가 애처로웠다.

체자리는 감고 있던 눈을 가늘게 뜨고, 검은 눈으로 페추코프를 바라보았다.

그가 마도로스 파이프를 애용하게 된 것은, 꽁초를 달라는 친구들의 귀찮은 청을 무시하고 싶었기 때문이다. 담배가 아까워서가 아니라, 자기의 상념이 중단되는 것이 그는 무엇보다도 싫었던 것이다. 그가 담배를 피우는 이유는, 왕성한 사고력을 일깨워 무엇인가를 찾고자 하는 데 있는 것이다. 그런데 궐련을 피우면, 불을 당기기가 무섭게 벌써 몇 사람의 거추장스런 시선을 받아야만 한다. 그것은 마치 '이제 그만! 이제 그만!' 하는 듯한 눈초리들이다.

이윽고 체자리는 슈호프에게 얼굴을 돌리며 말했다.

「한 모금 피우시오, 이반 데니소비치!」

그리고는 호박(琥珀)으로 만든 파이프에서 엄지손가락으로 꽁초를 밀어냈다.

슈호프는 체자리가 먼저 권하기를 참고 기다리고 있었다. 그러나 막상 상대방이 먼저 담배를 권하자, 당황하지 않을 수 없었다. 손짓으로 감사하는 마음을 나타내며 얼른 한 손으로 꽁초를 집어들고는, 땅에 떨어지지 않도록 다른 한 손을 그 밑에 갖다 받쳤다.

그는 체자리가 파이프째 넘겨주지 않은 것을 못마땅하게 여기지는 않았다. 내 입에 물었던 것을 다른 사람이 무는 것을 좋아할 리 없으니까. 그리고 또, 거의 다 탄 꽁초를 맨손으로 쥐어도 뜨거운 줄을 모르는 자기의 투박한 손을 부끄럽게 여기지도 않았다.

중요한 것은, 자기가 추잡스런 페추코프를 뒤로하고 입술이 타 들어가기까지의 짧은 시간 동안, 담배 연기를 빨 수 있게 되었다는 사실이다. 푸우! 담배 연기가 몸 전체에 퍼져 머리끝에서 발끝까지 골고루 퍼지는 것 같다.

이루 말할 수 없는 황홀감이 온몸에 충만되는 순간, 슈호프는 저쪽에서 갑자기 웅성거리는 소리를 들었다.

「아래 내의까지 검사한다…….」

수용소 생활이란 이런 것이다.

슈호프는 이미 단념한 지가 오래다. 요컨대, 수단껏 걸리지 않도록 언제나 조심해야 하는 것이다. 하지만 속옷까지 검사한다는 건 또 무슨 일인가? 속옷도 보급계를 통해서 나온 물건인데……. 아니, 문제는 그게 아니다!

아직 신체검사가 끝나지 않은 작업반은 두 개밖에 없었다. 그러나 바로 그때, 104작업반원들은 본부막사에서 나온 볼코보이 중위가 무엇 때문인지 간수들에게 호통을 치는 것을 보았다.

그러자 볼코보이가 나타나기 전에는 대충대충 신체검사를 하고 있던 간수들이 갑자기 서두르며 야수처럼 죄수들을 다루기 시작했다.

간수장의 호령이 내렸다.

「모두들 내의를 벗어라!」

죄수나 간수들은 말할 것도 없고, 수용소장까지도 간수장 볼코보이만은 어쩌지 못한다는 소문이 있었다. 그에게 볼코보이(늑대라는 뜻)라는 성(姓)을 붙여 주신 걸 보면 하느님도 가끔씩 심심하신 모양이다! 이름 그대로 그는 어느 면으로 보나 늑대와 다름없었다. 살갗은 거무스름하고 얼굴은 갸름한데다가 언제나 양미간을 험상궂게 찌푸리고 있었다. 더욱이 그 걸음걸이로 말하면 날아갈 듯이 빠르다. 막사 뒤에서 느닷없이 나타나서는 벼락같이 호통을 친다.

「이 새끼들아, 뭣 때문에 이곳에서 서성거리는 거야?」

이 자의 눈을 피해 달아난다는 것은 불가능한 일이다.

전에는 채찍까지 휘두르고 다녔다고 한다. 가죽끈을 꼬아 만든 채찍을 어디에 가든지 손에서 떼어놓은 적이 없었고, 영창에서는 그 채찍으로 죄수들을 마구 후려쳤다는 것이다. 일석점호(日夕點呼) 같은 때, 죄수들이 막사 옆에 옹기종기 모여 추위를 덜어 볼 양으로 몸을 맞대고 있으면, 살그머니 등뒤로 나타나서는 느닷없이 목덜미에 채찍을 후려치곤 했다.

「왜 정렬을 하지 않고 있어, 망할 놈의 새끼들!」

모여 섰던 죄수들은 순식간에 제자리를 찾아간다. 얻어맞은 친구들은 목덜미를 감싸고 흐르는 피를 닦으며 아무 소리도 못 한다. 한마디 불평이라도 했다가는 영창 신세까지 져야 할 판이다. 그러던 것이, 무엇 때문인지 요즘은 채찍을 들고 다니지 않게 되었다.

한겨울의 신체검사는, 저녁에는 그렇지 않지만 아침에는 수월하게 넘어가는 것이 관례로 되어 있었다. 죄수들은 맨 위에 걸친 작업복 단추를 풀고 앞깃을 양쪽으로 벌린다. 그대로 다섯 명씩 앞으로 나가서 역시 다섯 명의 간수 앞에 선다.

간수들은 장갑을 낀 채 노끈으로 동여맨 죄수들의 방한복 겨드랑이 밑을 툭툭 쳐 본 다음, 오른쪽 무릎 위에 달린 죄수에게 허가된 유일한 호주머니를 눌러 본다. 혹시 무슨 별다른 물건이라도 들어 있는 것 같으면, 얼른 장갑을 벗을 생각은 않고 시들한 말투로 우선 질문부터 한다.

「이건 뭐야?」

아침에 죄수들의 몸을 검사해서 무얼 어쩌자는 걸까? 나이프? 아니, 나이프 같은 건 수용소 안으로 가지고 들어온다면 모르되 밖으로 가지고 나갈 리는 없다.

아침 신체검사는 죄수들이 혹시 3킬로그램 가량이나 되는 빵 덩어리를 몰래 가지고 나가지나 않을까, 그리고 그것을 가지고 작업장에서 도망가지나 않을까 하는 것을 검사하기 위한 것이다. 전에는 점심때 먹으려고 각자가 가지고 나가는 200그램짜리 빵 조각까지 검사를 한 적도 있었다. 그래서 각 작업반별로 나무상자를 만들어 반원들의 빵을 한데 모아 가지고 나가라는 지시가 내렸었다. 그 따위 짓을 해서 과연 무슨 이로움이 있다고 생각했는지는 알 길이 없다. 아마 죄수들을 더욱 불편하게 하려는 속셈일 것이다. 그렇게 하면 어쨌든 일거리가 하나 더 느는 셈이니까.

죄수들은 자기 빵조각에 이빨 자국으로 표시를 한 다음 상자 속에 넣었다.

하지만 원래가 같은 덩어리에서 잘라 낸 조각들이라, 어느 것이 어느 놈의 것인지 쉽게 가려 낼 수가 없다. 죄수들은 작업장에 나가면서도, 혹시 자기의 빵조각이 다른 놈의 것과 바뀌지나 않을까, 줄곧 이런 걱정만 하고 있어야 한다. 이것 때문에 신경전이 그치지 않았고, 때로는 큰 싸움까지 벌어지곤 했다.

그런데 하루는 작업장에서 세 명의 죄수가 자동차를 몰고 탈주했는데, 가는 길에 빵상자까지 가지고 달아나 버렸다. 상관들도 비로소 깨달았는지 나무상자를 모두 걷어서 위병의 난로 속에 처넣어 버리고 말았다. 결국 또다시 각자가 휴대하기로 된 것이다.

아침에는 죄수들이 민간인의 옷을 껴입지 않았나 하는 것도 조사할 필요가 있다.

물론 민간인이 사용하는 물건은 벌써 옛날에 압수되었다. 형기가 끝나면 반환해 주기로 되어 있으나 이 수용소에서 형기가 끝나 석방된 죄수라곤 아직 한 사람도 없다.

신체검사의 대상이 되는 것은 또 있다. 작업장 근처에 있는 민간인의 손을 빌려 발송할 목적으로 편지를 가지고 나가는 놈은 없을까? 하긴 한 사람 한 사람 편지의 소지 여부를 검사하다가는 한낮이 되어도 검사는 다 끝나지 않을 것이다.

그러나 지금, 감독관 볼코보이 중위의 명령이 떨어지자마자, 간수들은 재빨리 장갑을 벗고 덤벼들었다.

방한복 허리띠를 풀고 내의 단추를 풀라고 명령했다(방한복 속에 간직해 온 막사의 마지막 온기마저 달아나게 마련이다). 그리고는 온몸을 꼼꼼하게 뒤지기 시작했다.

죄수들에게 허용된 내의는 아래위 두 장 뿐이다. 더 껴입은 놈은 즉석에서 벗겨 버려라! 죄수들의 대열에 볼코보이의 어처구니없는 명령이 전달되었다.

먼저 통과한 작업반은 그야말로 운수가 좋은 놈들이다. 이미 정문 밖으로 나간 패들도 있다. 뒤에 남은 놈들은 이 혹한 속에서 벌거숭이가 되어야 한다! 규칙 위반이라면 사정이 통하지 않는다.

이처럼 엄격한 검사가 시작되었지만 검사하는 측에도 난처한 문제가 생겼다.

정문을 통과하던 죄수의 대열이 끊어지자, 정문의 위병들 성화가 대단했다. 뭣들 하나, 빨리 내보내! 빨리, 빨리!

볼코보이도 하는 수 없이 제104작업반에게는 관대한 조처를 취하기로 했다. 규정 이외의 내의를 입고 있는 자는 그것을 기록만 해 두었다가, 저녁에 사물보관소로 자진해서 가져오도록 하라. 그리고 사복을 숨겨 두었던 상황과 이유를 적은 시말서를 함께 제출토록 하라.

슈호프는 수용소에서 내준 보급품 이외에는 더 껴입은 것이 없었다.

말하자면 조금도 망설일 것이 없는 몸이다. 그러나 체자리는 융으로 만든 셔츠를, 부이노프스키는 조끼와 털목도리를 체크당한 모양이다.

부이노프스키는 끝내 참지 못하고 볼코보이에게 항의했다. 그럴 법도 한 일이다. 수뢰정(水雷艇) 위에서는 역전의 용사임에 틀림없겠지만, 수용소 생활로 말하면 아직 석 달도 채 못 된 풋내기니까.

「도대체 당신들이 뭔데 이 혹한 속에서 남의 옷을 벗기겠다는 거요? 당신들에게 그럴 권리는 없소! 당신들은 형법 제9조를 모른단 말이오?」

권리를 가지고 있는지 아닌지, 제9조를 아는지 모르는지, 그걸 아직도 모르고 있는 건, 안됐지만 부이노프스키 너뿐이라는 걸 알아야지!

「당신들은 소비에트 사람이 아니오!」 전직 해군 중령은 덧붙였다. 「당신들도 엄연한 공산주의자란 말이오!」

형법을 끌어 대는 정도까지는 그래도 볼코보이도 참을 수 있었는지 모른다. 그러나 이 마지막 한마디에 그는 머리끝까지 화가 치밀었다.

「너는 중영창 십 일이다!」 이렇게 명령하고 그는 옆에 선 간수장에게 낮은 소리로 말했다. 「수속은 저녁에 취할 것.」

아침에는 가능하면 영창에 집어넣지 않는다. 작업인원이 줄어들기 때문이다. 온종일 녹초가 되도록 실컷 일을 시키고 나서 저녁때가 되면 감옥으로 끌고 간다. 감옥도 역시 수용소 구내인 중앙통로 좌측에 있었다. 가운데 출입구를 중심으로 하여 좌우로 길게 뻗어 있다. 한쪽은 최근에 증축한 것인데, 요즘은 새로 증축한 건물만을 사용한다고 한다. 내부는 견고하게 칸을 막은 열여덟 개의 독방으로 구분되어 있다. 다른 수용소 건물들이 모두 목조인 데 비해 유독 이 감옥만은 석조건물이다.

죄수들의 내의 속까지 스며든 한기는 좀처럼 가실 줄을 모른다. 아무리 방한복의 앞깃을 단단히 여며 봐도 소용없다. 게다가 슈호프는 어깻죽지가 결리는 것 같아 불편하기 짝이 없다. 아아, 지금 의무실 침대에 드러누워 한잠 잘 수만 있다면, 더 이상 무엇을 더 바랄 게 있겠는가! 두툼한 담요 생각이 간절하다.

죄수들은 정문 앞에서 단추를 여미고 허리띠를 졸라맨다.

「빨리 나와, 빨리!」 문 옆에서는 경호병들이 서두른다.

「빨리 나가, 빨리!」 등뒤에서는 작업할당계원들이 재촉한다.

첫 번째 문을 지나간다. 빈터가 나온다. 그 다음에 두 번째 정문이 있다.

위병소 옆에는 목책(木柵)이 두 겹으로 쳐져 있다.

「정지!」 위병이 소리친다. 「어슬렁어슬렁 모양새들 좀 봐라. 오열 종대로 정렬하라!」

이제야 겨우 날이 밝기 시작했다. 위병소 뒤쪽에 경호병들이 피워 놓은 모닥불의 불길이 빛을 잃어 간다. 아침에 죄수들이 출동할 때는 언제나 거기다 불을 피운다. 몸도 녹일 겸, 죄수들의 인원수를 파악하기 좋게 주위를 밝힐 겸 해서 피우는 불이다.

위병 하나가 커다란 소리로 절도 있게 외친다.

「일렬! 이열! 삼렬……」

위병의 구호에 맞춰 다섯 명씩 횡대를 이루고 대열을 떠나 앞으로 나간다. 앞에서 보나 뒤에서 보나, 머리가 다섯 개에 잔등이 다섯 개 그리고 발이 열 개, 계산은 정확하다.

목책 저쪽 편에 서 있는 다른 위병이 매표구의 검표원처럼 묵묵히 죄수의 수를 헤아린다. 그 밖에 또 한 사람, 중위 계급장을 단 그들의 상관이 이것을 감시하고 있다. 이 사람은 수용소 측의 중위다.

여기서만은 죄수라는 하나의 인간이 황금보다도 더 소중하다. 철조망 밖에서는 죄수의 머릿수 하나라도 모자랐다가는 그들 자신의 모가지가 달아나는 판이다. 이렇게 위병소를 통과하면, 작업반은 다시 하나로 대열을 정비한다.

이번에는 경호대의 하사관이 점검을 할 차례다.

「일렬! 이열! 삼렬…….」

다시금 다섯 명씩 횡대를 지어 앞으로 나아간다. 반대편에서는 경호대 부관인 또 하나의 중위가 눈을 번쩍이고 서 있다. 절대로 인원수가 틀려서는 안 된다. 머릿수 하나라도 더 체크하는 날이면 자기 자신의 머리로 보충할 수밖에 없다.

경호병들이 쭉 늘어선다. 공사장으로 가는 작업대를 반원형으로 에워싸고 자동소총의 총구를 죄수들에게 향하고 있다.

잿빛 군견(軍犬)을 거느린 경호병도 보인다. 그 중 한 마리가 사나운 이빨을 드러낸다. 마치 죄수들을 비웃는 것 같다.

경호병은 거의 모두가 가죽 반코트를 입고 있다. 길다란 모피외투를 입은 사람은 여섯 명밖엔 없다. 이 모피외투는 망루근무를 하는 사람이 번갈아 가며 입는다.

또 한 번 인원 점검. 경호병이 공사장 작업대에 속한 반들을 전부 합해서 오열 종대로 정렬시킨 다음 인원수를 다시 확인하는 것이다.

「하루 중에 가장 추위가 심할 땐 해가 뜨기 직전이지.」하고 부이노프스키가 불쑥 입을 열었다. 「밤새껏 내려간 기온이 마지막 고비에 이르렀을 때니까.」

이 전직 해군 중령은 주위 사람들에게 무엇이건 곧잘 설명하는 버릇이 있다. 그는 어느 해 어느 날의 일력(日曆)도 낱낱이 외우고 있었다. 수용소에 들어온 후 눈에 띄게 수척해져서 두 볼이 푹 꺼져 들어갔으나 원기만은 아직도 왕성하다.

수용소 문을 나서자 차가운 바람이 정면으로 휘몰아쳐 와 추위에 단련된 슈호프도 얼굴이 찢겨 나가는 것처럼 따가웠다. 공사장까지는 줄곧 바람을 안고 가야 할 모양이다. 슈호프는 바람막이를 위해 준비해 둔 천조각을 꺼내 썼다. 대부분의 죄수가 그렇듯이, 슈호프도 바람에 대비하여 양쪽 끝에 끈이 달린 헝겊을 가지고 다닌다. 이런 헝겊조각 하나만 얼굴에 감아도 추위가 한결 덜하다.

슈호프는 눈언저리까지 헝겊으로 가리고 귀밑으로 해서 뒤통수에다 끈을 묶었다. 그리고 방한모의 귀덮개를 내리고 작업복 깃을 세웠다. 방한모 차양도 이마 위로 꺾어 내렸다. 앞에서 보면 눈언저리만 빼꼼히 뚫려있다. 작업복 허리띠도 한 번 질끈 동여맨다. 이것으로 모든 준비가 된 셈이다. 다만 장갑이 얇아서 손이 곱아 말을 듣지 않는 것이 탈이다. 두 손을 죽어라고 문질러 댄다. 꾸물거리고 있을 때가 아니다. 조금 후면 두 손을 등뒤로 돌려야 한다. 그리고 작업장에 당도할 때까지 그냥 그 자세대로 걸어가야 하는 것이다. 경호대장이 그 지긋지긋한 '죄수의 기도문'을 낭독했다. 아침마다 으레 하는 일과다.

「주의사항! 행군 중에는 대열을 절대로 벗어나서는 안 된다. 함부로 간격을 늘이거나 좁히거나, 대오를 흩트리거나 잡담을 하거나, 좌우로 얼굴을 돌리거나 하는 것은 절대 금한다. 뒷짐을 진 채로 행군할 것! 대열에서 한 걸음라도 이탈하는 자는 탈주로 간주하고 경고 없이 즉각 발포한다! 종대, 앞으로 갓!」

종대의 선두가 천천히 움직이기 시작하고 어깨의 움직임이 뒤로 점차 전해져 온다.

경호병들은 종대와의 거리 20보, 서로의 거리를 10보로 유지한 채 좌우에서 대열을 감독하면서 전진한다. 앞에 총을 한 자동소총은 격발장치(擊發裝置)가 되어 있다.

벌써 1주일째 눈이 내리지 않았다. 길에 덮인 눈은 돌처럼 단단하게 굳어져 있다. 수용소를 오른쪽으로 돌자 바람이 옆으로 불기 시작했다.

모두들 뒷짐을 지고 머리를 푹 숙인 채 대열은 행진한다. 마치 장송 행렬 같다.

눈에 들어오는 것은 바로 자기 앞을 걸어가는 두세 사람의 발꿈치와, 다져질 대로 다져진 발 밑의 흰 눈뿐이다. 그 눈 위를 이번에는 자기의 발이 내딛는다.

이따금 경호병들이 외친다.

「유 사십팔 호! 손을 뒤로 돌려라!」

「비 오백이 호! 대오를 맞춰라!」

얼마 후엔 경호병의 고함소리도 뜸해진다. 혹한의 바람이 눈앞을 흐리게 하는 탓이리라. 경호병들은 헝겊조각을 얼굴에 감을 수도 없게 되어 있다. 경호병 노릇도 쉬운 것만은 아니다.

날씨가 따뜻할 때면 대열에서 잡담이 쉬지 않는다. 경호병이 아무리 기를 쓰고 막으려 해도 소용 없다.

그러나 오늘은 약속이라도 한 듯이 모두들 몸을 움츠리고 앞 사람의 등으로 바람을 피할 생각들만 하고 있다. 그리고 묵묵히 생각에 잠긴다. 하지만 죄수들의 상념이란 결국 똑같은 범주에서 벗어나지 못한다.

매트리스 속에 숨겨 둔 빵은 괜찮을까? 오늘 저녁 의무실에 가면 작업면제는 가능할까? 해군 중령은 정말 영창에 들어갈까? 체자리의 그 따뜻한 셔츠는 도대체 어디서 난 것일까? 틀림없이 사물보관소에서 흘러나온 것이겠지만, 그러나 그런 훌륭한 셔츠를 어떻게 손에 넣을 수 있었는가 말이다.

아침에 빵도 없이 식은 죽으로 배를 채웠기 때문에 슈호프는 벌써부터 뱃속에서 쪼르륵 소리가 나기 시작했다. 공연히 뱃속의 벌레를 자극시킨다는 건 쓸데없는 짓이다. 수용소 생각은 그만하고 집에다 편지 쓸 생각이나 하기로 하자.

죄수들의 대열이 자기들이 세워 놓은 목공소 옆을 지나고 주택구를 빠져나가(역시 죄수들이 지은 것이지만 거기 살고 있는 것은 '속세'의 인간들이다), 새로 세운 구락부 건물을 통과하여(이것도 기초공사부터 벽을 세우는 일까지 전부 죄수들의 손으로 한 것이지만, 여기서 상영되는 영화는 '속세'의 인간들만이 볼 수 있다) 들판으로 나왔다. 또다시 정면으로 바람을 안고 이제야 겨우 붉은빛을 띠기 시작한 동쪽을 향해 걸음을 재촉한다. 흰 눈에 덮인 광야가 끝없이 펼쳐져 있다. 그 어떤 곳에서도 나무 한 그루 보이지 않는다.

오늘부터 새해가, 즉 1951년이 시작되는 것이다. 슈호프는 1년에 두 통의 편지를 보낼 수 있게 되어 있다. 지난해 7월에 한 번 편지를 썼다. 그리고 10월에 회답을 받았다. 우스치 이지마에 있을 때는 규칙이 지금 보다는 덜 엄해서 편지를 보내고 싶으면 한 달에 한 통이라도 보낼 수 있었다. 하지만 도대체 편지에 어떤 내용을 쓴단 말인가? 슈호프가 편지를 쓰는 횟수는 그때나 지금이나 별로 차이가 없다.

슈호프가 고향을 떠난 것은 1941년 6월 22일(독·소 전쟁이 일어난 이튿날, 월요일)이었다. 일요일 미사에 참례하러 폴로무냐의 교회에 갔다 온 사람들의 입에서 전쟁이 났다는 소식을 들었다. 폴로무냐 우체국에 제일 먼저 이 소식이 전해졌다는 것이었다.

전쟁 전만 해도 슈호프의 고향인 춤게네보 마을엔 라디오라고는 구경도 할 수 없었다. 전해 오는 말에 의하면 지금은 집집마다 스피커가 윙윙거리고 있다지만.

요즘에는 1년에 두 번 쓰는 편지나마 쓸 사연이 없다. 편지를 보내 봐야 이쪽 생활이 제대로 이해될 리 없다. 지금은 제 몇 작업반에서 일하고 있다느니, 반장인 안드레이 프로코피예비치 추린이란 사람은 어떤 위인이라느니 하는 등의 이야기를 써 봐야 아무런 관심도 없다. 깊은 물에 돌 던지기다. 오히려 지금은 같은 작업반에서 일하는 라트비아인 키르가스가 멀리 고향에 있는 가족들보다 훨씬 정겹게 느껴진다.

고향에서도 1년에 두 번씩 편지를 보내 오지만, 그 편지만으론 도무지 그곳 사정을 제대로 알 수가 없다. 기껏해야 콜호즈(옛 소련의 집단 농장―옮긴이) 위원장이 새로 부임했다느니, 이웃에 있는 몇 개의 콜호즈가 합쳐져서 하나가 됐다는 따위 소식을 전해 온다. 해마다 바뀌는 게 콜호즈 위원장 아닌가! 그리고 콜호즈는 전에도 한 번 그렇게 합쳐졌다가 얼마 후에 다시 분할되었다고 하지 않았는가! 그밖에도, 누구는 작업량을 완수하지 못해서 채소밭을 150평방미터나 몰수당했다느니, 또 누구는 바로 자기 집 앞에 채소밭을 할당받았다느니 하는 따위 소식이다.

슈호프가 특히 이해가 안 되는 것은, 전쟁이 일어난 후부터 지금까지 콜호즈의 인원이 단 한 명도 늘지 않았다는 내용이었다. 젊은 패들은 사내건 계집애건 모두 어떤 구실을 붙여 가지고는 도회지의 공장이나 탄광 같은 데로 빠져나가 버린다는 것이다. 전쟁에 나간 남자의 반수는 영영 소식을 모른다. 돌아온 친구들도 콜호즈의 일은 관심도 갖지 않고, 살기는 콜호즈에 있는 자기 집에 살면서도 일은 다른 곳에 가서 한다는 것이다.

현재 콜호즈에서 일하고 있는 남자라고는 반장인 자하르 바실르이치와 목수인 치혼 두 사람뿐이라고 한다. 이 치혼이라는 목수는 여든네 살이나 먹은 노인인데도, 얼마 전에 다시 장가를 들어 아이까지 생겼다는 것이다. 콜호즈를 운영해 나가는 것은 20년 전부터 일해 온 중년의 아낙네들이라고 한다.

콜호즈에 살면서 다른 곳으로 가서 일한다……. 슈호프는 아무래도 이 점이 이해가 되지 않았다. 개인농(個人農) 생활도 콜호즈 생활도 모두 경험해 온 슈호프였지만, 다른 마을이라면 몰라도 자기 마을에 그런 친구들이 있다는 건 도무지 이해가 안 되는 일이다. 그러면 품팔이 일이라도 하는 것일까? 그렇다면 풀베기를 할 때는 어떡한단 말인가? 마누라의 답장을 보면, 품팔이 일은 예전에 그만두었다는 것이다. 목수일을 하는 사람도 없고(그의 마을은 옛날부터 목수 일로 이름이 나 있었지만), 버드나무 가지로 바구니를 짜는 일도 이제는 안 한다는 것이다. 아무도 그런 일들을 거들떠보지 않게 된 대신에, 요즘은 상보나 이불보 따위에 무늬를 넣어 염색하는 일이 새로 유행하기 시작했는데 벌이가 그런 대로 괜찮다는 것이었다.

전쟁에 나갔던 어느 친구가 염색용 지형(紙型)을 구해 가지고 돌아온 것이 계기가 되어 이 새로운 수입원은 날이 갈수록 번창해서, 지금은 제법 솜씨가 능숙한 '염색장이'의 수도 많이 증가했다는 것이다.

그들은 콜호즈의 작업반에 속하거나 일정한 직장을 가지거나 하지 않고, 풀베기라든가 추수 때와 같은 농번기에 한 달 동안만 콜호즈의 일을 거들어 준다. 그리고 그 대가로 나머지 열한 달 동안 콜호즈에서 신분증을 발급해 준다는 것이다(신분증 없이는 여행이 불가능하기 때문이다).

그 증명서를 가지고 그들은 전국 방방곡곡을 돌며 다닌다. 때로는 비행기까지 이용하기도 한다. 시간이 아깝기 때문이다. 그리하여 가는 곳마다 상보니 이불보 따위를 염색해 주고는 엄청난 액수의 수입을 올리는 것이다. 그도 그럴 것이, 거의 누더기가 되다시피 한 낡은 시트 따위에다 문양을 넣어 물을 들여 주는 것으로 50루블씩 받을 수 있으니 말이다. 더욱이 한 장 물들이는 데 한 시간이면 넉넉하니 그 수입은 실로 굉장한 것이다.

이반이 돌아오면 다른 건 다 그만두고 '염색장이' 나 시키자, 이것이 그의 마누라가 소망하고 있는 것이다. 그렇게 되기만 하면 여편네 손 하나로 피땀을 흘리며 살아온 궁색한 생활도 면하게 되겠지. 아이들도 실업학교에 넣을 수 있고, 다 쓰러져 가는 오막살이집도 헐어 버리고 새집을 지을 수도 있다. 염색장이치고 집을 새로 짓지 않은 사람은 하나도 없지 않은가. 철도가 가까운 곳에선 전에는 5천 루블이면 지을 수 있던 집이 지금은 2만 5천 루블은 가져야 한다는 데도 말이다.

슈호프는 마누라에게 답장을 보냈다.

어떻게 나 같은 게 염색장이 노릇을 할 수 있다는 거냐? 내가 그림에는 아무런 소질도 없다는 걸 뻔히 알고 있으면서. 도대체 그 멋진 상보라는 건 어떻게 생긴 거냐? 그리고 문양은 어떤 것을 그려 넣느냐?

마누라의 회답은 이러했다.

바보가 아닌 이상 그런 것쯤은 누구나가 다 그려 넣을 수 있다. 지형을 대고 그 위로 물감을 칠한 붓을 문지르면 되는 거니까. 문양은 세 종류가 있다. '트로이카'——기병(騎兵) 장교가 말을 모는 아름다운 마구(馬具)의 삼두마차(三頭馬車)와 또 하나는 '사슴'을 그린 것, 그리고 마지막 것은 페르시아식 나뭇잎 무늬를 넣은 것, 문양은 이 세 가지밖에 없다. 그러나 이런 문양이라도 어디를 가나 인기가 대단하다. 그도 그럴 것이, 진짜 그림 상보나 이불보를 사자면 몇 천 루블씩이나 하는 것을 단돈 50루블로도 살 수 있기 때문이다.

슈호프도 그 그림 상보라는 것을 멀리서나마 한번 보고 싶다고 생각했다.

감옥과 수용소를 전전하는 동안 이반 데니소비치는 내일은 무엇을 어떻게 하고 내년엔 또 무엇을 어떻게 한다는 계획을 세운다든가, 가족의 생계를 걱정한다든가 하는 생각이 아예 없어지고 말았다. 그가 걱정하지 않아도 모든 것은 높은 사람이 대신 결정해 준다. 오히려 그에게는 그것이 훨씬 마음이 편하기도 했다.

하여튼 형기를 마치려면 아직도 2년은 더 있어야 한다.

그러나 이 '염색장이' 일만은 그에게 안정감을 주지 못했다. 자세히는 몰라도 굉장히 수입이 좋은 장사인 것만은 틀림없는 것 같다. 더구나 고향 친구들한테 뒤떨어진다는 건 견딜 수 없는 일이다.

그렇지만 이반 데니소비치는 이 '염색장이' 라는 장사가 정말 마음에 들지 않는다. 얼굴이 두껍지 않고서는, 그리고 양심 같은 건 아주 팽개치고 덤비지 않고서는 할 수 없는 일인 것 같다. 경우에 따라서는 뇌물도 받쳐야 할 게다.

슈호프는 세상에 나와 어느덧 40년, 이도 반은 빠져 버리고 머리숱도 얼마 남지 않은 이날 이때까지, 뇌물이라는 걸 주거나 받거나 한 경험이 전혀 없다. 수용소에 들어와서도 이것만은 끝내 배우지 못하고 말았다.

쉽게 번 돈은 쉽게 없어지게 마련이다. 자기가 일해서 번 돈이라는 애착도 생기지 않을 게다.

아무리 늙고 기운이 없어졌다 해도 무슨 일에든 솜씨가 남에게 뒤지지 않는 슈호프다. '속세' 에 나가기만 하면, 하다못해 빵공장이나 목공소나 양철공장 같은 데서라도 사람은 얼마든지 필요하리라. 다만 공민

권(公民權)을 상실한 신분으로는 어디에서도 채용하지 않는다는 게 문제라면 문제다. 집에도 돌아갈 수 없을지 모른다. 그렇게나 되면 할 수 없이 '염색장이' 노릇이라도 할까…….

이럭저럭 대열은 목적지에 도착했다. 넓은 공사장 한쪽 끝에 있는 수위실 앞에서 일단 멈췄다. 모피외투를 입은 경호병 두 명이 철조망을 따라 저쪽 끝에 서 있는 망루를 향해 움직이기 시작했다. 망루마다 경호병이 올라선 다음에야 비로소 죄수들은 공사장으로 들어갔다.

자동소총을 어깨에 맨 경호대장이 위병소 쪽으로 향했다. 수위실 굴뚝에서는 연기가 무럭무럭 솟아오르고 있다. 여기서는 군인이 아닌 민간인 수위들이 목재나 시멘트 같은 물자의 도난을 방지하기 위해 밤낮으로 지키고 있다.

철조망으로 엮은 정문을 통해 작업장이 한눈에 들어오고 맞은편 철조망까지 보인다.

작업장 너머 아득한 지평선 위에 안개에 싸인 커다란 붉은 태양이 떠오르기 시작했다. 슈호프 곁에 있던 알료샤가 아침에 해를 보자 반가운 듯이 입가에 미소를 지었다. 움푹 패인 두 볼, 아무런 벌이도 하지 않고 배급받는 식량만으로 간신히 살아가고 있는 처지에 도대체 무엇이 좋아서 히죽거리는지 모른다.

수용소 내의 침례교 신자들은 일요일이 되면 자기들끼리 모여서 속삭이곤 한다. 그 친구들에겐 수용소 생활 같은 건 그야말로 안중에도 없는 것 같다.

얼굴을 감쌌던 헝겊이 입김에 젖어 여기저기 얼어붙었다. 슈호프는 헝겊을 턱밑으로 잡아당기고, 바람이 불어오는 방향으로 등을 돌렸다.

아무 데도 찢어진 곳은 없는데 원래가 아무렇게나 만든 장갑이라 손이 저려 오고, 왼쪽 발가락은 이젠 아무런 감각이 없다. 왼쪽 발에 신은 방한화는 불에 타서 다른 헝겊을 대고 꿰맨 자리가 두 군데나 있기 때문이다. 허리에서 잔등으로, 그리고 어깻죽지까지 온몸이 얻어맞기라도 한 것처럼 뻐근하다. 이런 몸으로 과연 작업을 해낼 수 있을까?

몸을 돌리니, 바로 눈앞에 반장의 얼굴이 보였다. 슈호프의 뒷줄에 끼어 있었던 것이다. 반장 추린은 어깨가 딱 벌어진 것이 전체적으로 다부진 인상을 주는 인간이다. 망부석처럼 꿋꿋하게 서 있다. 농담을 하여 자기 반원들을 웃기곤 하는 그런 부류의 사람은 아니다. 그 대신 자기 반의 식사 할당량에 대해서만은 언제나 적극적으로 나선다. 그런 점에서는 능력이 있는 반장이다. 그는 처음 선고받은 형기를 다 끝내고 지금은 추가형(追加刑)을 치르고 있는 중이지만, 강제노동국장의 아들이란 별명으로 통할 만큼 수용소 생활 구석구석에 이르기까지 모르는 것이 없다.

수용소 안에서는 뭐니뭐니해도 반장이 절대적이다. 좋은 반장을 만나면 우선 목숨만은 안전하다고 생각해도 무방하지만, 질이 좋지 않은 반장한테 걸려들었다가는 죽도록 고생만 하게 마련이다.

지금의 작업반장인 추린과는 우스치 이지마 시절부터 친숙한 사이였다. 하기는 거기 있을 때도 그의 반에 들어 있던 것은 아니었다. 우스치 이지마의 일반수용소에서, 형법 72조(반역죄)에 해당하는 죄수만 이곳 유형수(流刑囚) 수용소로 쫓겨올 때, 그가 자기 반에 끌어들인 것이다.

슈호프는 수용소장이나 생산계획부, 현장감독이나 기사(技師) 같은 사람들과는 전혀 친분이 없다. 만사를 반장이 알아서 처리해 주기 때문이다. 이런 반장 밑에 있으면 그야말로 항공모함에 타고 있는 것처럼 안전하다.

그 대신 언제나 그의 눈치를 잘 살피고 있다가 재빨리 시중을 들어주어야 한다. 수용소에서는 다른 사람이라면 몰라도 최소한 반장인 추린의 눈만은 절대로 속이려 해서는 안 된다. 그의 밑에서 잘 있으려면 이것이 첫째 조건이다.

슈호프는, 어제와 같은 곳에서 작업을 할 것인지 또는 다른 곳으로 옮기게 될 것인지 반장한테 알아보려고 했다. 그러나 무엇을 곰곰이 생각하고 있는 반장에게 말을 거는 건 피해야 한다. '사회주의 단지'의 난관을 극복한 지금, 아마도 반장은 작업량 사정(査定)에 대해 머리를 짜내고 있음이 틀림없다. 그 결과 여하에 따라 앞으로 5일 간의 식사 할당량이 달려 있기 때문이다.

반장의 얼굴은 마마 자국투성이었다. 바람이 정면에서 불어오는데도 눈썹 하나 까딱하지 않는다. 떡갈나무 껍질처럼 얼굴의 피부가 단단해져 있다.

죄수들은 장갑 낀 손을 탁탁 두드리며 제자리걸음을 하고 있다. 바람이 세차다!

여섯 군데 망루에 경호병들이 다 올라갔을 텐데, 어째서 아직도 들여보내 주지 않는지 모르겠다. 경계심이 너무 지나치다.

경호대장과 인원 점검원이 수위실에서 나와 정문 양쪽에 선다. 문이 열린다.

「오열 종대로 정렬! 일렬! 이열……」

죄수들은 마치 열병식에 나갈 때처럼 발을 맞추며 걸어 나간다.

공사장에 들어가기만 하면 그 다음엔 어느 정도 행동에 자유가 있다. 정문을 통과하여 조금만 더 들어가면 네모반듯한 현장사무실 건물이 있다. 그 안에서 저 현장감독이 나와 반장들을 소집하고 있다. 아니, 부르지 않아도 이쪽에서 먼저 그리로 간다. '데르' 즉 현장조감독들도 감독한테 간다. 같은 죄수이면서도 동료들을 짐승처럼 부려먹는 지독한 놈들이다.

8시, 아니 8시 5분은 되었을 것이다(조금 전에 신호용 기적이 울렸으니까).

현장감독은 될수록 시간을 아끼려고 죄수들이 불 있는 곳을 찾아 뿔뿔이 흩어져 나가는 것을 막아 보려 하지만, 죄수들은 마음껏 여유를 부리며 해가 넘어가기까지는 아직도 시간이 많은데 무엇 때문에 서두르냐 하는 태도다.

공사장에 들어가면 모두들 키를 낮추고 걷는다. 여기저기 흩어진 나뭇조각을 주워 모아다가 자기들의 난로에 집어넣으려는 것이다. 나뭇조각을 주워 가지고는 서로 적당한 곳으로 숨어 버린다.

추린은 파블로 부반장을 데리고 사무실로 갔다.

체자리도 대열을 벗어나 그쪽으로 갔다. 체자리는 '부유한' 죄수다. 한 달에 두 번 이상이나 소포가 온다. 그것으로 필요한 때마다 뇌물을 제공한 까닭에, 공사장에 오면 계산계(計算係) 조수로 따뜻한 사무실에 들어앉아 펜대나 놀리고 있으면 된다.

제104작업반의 나머지 반원들은 재빨리 불 있는 데를 찾아 서둘러 간다.

안개 낀 붉은 태양이 텅 빈 공사장 구내를 비추기 시작했다. 구내에는 조립식 주택의 판자 벽이 눈에 덮인 채 쌓여 있고, 세우다 만 석조창고의 토대 옆에는 핸들이 부러진 굴삭기가 버려져 있다. 무쇠 통이 뒹굴고 있는가 하면 폐철이 산더미처럼 높이 쌓여 있다. 공사중인 배수로, 여기저기 파놓은 웅덩이, 자동차수리 공장 지붕에는 기둥 한 개가 높이 솟아있다. 그리고 저쪽 언덕 위에는 건물을 짓다 만 '테츠' 즉 난방 발전 센터 건물이 서 있다.

죄수들이 몸 녹일 곳을 찾아 뿔뿔이 흩어져 버리고 난 다음에는, 여섯 군데 망루에 올라선 경호병들과 사무실 주변을 오가는 사람의 그림자가 보일 따름이다.

이 순간이야말로 죄수들의 자유로운 한때인 것이다.

작업장의 주임감독은 오래 전부터 각 작업반의 작업 할당을 전날 저녁에 미리 끝내 놓으라고 강력히 요구하고 있지만, 좀처럼 효과는 보지 못하고 있다. 왜냐하면 밤 사이에 상부의 방침이 반대 조로 바뀌기가 일쑤기 때문이다.

잠시 동안이지만 그러나 완전한 자유시간!

높은 사람들의 회의가 계속되는 동안, 어디라도 좋으니 따뜻할 것처럼 보이는 건물 속으로 기어 들어가 얼마 후에 시작될 고된 노동을 위해 휴식을 취하는 것이다. 혹시 운수 좋게 난로 옆에 자리잡을 수 있으면 발싸개라도 풀어 불에 쬘 수 있어서 좋다. 그러면 하루 종일 발가락들은 추위를 모를 것이다. 아니, 난로가 없어도 괜찮다. 이 잠시 동안의 쾌적한 기분에 어찌 변함이 있으랴.

제104작업반원들은 텅 빈 자동차 수리 공장 건물 속에 기어 들어가 있었다. 이 건물은 제38작업반이 콘크리트판(板) 제조장으로 사용하고 있는 곳인데 지난해 가을 유리 창문까지 달아 놓았다.

나무틀에 들어 있거나 나무틀을 빼고 모로 세워 놓은 콘크리트 판들이 늘어서 있고, 보강철재 같은 것도 한쪽에 쌓여 있다.

천장이 높고 바닥이 흙바닥이어서 그리 따뜻하지는 않지만, 그래도 이 건물에서는 석탄이 풍족해 난방이 잘 되어 있었다. 물론 사람을 위한 난방이 아니라 콘크리트 판의 동결을 방지하기 위한 것이지만. 게다가 온도계까지 달려 있다.

일요일에는 무슨 이유에선지 죄수들을 작업장에 내보내지 않게 되어 있는데, 작업이 없는 날에도 이 건물에는 공사장 측의 인부가 쉬지 않고 불을 피우고 있었다.

제38작업반 친구들은 다른 반 죄수들은 난롯가에 얼씬도 못 하게 한다. 저희들끼리 난로를 에워싸고 앉아서 발싸개를 말리고 있다. 그러나 불평을 할 처지가 못 되니까, 구석 자리나마 만족하게 여길 수밖에 없다.

슈호프는 금방 미어질 것같이 닳아빠진 솜바지 엉덩이를 나무틀 위에 얹고 앉아서 벽에 등을 기댔다.

조금 뒤 옆으로 몸을 돌리려 했더니 겉에 입는 작업복과 속의 방한복이 이상하게 당겨지며 왼쪽 가슴이 무슨 단단한 물건에 짓눌리는 것 같은 감촉을 느꼈다. 그것은 아침에 안주머니에 넣은 빵 덩어리라는 것을 알았다. 점심때 먹을 식량이다.

여느때 같으면 점심때가 되기 전엔 절대로 빵에 손을 대는 일이 없는 슈호프였다. 다른 날은 아침에 반 조각을 먹고 나온다. 오늘처럼 식은 죽만 먹고 나온 적은 없었다.

이제야 슈호프는, 음식을 절약한다는 것이 결코 절식이 되지 못했다는 걸 깨달은 셈이다. 호주머니 속의 빵을 여기 따뜻한 데서 지금 먹고 싶다는 유혹이 고개를 들고 일어선다. 점심때까지는 아직도 다섯 시간이나 남았다. 그때까지 도저히 참을 수 있을 것 같지가 않다.

아까부터 어깻죽지가 아프더니 이제는 다리까지 저려온다. 다리의 힘이 빠져나가 버린 것 같다. 아아, 난로 옆에 가고 싶은 생각이 간절하건만…….

슈호프는 장갑을 벗어 무릎 위에 놓고 방한복의 앞자락을 헤쳤다. 그 다음 입김에 얼어붙은 얼굴을 가렸던 방한용 헝겊을 목에서 풀어 쓱쓱 문질러 호주머니 속에 집어 넣었다. 이번에는 흰 천조각으로 싼 빵을 꺼내어 밑에서 그 천조각을 받쳤다. 부스러기 하나라도 떨어뜨리지 않으려는 것이다.

그 다음 조금씩 빵을 베어 물기 시작했다. 작업복과 방한복에 싸여 체온이 미치는 데 들어 있었기 때문에 빵은 조금도 얼지 않았다.

수용소에 들어온 후부터 슈호프는 전에 고향마을에 있을 때 배불리

먹던 일을 곧잘 생각하곤 했다. 감자를 무쇠냄비에 몇 개씩이나 넣고 채소를 넣은 죽을 몇 대접씩이나, 그리고 식량 사정이 좋았던 옛날에는 커다란 고깃덩어리를 닥치는 대로 먹어 댔었다. 게다가 우유는 질리도록 마셨다.

그렇게 먹는 것이 아니었다고 슈호프는 지금에야 절실히 느끼고 있다. 음식을 먹을 때는 그 진미를 느끼며 먹어야 한다. 다시 말하자면 지금 이 조그만 빵조각을 먹듯이 먹어야 한다. 조금씩 입안에 넣고 혀끝으로 이리저리 굴리며 양쪽 볼에서 침이 흘러나오게 한다. 그렇게 하면 이 설익은 검은 빵이나마 얼마나 달콤한지 모른다. 수용소 생활 8년, 아니 이제는 9년째로 접어들지만, 그 동안 슈호프가 먹어 봤던 게 도대체 무엇이었던가? 전 같으면 입에 대지도 못할 것들뿐이었다. 그렇다고 그것에 이제는 질렸다는 건가? 천만에!

200그램짜리 빵 덩어리에 온 정신이 팔려 있을 때 슈호프 옆에는 제104작업반 전원이 역시 같은 모양을 하고 앉아 있었다. 분간을 할 수 없이 닮은 두 사람의 에스토니아인이 콘크리트 바닥에 나란히 앉아서 파이프에 낀 반 토막짜리 담배를 한 모금씩 번갈아 가며 피우고 있다. 이 에스토니아인들은 둘이 다 살갗이 희고 키가 크며, 빼빼 마른 데다가 다리가 상당히 길다. 그리고 둘이 다 똑같이 눈이 동그랗다.

그들은 잠시도 떨어지지 않고 항상 붙어 다닌다. 한쪽이 없으면 다른 한쪽은 아마 살지 못할 것이다. 반장도 그들의 관계를 인정하는 모양이다.

그들은 무엇이나 똑같이 나눠 먹었고, 잠도 위층의 같은 침상에서 나란히 누워서 잔다. 대열 중에서도, 집합 시에도, 밤에 잠자리에 들어서도 그들은 언제나 소곤소곤 정답게 속삭인다. 그렇다고 해서 그들은 형제도 친척도 아니다. 수용소에 들어와서 제104작업반에 편입된 후에 처음 사귄 친구들이다.

한 사람은 발틱해 연안에서 고기를 잡으며 생활했다. 또 한 사람은 1917년 처음으로 소비에트 정권이 에스토니아에 수립되었을 때, 어린 애였던 그는 부모를 따라 스웨덴으로 이주했었다. 다 자란 후에 그는 다시 고국으로 돌아와(에스토니아는 그 당시 비공산국가였다. 소련에 합병된 것은 1940년─옮긴이) 대학을 졸업했다는 것이다.

민족을 가지고 논하는 건 어리석은 일이다. 어느 민족이건 질이 좋지 않은 사람은 반드시 있는 법이다. 그러나 슈호프가 기억하는 한, 에스토니아인치고 나쁜 사람이라곤 아직까지 한 사람도 본 일이 없다.

모두 콘크리트 바닥이나 나무틀이나 혹은 땅바닥에 주저앉은 채 잠시 동안의 휴식을 즐기고 있다. 아침에는 혀끝도 굳어져 있다. 저마다 자기 생각에 잠겨 말없이 앉아 있을 뿐이다.

게걸쟁이 페추코프가 어디서 찾았는지 꽁초를 잔뜩 주워 가지고 왔다(그는 타구 속에 들어간 꽁초까지 서슴지 않고 꺼내 오는 친구다). 지금 무릎 위에 꽁초를 전부 까놓고 종이에 그것을 말고 있는 중이다. '속세'에 있을 때 페추코프에게는 아이가 셋이 있었다. 그러나 그가 투옥되자 아이들은 뿔뿔이 흩어져 버리고 아내도 다른 남자와 재혼했다. 그러니까 그는 식량소포는 꿈도 꾸지 못할 처지다.

페추코프를 한참 동안 곁눈으로 바라보고 있던 부이노프스키가 끝내 참지 못하고 한마디했다.

「야, 이놈아, 그런 더러운 걸 뭣 하러 긁어 모아 오는 거야? 입에서 매독이 옮는다! 내버려!」

해군 중령이라면 웬만한 군함의 함장이다. 몸에 밴 것이 지휘 명령이다. 어느 누구와 말할 때도 명령조로 나오기가 일쑤다.

그러나 페추코프로서는 부이노프스키한테 기가 죽을 이유라곤 조금도 없었다. 중령에게도 소포가 올 징조는 전혀 보이지 않으니 더욱 그렇다. 그는 이가 거의 다 빠져 달아난 뻐끔한 입에 가소롭다는 듯 조소를 띠며 대꾸했다.

「그러지 마시오, 함장 동무. 당신도 8년쯤 생활하다 보면 꽁초에 눈이 벌게지게 될 거요. 수용소에서는 당신보다 더 높은 계급을 가졌던 양반들도 많이 들어 왔지만 결국은……」

하지만 이 중령만은 어쩌면 끝까지 버틸 수 있을지도 모른다……. 페추코프는 이렇게 생각하고 말꼬리를 흐려 버렸다.

「뭐라고?」 세니카 크레프쉰이 끼여들었다. 그는 귀가 잘 안 들린다.

그는 부이노프스키가 아침 검사 때 간수에게 항의한 이야기를 하고 있는 줄 알았던 모양이다. 「그렇게까지 흥분하는 게 아니었어!」하며 머리를 설레설레 내젓는다. 「아무것도 아닌 걸 가지고 공연히……」

세니카 크레프쉰은 모든 것을 체념한 듯이 사는 사내다. 그는 41년 (독·소 전쟁이 일어났던 해)에 전선에서 한쪽 귀를 다쳤다. 그후 포로가 되었다가 탈주했고, 다시 붙잡혀 바이마르 근처의 나치 수용소에 투옥되었다. 거기서 기적적으로 생존해 지금은 이 수용소에서 조용히 형을 치르고 있다(독일군에게 포로가 되었다가 귀국한 군인은 전원 강제 노동수용소로 추방되었던 것이다—옮긴이). 흥분해선 안 된다는 것이 그의 지론이다.

그건 옳은 말이다. 분한 일이 있더라도 흥분해서는 안 된다. 공연히 맞섰다가는 이득은커녕 그만큼 손해일 뿐이다.

알료샤는 손으로 얼굴을 가린 채 잠자코 앉아 있다. 기도를 드리고 있는 거다.

반 토막의 빵에 슈호프는 온 정신이 팔려 있었다. 그러나 이제는 그 것도 거의 다 먹어 버렸다. 둥글게 말라붙은 위쪽의 껍질만은 먹지 않기로 했다. 그릇 밑바닥에 들어 붙은 죽을 긁어먹는 데는 숟가락보다도 이 빵 껍질이 훨씬 편리하다. 그는 먹다 남긴 껍질을 점심때 먹기로 하고 흰 헝겊에 싸서 방한복 안주머니에 넣었다.

추위를 막기 위해 방한복과 작업복을 다시 한 번 잘 만지고 노끈으로 허리를 동여맸다. 이것으로 준비완료. 언제든지 작업에 임할 수 있다. 그러나 작업개시는 가능하면 늦어지길 바란다.

제38작업반원들은 난롯가에서 일어나 제각기 맡은 일을 시작했다. 콘크리트 혼합기에 가서 일하는 사람, 물을 길러 가는 사람, 보강철재를 가지러 가는 사람.

제104작업반은, 반장 추린도 부반장 파블로도 좀처럼 나타나지 않는다. 겨울철의 노동시간은 오후 6시까지로 단축되어 있다. 이렇게 여유 있게 앉아서 쉬는 것도 기껏 20분밖엔 안 되는 짧은 시간이지만, 그래도 모두들 굉장히 많은 시간 동안 휴식을 취한 듯이 만족해 하고 있다.

해가 지고 작업이 끝나는 것도 얼마 남지 않은 것 같은 망상에 빠지곤 한다.

「제기랄, 부란(초원지방의 무서운 눈보라—옮긴이)도 한번 불어오지 않는군!」 뒤룩뒤룩 살이 찌고 얼굴이 불그스름한 라트비아인 키르가스가 한숨을 내쉬었다. 「겨우내 한번도 부란이 없으니 원 이것도 겨울인가?」

「그러게 말야……부란!……한번쯤 불어와야 할 게 아냐!」 다른 반원들이 맞장구를 치며 역시 한숨을 내쉰다.

이 지방에서는 부란이 맹위를 떨칠 때는 모든 일손을 놓을 뿐만 아니라 막사에서 밖으로 나가는 것조차 금한다. 막사에서 식당에 가는 데도 동아줄에 매달리지 않고는 갈 수 없을 지경이다. 한두 명의 죄수쯤 눈속에 파묻혀 얼어죽는대도 문제될 건 없다. 개한테 뜯어 먹히라고 내버려두면 그만이다.

그러나 혹시 탈주자라도 생긴다면? 아니, 사실 그런 일이 없었던 것은 아니다. 부란이 불 때는 아주 잘다란 싸락눈이 내리지만 그것을 다지면 간단히 눈더미가 되는 것이다. 이 눈더미를 발판으로 하여 철조망을 뛰어넘어 도망을 친 것이다. 물론 얼마 못 가서 잡히기는 했지만.

냉정히 생각해 보면 부란이 불어온다고 해서 죄수들에게 도움이 될 건 하나도 없었다. 막사의 문을 잠가 버리고 만다. 석탄도 툭하면 떨어진다. 막사 안의 온기는 창 틈으로 몰려드는 바람에 사라지고 만다. 곡분의 보급이 중단되어 빵이 부족하게 되고 식당의 부식도 떨어진다. 더욱이 부란이 아무리 오래 계속되어도 사흘이 걸리건 1주일이 걸리건,

작업이 중지된 날은 모두 휴일로 계산하고, 그 대신 일요일에 일을 해서 작업일수를 채우지 않으면 안 된다.

그런데도 죄수들은 역시 부란이 기다려진다. 조금이라도 바람이 세게 불면 모두들 하늘을 쳐다본다. 부슬부슬이라도 내리지 않나! 부슬부슬! 물론 눈을 두고 하는 말이다. 땅에 내려 덮인 눈을 날리는 정도의 눈보라만으로는 본격적인 부란은 오지 않기 때문이다.

어느새 제38반의 난롯가로 슬그머니 다가간 친구들도 있었지만, 이내 쫓겨나고 말았다.

드디어 추린이 건물 안에 얼굴을 보였다. 얼굴을 잔뜩 찌푸리고 있다. 무슨 일인지 몹시 못마땅한가 보다.

「자, 그럼……」 추린은 반원들을 둘러보았다. 「백사 반, 전원 이상 없지?」

이렇게 말했으나 인원 점검을 하려는 것은 아니다. 추린의 밑에서 달아날 놈이 어디 있겠는가. 즉석에서 인원 배치가 시작된다.

먼저 에스토니아인 둘과 크레프쉰, 그리고 고프치크는 근처에 있는 커다란 시멘트 혼합통을 '테츠'로 운반해 가라는 명령을 받았다.

이것으로 오늘 작업은 작년 가을에 세우다 그만두었던 '테츠'라는 것이 분명해졌다.

그 다음 두 명은 공구반으로 배치되었다. 공구반에는 부반장 파블로가 연장을 받으러 먼저 가 있었다.

그리고 네 명은 '테츠' 주위, 특히 기계실의 입구와 내부 그리고 계단의 제설작업, 다른 두 명은 기계실 난로에 불을 피우라는 명령을 받았다. 어디서든 판자조각을 주워다가 석탄에 불을 피워야 한다.

썰매로 시멘트를 운반하는 데 한 명, 물을 길어 오는 데 두 명, 모래를 운반해 오는 데 두 명, 그 모래에서 눈을 털어 망치로 잘게 부스러뜨리는 데 한 명이 배치되었다.

이제 남은 것은 제104작업반에서 일솜씨가 가장 훌륭한 슈호프와 키르가스뿐이었다. 반장은 이 두 사람을 앞으로 불러내서 말했다.

「그럼 젊은이들, 너희들은······.」 반장은 이 두 사람보다 나이를 더먹은 것도 아닌데 누구에게나 '젊은이들' 이라고 부르는 버릇이 있었다.

「오후부터 이층 벽에 블록을 쌓아 올리도록 하게. 작년에 제 육 작업반에서 쌓던 곳 말이야. 하지만 그전에 기계실의 난방을 해야 할 텐데커다란 창문이 세 개나 뚫려 있으니까 우선 그것부터 해결해야 하네.인원은 얼마든지 내줄 테니 창문 막을 재료를 생각해 보게. 기계실에서시멘트를 혼합해야 할 텐데 바람을 막지 않으면 모두 개새끼들처럼 얼어죽고 말 테니 말야.」

이 밖에도 또 무슨 지시를 하려 했던 모양이었으나, 그때 고프치크가달려 들어왔다. 흰 돼지새끼처럼 얼굴이 불그스름한, 열여섯 살밖에 안된 소년이다. 다른 반에서 시멘트 혼합통을 서로 차지하려고 하다 지금싸움이 벌어졌다고 호소하러 온 것이다.

추린이 곧 그쪽으로 달려갔다.

요즘 같은 추위엔 작업을 시작할 때까지가 견디기 어렵다. 막상 일을시작하고 나면 그 다음 일은 오히려 쉽다.

슈호프와 키르가스는 서로 얼굴을 바라보았다. 두 사람은 벌써 여러 번 같이 일해 본 경험이 있다. 서로 상대방을 목수로서 블록공으로서 대접하고 있었다.

눈에 덮인 텅 빈 작업장 구내에서 창문 막을 재료를 구한다는 건 결코 쉬운 일이 아니었다.

그러나 키르가스가 말했다.

「이봐, 바냐!('이반'의 애칭—옮긴이) 저기 조립식 주택에 두루마리로 된 루핑을 한 개 감춰 둔 게 있는데, 어때, 아직도 있나 한 번 가볼까!」

키르가스는 라트비아인이지만 러시아어를 제 나라 말처럼 잘 한다. 그의 이웃마을이 러시아 정교(正敎)를 믿는 마을이었으므로 어릴 적부터 러시아어를 익혔다는 것이다. 수용소 생활은 아직 2년밖엔 안 되었지만 이젠 모든 것이 환하다. 재빠르게 쫓아다니지 않고는 아무것도 손에 넣지 못한다는 것도 잘 알고 있다.

키르가스의 이름은 요한이었다. 그래서 슈호프도 역시 그를 바냐라고 부른다('이반'은 '요한'의 러시아식 발음—옮긴이).

그들은 루핑을 가지러 가기로 했다. 다만 그리로 가는 길에 슈호프는 자동차수리 공장의 부속건물에 들러 자기의 흙손을 챙겨야 했다. 블록공에게는 손에 잘 맞는 가벼운 흙손이 무엇보다 귀중하다. 그러나 어느 작업장에서나 아침에 공구반에서 배급받은 연장은 저녁에 반드시 반환하게 되어 있다. 그러니까 이튿날 어떠한 연장이 내 손으로 오는가 하는 것은 그날 운수에 달린 것이다.

그러나 슈호프는 어느 날 공구의 수를 교묘하게 속여 자기 손에 알맞은 흙손을 한 개 슬쩍 감춰 둔 게 있었다. 그 후부터는 저녁때 흙손을 아무도 모르는 곳에 두었다가 이튿날 블록을 쌓는 일이 있으면 그것을 꺼내 쓰곤 했다. 오늘 제104작업반이 '사회주의 단지'로 전출되었다면, 슈호프는 그토록 아끼는 흙손을 다시는 손에 쥐지 못했을 것이다. 하지만 오늘은 문제없다. 돌을 밀어내고 틈바구니에 손가락을 넣어 소중한 흙손을 꺼냈다.

　　슈호프와 키르가스는 조립식 주택이 있는 쪽으로 걸어갔다. 입김이 희고 둥근 공처럼 허공에 맴돈다. 해는 이미 높이 떠올랐으나 짙은 안개 때문에 희뿌옇게 보인다. 태양의 주위로 기둥 모양의 극광(極光)이 보이는 것 같았다.

　　「아니, 저건 극광 아냐?」 슈호프가 키르가스를 보며 말했다.

　　「극광 기둥이라면 백 개가 있어도 상관없어.」 키르가스는 히죽 웃어넘겼다. 「설마 저 기둥에까지 철망을 치진 못할 테니 말이야.」

　　키르가스의 말에는 항상 농담이 섞여 나왔다. 그래서 반원들은 모두 그를 좋아한다. 특히 수용소 내의 라트비아인들은 그를 무척 따르고 있다. 키르가스의 생활 수준은 보통 정도는 되며, 한 달에 두 번씩 식량소포를 받고 있다. 수용소 죄수답지 않은 불그스름한 두 볼, 그쯤 되면 농담도 나올 법하다.

　　작업장 대지는 꽤 넓었다. 그들은 이쪽 끝에서 저쪽 끝까지 걸어가야 한다.

　　도중에 제82작업반을 만났다. 구덩이를 파고 있다. 구멍은 작아도 좋다. 직경이 50센티미터, 깊이가 역시 50센티미터, 그렇지만 이곳은 여름에도 땅이 단단하기 이를 데 없다. 게다가 지금은 꽁꽁 얼어붙어서 그것을 파헤치기란 보통 힘든 일이 아니다. 곡괭이를 내리쳐도 끝이 미끄러지며 불똥이 틜 뿐 땅에는 아무런 자국도 없다. 죄수들은 각자의 구덩이 앞에 선 채 구멍을 팔 엄두도 못내는 모양이었다. 몸을 녹일 장소도 없고, 그렇다고 그곳을 떠나라는 명령도 없다. 하는 수 없다. 또 한 번 곡괭이를 내려쳐 본다. 그것이 동사를 면할 수 있는 유일한 방법이니까.

그들 중에는 슈호프와 친분이 있는 바트카인도 끼어 있다.

「여보게, 구덩이 위에 열을 가해 보지 그러나. 땅이 한결 물러질 테니.」 슈호프가 말을 걸었다.

「그런 명령은 없었는걸.」 바트카인은 한숨을 쉬며 대답했다. 「명령이 있다 해도 불을 피우라고 나무를 줄 놈이 어디 있겠나.」

「스스로 알아서 해야지.」

키르가스는 퉤 침을 뱉는다.

「이봐, 바냐. 생각 있는 감독이라면 말야, 이 추운 겨울에 곡괭이로 구덩이를 파라는 명령은 내리지 않을 텐데…….」 키르가스는 무슨 소린지 혼자 투덜거렸으나 조금 후엔 입을 다물고 말았다. 이런 추위에는 오래 입을 놀리고 있을 수도 없다.

두 사람은 걸음을 재촉하여 조립식 주택의 판자 벽이 쌓여 있는 곳까지 왔다.

슈호프는 키르가스와 짝이 되는 것을 좋아했다. 키르가스에게 단점이 있다면 그것은 그가 담배를 피우지 않는다는 한 가지뿐이었다. 따라서 그에게 오는 소포에 담배는 온 적이 한 번도 없었다.

과연 키르가스는 약삭빠른 친구다. 둘이서 판자 벽을 한 장 한 장 들추노라니, 그 밑에서 지붕에 씌우는 루핑의 두루말이가 한 개 나왔다. 그들은 그것을 꺼냈다. 하지만 이것을 어떻게 가져가지?

망루에 있는 경호병은 문제가 아니다. 그들의 임무는 죄수의 탈주를 방지하는 데 있을 뿐, 죄수들이 공사장에서 판자 벽을 죄다 부숴 불을 땐다 해도 간섭하지 않는다.

수용소 소속인 간수를 만난다 해도 역시 신경 쓰지 않아도 된다. 간수는 간수대로 자기에게 필요한 물건을 찾기에 혈안이 되어 있기 때문이다.

그리고 일반 죄수들은 이런 조립식 주택 같은 것에는 관심도 없다. 작업반장들도 역시 마찬가지다.

단지 걸리는 것은 민간인인 현장감독과, 죄수 중에서 뽑혀 나온 현장 직원, 그리고 시크로파첸코라는 키다리 녀석뿐이다.

이 시크로파첸코란 녀석은 기껏해야 죄수에 지나지 않는 신분이지만, 죄수들이 함부로 재료를 집어 가지 못하게 조립식 주택을 감독하는 임무를 띠고 있다. 그것으로 자기의 작업량을 대신하는 팔자 좋은 친구다.

사면이 트인 곳으로 나가기만 하면, 제일 먼저 그놈에게 들키고 말 것이다.

「그러니까 바냐, 두루말이를 가로로 들고 가는 건 위험해.」 슈호프가 머리를 짜냈다. 「그냥 세운 채로 옆에 끼고 가세. 몸으로 가리고 가면 먼 데서는 잘 모를 테니까.」

묘안인 것만은 틀림없다. 그러나 두루말이를 세운 채로 가져가려면 손으로 잡을 데가 적당하지 않았다.

그래서 손으로 쥐지는 않고 두 사람 사이에 다른 사람을 하나 꼭 끼듯이 하고 걷기 시작했다. 멀리서는 두 사람이 다정하게 걸어가는 것처럼 보인다.

「그렇지만 창문에 단 다음, 현장감독이 와 보면 어떡하지? 아무래도 들킬 게 아냐?」

슈호프는 그것이 걱정되는 모양이다.

「그게 어쨌다는 거야?」 키르가스가 반문했다. 「테츠에 와 보니까 전부터 이렇게 되어 있었어요, 이걸 떼야 하나요? 하고 모르는 척하면 그만이지.」

그도 그럴 듯한 말이다.

그보다도 허술한 장갑 속에 든 손가락이 자꾸만 얼어들어서 말을 듣지 않는다.

게다가 왼쪽 방한화가 아무래도 문제가 있다. 손이야 일을 하노라면 풀리겠지만, 구멍이 뚫어진 신발이 문제다.

사람 발자국도 나지 않은 흰 눈 위를 가로질러 한참을 걸어가니, 공구반에서 '테츠' 쪽으로 썰매 자국이 나 있다. 벌써 시멘트를 운반해간 모양이다.

'테츠'는 야트막한 언덕 위에 있었다. 그 언덕 너머가 공사장의 경계선이다. 꽤 오랫동안 '테츠'에는 사람의 발길이 끊어졌었다. 그리로 통하는 길도 하얀 눈으로 덮여 있다. 그 눈 위에 썰매 자국이 한결 두드러지게 보이고, 푹푹 빠진 사람의 발자국이 새로운 길을 만들어 놓고 있었다. 반원들이 걸어간 자국이다. '테츠'의 주위와 자동차가 들어올 통로에서는 반원이 열심히 눈을 치고 있었다.

'테츠'의 리프트(승강기)만 움직인다면 일은 한결 쉬울 것이다. 그러나 전에 모터가 타 버렸다는 말이 있었는데, 그 후 고쳤다는 말은 듣지 못했다. 그렇다면 블록이건 모르타르건 일일이 등에 지고 이층으로 날라야 한다.

'테츠'는 벌써 두 달째나 잿빛 해골처럼 눈 속에 방치되어 있었다. 그러다가 오랜만에 비로소 104반이 찾아든 것이다.

하기는 어디를 보나 믿음직스런 점이라고는 한 군데도 없는 패거리임에 틀림없다. 속이 빈 배를 노끈으로 질끈 동여맨 초라한 행색들이다. 게다가 숨이 막히는 이 추위에 난방은 고사하고 난로 한 개 멀쩡한 것이 없는 형편이다.

그러나 104반도 괜스레 찾아온 것은 아니다. 이 폐허와 같은 '테츠'에 또 다시 생명의 입김을 불어 넣으려는 것이다.

기계실 입구에는 부서진 시멘트 혼합통이 뒹굴고 있었다. 부피가 굉장히 큰 것이어서 운반해 오기가 쉽지 않으리라 생각했는데, 슈호프의 예상은 적중한 셈이다.

반장이 계속해서 욕설을 퍼붓고 있다. 그렇게라도 하지 않으면 성이 풀리지 않기 때문이리라. 하지만 내심으로는, 누구를 탓할 수도 없는 일이라고 체념하고 있는 모양이었다.

그때 마침 키르가스와 슈호프가 루핑을 사이에 끼고 돌아왔다.

금방 기분이 좋아진 반장은 그 자리에서 작업 배치를 바꾸었다. 슈호프는 빨리 불을 피울 수 있도록 난로의 연통을 손볼 것, 키르가스는 두 에스토니아인의 도움을 받아 혼합통을 수리할 것, 세니카 크레프쉰은 자귀를 가지고 루핑을 붙일 횡목(橫木)을 만들 것, 루핑의 넓이가 창문의 반밖에 안 되기 때문이다. 그러나 어디서 횡목감을 구해 온단 말인가? 창문을 막겠다고 해도 현장감독이 나무를 내줄 리가 없다.

반장은 주위를 한번 둘러본다. 반원들도 주위를 둘러본다.

한 가지 눈에 띄는 게 있다. 이층으로 올라가는 계단에서 손잡이 대신 붙어 있는 판자를 두 장만 떼내는 것이다. 조심해서 오르내리기만 하면, 그것이 없다고 해서 밑으로 떨어지지는 않을 것이다. 사실 그것밖엔 다른 방도가 없지 않은가?

그건 그렇고, 10년이나 수용소살이를 한 처지에 뭐가 아쉬워서 일에 열중한단 말인가?

나는 못 하겠다 하면 그만 아닌가? 저녁때까지 적당히 시간을 때우다가, 밤이 되면 잠자리에 드러누우면 된다는 식으로는 통하지 않는단 말인가?

하지만 그게 아니다. 그렇게 게으름을 부리지 못하게 하기 위해 작업반이라는 게 형성되어 있는 것이다.

말이 작업반이지 '속세'의 작업반과는 성격이 다르다. 이반은 이반대로 표트르는 표트르대로, 제각기 임금이 지불되는 그런 제도가 아니다.

수용소의 작업반이란, 높은 사람이 일부러 나돌아 다니지 않아도 죄수들끼리 서로 감시하게 하기 위한 조직이다. 작업반 전원에게 상여급식이 나오느냐, 아니면 전원이 배를 곯느냐, 이것이 수용소의 규칙이다.

허, 이놈 봐라, 꾀를 부리려 드는구나! 네 놈 때문에 다른 사람까지 곯어야 한다는 걸 몰라? 어서 딴짓하지 말고 일하지 못해! 더구나 오늘 같은 날 게으름을 부린다는 건 말도 안 되는 소리다. 온힘을 다해 일에 박차를 가할 필요가 있다. 앞으로 두 시간 이내에 어떤 방법을 쓰든 난방을 해 놓지 못하면 모두 여기서 얼어죽고 말 게다.

연장은 파블로가 벌써 받아다 놓았다. 다만 모든 일이 아직 질서가 잡히지 않은 게 문제다.

연통도 낡은 것이 몇 개 있다. 물론 양철공이 쓰는 도구는 없지만 장도리와 자귀는 있다. 어떻게 해서든 대강 맞출 수는 있을 게다.

슈호프는 장갑 낀 손바닥을 탁탁 치고 나서 연통을 연결하기 시작했다. 손이 저려 오면 또 한 번 손바닥을 치고 작업을 계속한다(흙손은 가까운 데 감춰 두었다. 같은 반원들은 말하자면 한집안 식구지만, 그렇다고 안심해서는 안 된다. 키르가스만 해도 완전히 믿을 수는 없다).

그러나 조금 후엔 모든 잡념이 깨끗이 사라져 버렸다. 슈호프는 아무것도 생각지 않고 아무것에도 신경을 쓰지 않았다. 단지 생각하고 있는 것은, 연통이 구부러지는 곳을 어떻게 연결하면 연기가 새지 않게 할 수 있을까 하는 것뿐이다. 철사를 구해 오라고 고프치크를 보냈다. 창문 밖에서 연통을 매다는 데 있어야 하기 때문이다.

기계실 한쪽 구석에는 벽돌로 쌓은 굴뚝이 달린 또 하나의 납작한 난로가 있다. 불그스름하게 녹이 슨 널따란 철판이 난로 위에 놓여 있다. 얼어붙은 모래 덩어리를 올려놓고 얼음을 녹이고 모래를 말리는 데는 적당하다. 그쪽 난로에는 벌써 불을 때고 있었다. 전직 해군 중령과 페추코프가 모래를 나르고 있다. 모래를 나르는 일이라면 병신이라도 할 수 있는 일이다. 그러니까 반장도 이런 일은 옛날에 높은 자리에 앉았던 죄수들이 맡게 하는 것이다.

페추코프는 전에 어느 관청에 제법 높은 자리에 앉아 있었다고 한다. 전용차까지 가지고 있었다니 상당하다. 해군 중령이 들어온 후 처음 며칠 동안은 노골적으로 적의를 표시하며 쉴새없이 호통을 쳤으나, 중령에게 한번 호되게 당한 후부터는 조용해지고 말았다.

모래를 얹은 난로는 몸을 녹이려는 친구들로 어느새 겹겹이 싸였다.

반장이 고함을 친다.

「저것들이, 얻어맞고 싶은가! 일할 준비부터 해야 할 게 아냐!」

주저앉으려는 개에게는 채찍을 보이라는 말이 있다. 추위도 무섭지만 반장은 더욱 무섭다. 모여 섰던 패들은 모두 제자리로 흩어져 갔다.

슈호프는 반장이 파블로에게 속삭이는 소리를 들었다.

「여긴 자네가 남아 있게. 게으름을 피우지 못하게 잘 감시해야 하네. 나는 작업량 사정(査定) 문제를 해결하고 올 테니.」

작업 그 자체보다도 더욱 중요한 것이 작업량 사정이다.

능력 있는 반장이란 작업량 사정을 잘 해야 한다. 작업량을 어떻게 사정하느냐에 따라 급식량이 늘 수도 있고 줄 수도 있으니 생각만큼 간단한 문제가 아니다.

다 하지 못한 일도 다 한 것처럼 눈가림해야 하고, 사정률(査定率)이 낮은 일은 좀더 높이도록 교섭해야 한다. 모든 것은 반장의 능력 여하에 달려 있다. 사정원(査定員)한테도 무엇이든 뇌물을 먹여야 한다. 사정원이라고 해서 먹지 않는다는 법은 없으니까.

그러면, 이렇게 해서 이루어진 계획량 초과 완수의 퍼센티지는 도대체 누구를 위한 것인가?

그것은 수용소를 위한 것이다. 즉, 수용소는 이러한 수단을 이용하여 건설 공사에서 수천 루블의 이득을 얻어, 그것으로 수용소 소속 장교들에게 상여금을 지급한다. 감독관 볼코보이의 '채찍 수당'도 근원지는 여기다. 한편 죄수들은 저녁에 200그램짜리 빵 덩어리를 보너스 급식으로 받게 된다. 요컨대 수용소 생활이란 200그램의 빵이 모든 것을 좌우하고 있는 셈이다.

물을 두 양동이 길어 왔으나, 오는 길에 꽁꽁 얼어 버렸다. 파블로가 묘책을 생각해 냈다. 먼데서 물을 길어 오는 것보다 가까운 데 있는 눈을 긁어 모아 녹여 쓰는 편이 오히려 편리하다. 눈을 담은 양동이를 난로 위에 올려놓았다.

고프치크가 어디서 새 알루미늄 전선(電線)을 훔쳐 가지고 와서 슈호프한테 보고한다.

「이반 데니소비치! 숟가락을 만들기에 적절한 철사예요. 숟가락을 어떻게 만들죠?」

슈호프는 장난꾸러기 고프치크를 친자식처럼 귀여워한다(슈호프의 아들은 어릴 때 죽고, 지금 집에는 딸만 둘 있다).

고프치크가 체포된 것은, 숲 속에 은식해 있는 벤데르파(우크라이나 민족주의자들)에게 식량을 가져다 주었다는 죄목이었다. 열네 살밖에 안 된 소년이었는데도 형기는 어른들과 다를 게 없었다. 송아지처럼 얌전한 성격인데다 누구한테나 응석을 부리곤 한다. 그러면서도 한편으로 실속을 차릴 줄 아는 똑똑한 녀석이다. 소포를 받아도 혼자 움켜쥐고, 밤중에 이불 속에서 풀어 본다. 하기는 남에게 나눠주다가는 제 입에 들어갈 게 없을 테니 그것도 탓할 것은 못 되지만.

슈호프와 고프치크는, 숟가락 재료로 쓸 만큼 전선을 잘라서 구석진 곳에 숨겨 두었다. 그 다음 슈호프는 두 장의 판자로 사다리를 만들어, 고프치크에게 연통을 달아 매게 했다.

다람쥐처럼 날랜 고프치크는 판자를 타고 기어올라가서 못을 박고, 못에 건 철사로 연통을 감는다.

슈호프도 쉬지 않고 손을 놀린다. 연통 끝에다 위쪽으로 또 한 개를 연결한다. 오늘은 바람이 대단치 않지만, 내일은 어떻게 변할지 모른다. 연기가 거꾸로 밀려 내려오면 곤란하다. 자기 반이 추위를 녹일 난로니까.

그러는 동안, 세니카 크레프쉰이 창문을 막을 횡목을 마련했다. 횡목을 박는 것도 역시 고프치크의 몫이다. 장난꾸러기 고프치크는 벌써 사다리에 올라가서 나무를 올려 보내라고 소리치고 있다.

해는 꽤 높이 떠올랐다. 안개가 걷히고 극광도 사라졌다. 불그스름한 햇살이 기계실 안을 비춰 준다. 새로 연통을 고친 난로에도 불을 지폈다. 이젠 살 만하구나!

「정월 해는 송아지의 한쪽 옆구리를 따뜻하게 해 주는 게 고작이지.」 슈호프가 혼잣말처럼 중얼거렸다.

키르가스도 시멘트 혼합통을 거의 고친 모양이다. 뚝딱뚝딱 자귀질을 하며 부반장에게 소리친다.

「여보게, 파블로. 반장한테 수리비조로 백 루블 꼭 받아 줘야 하네. 일 루블이라도 모자라선 안 돼. 알겠나!」

「백 루블이 아니라 백 그램이겠지.」 파블로가 싱긋 웃는다.

「검사(檢事)가 상여금(여기서는 추가형을 의미한다―옮긴이)을 줄 거예요.」

사다리 위에서 고프치크가 쩌렁쩌렁 울리게 큰 소리로 한마디 한다.

「얘, 얘, 거긴 자르면 안 돼!」 슈호프가 위에다 대고 소리친다(루핑을 자르는 식이 틀렸기 때문이다). 어떻게 잘라야 하는지 직접 시범을 보인다.

난로 옆에 여럿이 모여 있다. 파블로가 쫓아낸다.

키르가스에게는 조수를 또 한 사람 보내 줘, 모르타르통을 만들게 했다. 모르타르를 이층으로 나르는 데 필수이기 때문이다.

모래 운반에 두 사람을 더 배치했다. 위층으로 올라가는 층층 다리와, 발판의 눈을 치는 데도 사람을 배치한다. 그리고 또 한 사람에게는 건물 안에 남아서 철판 위의 마른 모래를 혼합통에 옮기는 일을 명령한다.

밖에서 자동차 소리가 들려 왔다. 눈 덮인 언덕길을 블록을 실은 트럭이 올라오고 있는 모양이다. 파블로가 밖으로 달려나가 손짓으로 블록 부릴 장소를 안내한다.

창문에는 루핑이 한 장 한 장 붙어 나간다. 대체 이런 것으로 얼마큼 추위를 막아 낼 수 있을까? 보통 종이와 다름이 없다. 하지만 틈이 없어졌으니 적어도 바람만은 막을 수 있을 게다. 그 대신 실내가 어두워지고 난롯불이 새빨갛게 빛나기 시작한다.

알료샤가 석탄을 날라 왔다. 빨리 넣어라! 누군가 소리친다. 넣지 말아, 나무토막만으로도 충분하다! 라는 소리도 들린다. 어느 쪽 말을 들어야 할지 몰라 알료샤는 망설이고 서 있다.

페추코프는 난로 앞에 버티고 서서 방한화를 들이대고 있다. 바보 같은 녀석, 저러다 신발이라도 타면 어쩔 셈인가? 해군 중령이 그의 목덜미를 잡아끈다.

「자, 빨리 모래를 날라야지!」

부이노프스키에게는 수용소 작업도 해상 근무와 다를 바가 없다. 명령이 내리면 그대로 행하는 것뿐이다! 지난 한 달 동안에 중령은 정말 몰라보게 수척해졌다. 그러나 기백만은 여전하다.

길고 짧고, 가지런하지는 못했지만, 어쨌든 루핑으로 세 개의 창문을 모두 막았다. 이제 빛이 들어오는 건 출입구뿐이다. 냉기가 흘러 들어오는 것도 역시 출입구 한 군데밖에 없다.

파블로는 출입구 위를 막아 버리라고 지시했다. 아래쪽은 허리를 굽히고 드나들 정도의 구멍만 있으면 되는 것이다.

서둘러 출입구를 막는다.

그러는 동안에 덤프차 석 대가 블록을 실어다가 밖에 부려 놓고 갔다. 이번에는 리프트 없이 어떤 방법으로 블록을 위층으로 올리느냐가 문제다.

「자, 블록공! 어디 한번 올라가 보실까!」 파블로가 말했다.

블록을 쌓는다는 건 누구나 할 수 있는 쉬운 일이 아니다. 말하자면 명예로운 일에 속한다.

슈호프와 키르가스는 부반장을 따라 계단으로 갔다. 가뜩이나 좁은 층층다리인데 세니카가 손잡이까지 떼어 냈기 때문에 벽 쪽으로 몸을 바싹 붙이고 올라가지 않으면 밑으로 떨어질 위험이 있다. 게다가 층층다리 눈이 얼어붙어 미끄럽기 짝이 없다. 모르타르를 날라 올리자면 어지간히 애를 먹겠다.

위층에 올라가서, 어디서부터 시작을 할 것인가 돌아본다. 지금 삽으로 눈을 치고 있는 곳부터 쌓아올리기로 결정한다. 전에 쌓다가 그만둔 벽 위도 도끼로 얼음을 깨어 내고 비로 깨끗이 쓸어 내야 한다.

문제는 블록을 어떻게 올리느냐 하는 것이다.

아래층을 내려다보고 이렇게 결정했다. 층층다리를 오르내리는 것보다, 밑에 네 명을 배치하여 블록을 중간 발판에 올리게 하고, 그것을 두 명이 다음 발판에 운반해 놓으면 이층에 배치한 다른 두 명이 벽을 쌓는 곳까지 나르게 하자. 좀 복잡한 것 같긴 하지만 이렇게 하는 편이 훨씬 안전할 것이다.

위층에는, 심하지는 않으나 그래도 바람이 불고 있었다. 조금 후 블록을 쌓을 때는 꽤 추울 것 같다. 그러나 쌓아 올리던 벽 밑에 움츠리고 앉으면 바람을 피하는 건 걱정도 안 된다. 햇볕이 드는 벽 밑은 오히려 따뜻하다.

슈호프는 하늘을 바라보고 저도 모르게 탄성을 올렸다. 구름 한 점 없이 갠 하늘에 태양이 어느새 중천 가까이 올라와 있었기 때문이다.

일을 하고 있노라면 시간이 어처구니없이 빨리 지나간다. 가끔 실감하는 일이지만, 수용소에서는 정말 하루하루가 눈 깜짝할 새에 지나가는 것 같다. 그러면서도 형기(刑期)는 좀처럼 줄어들 줄을 모른다.

세 사람이 아래층에 내려와 보니 난롯가에는 또 반원들이 모여 있었다. 파블로는 버럭 소리치며 그 중 여덟 명을 당장에 블록을 운반하라고 내쫓는다. 그리고 두 명은 혼합통에 시멘트를 넣고 모래를 섞는 일, 또 한 명은 눈을 퍼다 녹이는 일, 나머지 한 명에게는 석탄을 나르는 일을 시킨다. 키르가스도 자기 조수한테 소리를 지른다.

「모르타르통은 적당히 두드려 맞추면 돼. 뭘 그렇게 꾸물거리고 있는 거야!」

「내가 좀 도와줄까요?」 슈호프는 부반장에게 자청해서 나섰다.

「그래 주시오.」 파블로가 찬성했다.

그때 낡은 드럼통이 실려 들어왔다. 모르타르에 쓸 눈을 녹이려는 것이다. 어디서 알았는지 드럼통을 가져온 친구들이, 벌써 12시라고 말한다.

「열두시가 틀림없을 거야.」 슈호프도 인정한다. 「해가 제일 높은 곳에 떠 있으니까.」

「제일 높은 곳에 떠 있으면.」하고 해군 중령이 끼어 든다. 「열두시가 아니라 한시지.」

「그건 또 무슨 소리지?」슈호프는 눈을 부릅뜨며 반박한다. 「정오에 해가 제일 높다는 것쯤은 호호백발 할아버지도 모르는 사람이 없을 걸세.」

「할아버지 때는 그랬지만.」하고 부이노프스키는 계속한다. 「그 법령(1930년부터 소련에서는 겨울에도 섬머타임제를 실시해 왔다─옮긴이)이 실시된 후부터는 오후 한시에야 해가 제일 높은 곳에 오게 돼 있거든.」

「누가 그 따위 법령을 만들어 냈어?」

중령은 모래를 나르러 나갔다. 슈호프도 그 이상 다투려 하지 않았다. 하지만 과연 하늘의 태양까지도 그들의 법령에 따라야 한단 말인가?

한참 동안을 뚝딱거려 모르타르통 네 개가 완성되었다.

「이젠 됐어. 그럼 담배나 피우며 몸이나 좀 녹입시다.」파블로가 말했다. 「그리고 세니카, 오후엔 당신도 블록을 쌓아야 할 테니까 이리 와서 좀 쉬시오!」

정식으로 허가가 내렸으므로 그들은 난로를 에워싸고 앉았다. 아무래도 점심 시간 후에나 블록을 쌓게 될 것 같다. 모르타르를 만드는 데도 시간이 어중간할 뿐더러 만들어 놔 봐야 점심을 먹는 동안에 얼어버릴 것이다.

석탄이 점점 벌겋게 타오르며 골고루 열을 발산하기 시작했다. 하기

는 그 열도 난롯가에서나 느낄 수 있을 뿐이지, 기계실 전체의 온도에
는 영향을 미치지 못한다

장갑을 벗고 난로에 손을 쬔다. 그러나 신은 반드시 벗고 불을 쬐어
야 한다. 이것은 특히 조심해야 한다. 편상화라면 가죽이 트고, 방한화
라면 김이 무럭무럭 나며 축축해질 뿐 발가락이 녹지는 않는다. 그렇다
고 바싹 가까이 들이댔다가는 가죽이 불에 녹는다. 그렇게 되면 겨우내
구멍 뚫린 신발을 신고 다녀야 하는 것이다. 신발을 바꾼다는 것은 도
저히 상상도 못 할 일이기 때문이다.

「슈호프는 걱정할 게 하나도 없을 거야!」 키르가스가 말을 걸었다.
「여보게들, 그렇지 않아? 이 친구는 벌써 한쪽 발을 고향집 문턱에 디
딘 거나 다름없거든.」

「그렇고말고, 저 신을 벗은 발은 수용소에 있는 발이 아니라니까.」
하고 누군가가 맞장구를 쳐서 모두들 한바탕 웃어댔다(마침 슈호프는
구멍 뚫린 왼쪽 방한화를 벗고 발싸개를 말리고 있었던 것이다).

「슈호프는 조금만 더 지내면 석방이야.」

키르가스 자신은 25년 언도를 받았다.

한때는 어수룩한 시대도 있기는 있었다. 누구에게나 똑같이 10년이
언도되었던 것이다. 그러나 49년부터는 시대가 바뀌어, 일단 걸려들기
만 하면 무조건 27년이다. 10년이라면 이를 악물고 목숨을 지탱할 수
있으리라. 하지만 25년이라면 문제가 달라진다.

녀석은 조금 후면 석방이다! 이렇게 모두들 부러운 듯이 추켜 세우면
슈호프도 기분이 조금은 가벼워진다. 그러나 슈호프 자신은, 별로 기대

할 수 없을 것만 같이 생각되는 것이었다.

슈호프가 지금까지 경험한 바에 의하면, 전쟁 중에 형기가 찬 죄수들은 한 사람도 빠짐없이 '추후 상부 방침이 결정될 때까지', 즉 1946년(전쟁이 끝난 이듬해)까지 그냥 붙잡아 두었다. 더욱 심한 것은, 처음에 3년을 언도받았던 죄수가 형기를 마친 후에 다시 5년이라는 추가형을 받은 일도 있었다.

도대체 법률이라는 건 믿을 것이 못 된다. 10년을 다 살고 난 다음에 1년만 더 살아라 한다 해도 항의할 수 없다. 어쩌면 유형(流刑)이 될는지도 모른다(유형이란 주로 시베리아와 중앙아시아 지방에만 거주해야 하는 형벌의 일종이다―옮긴이).

형기가 끝나더라도 완전히 자유의 몸이 되는 것은 아니다……. 이따금 이런 생각을 하면 정말 눈앞이 캄캄해지곤 한다.

주여! 내 발로 내 마음대로 걸어다닐 수 있는 날이 오기는 하는 겁니까?

그러나 수용소의 고참들 앞에서 이런 소릴 입밖에 낸다는 건 실례가 된다. 그래서 슈호프도 키르가스에게 대꾸했다.

「이십오 년, 이십오 년 하고 자꾸만 되새길 필요는 없어. 이십오 년을 살게 될는지 어떨는지 그건 아무도 모르니까. 분명한 건 내가 이미 팔 년을 살았다는 한 가지 사실 뿐이야.」

요컨대 언제나 뒤를 보지 말라는 말이다. 그렇게 하면, 무엇 때문에 들어왔느니, 언제 나가게 되느니 하고 잡념에 빠질 겨를이 없다.

군법회의의 입건 서류에 의하면, 슈호프의 죄목은 '조국에 대한 반역'으로 되어 있었다. 아니, 본인 자백서에도 확실하게 그렇게 기술되어 있다.

조국을 배반할 목적으로 나는 스스로 포로가 되었고, 독일군 첩보부대의 임무를 수행한 후 소련군 진지로 귀환한 자입니다……. 그러나 그 '임무'가 무엇인가 하는 것까지는 슈호프 자신도 취조관도 구체화할 수가 없었다. 그래서 그저 '임무'로만 통하기로 되었다.

슈호프의 생각은 극히 단순한 타산이었다.

만일 자백서에 서명을 하지 않으면 판자옷(棺)을 입어야 한다. 서명을 하면 좀더 목숨이 유지될 수 있을 것 같기도 하다. 그렇다면 굳이 서명을 거부할 이유가 없지 않은가…….

그러나 사실은 이러했다.

1942년 2월, 그의 부대는 북서부 전선에서 독일군에게 완전히 포위되고 말았다. 비행기의 식량 보급도 중단되었다. 아니, 중단되었다기보다는 비행기 자체가 한 대도 없었던 것이다.

사태가 극도로 나빠져 병사들은 죽어 자빠진 말발굽을 칼로 깎아 그 각질부(角質部)를 물에 불려 먹었다. 물론 탄약은 하나도 남지 않았다. 그리하여 숲 속에서 그들은 몇 명씩 독일군에게 붙잡혀 포로가 되어 갔다.

슈호프도 그들 중의 하나였다. 그러나 그는 숲 속에서 이틀 동안 붙잡혀 있었을 뿐이다. 다섯 명이 함께 도망을 친 것이다. 얼마 동안 숲 속과 소택지(沼澤地)를 헤매다가 기적적으로 우군(友軍)부대를 만날 수 있었다.

그러나 함께 탈주한 다섯 명이 다 무사한 것은 아니었다. 두 명의 자동총수(自動銃手)는 그 자리에서 사살되었고, 한 명은 부상을 입고 도중에 죽어 버렸다. 결국 무사히 귀환한 것은 두 명뿐이었다.

그들 두 사람이 조금만 더 생각이 있었더라면, 숲 속에서 길을 잃었다고 보고하여, 그냥 무사하게 넘기고 말았을 것이다. 그러나 그들은 독일군의 포로가 되었다는 것을 정직하게 고백했던 것이다. 뭐 포로가 되었다고? 이런 죽일 놈들 같으니!

다섯 명이 다 살아 돌아왔어도 그들의 진술을 참조하여 곧이들었을지도 모를 일이다. 그러나 단 두 사람의 말 만으론 넘어갈 리가 없었다. 개새끼들이 미리 짜고 속이려 드는 거지, 탈주는 무슨 탈주야! 귀가 먼 세니카 크레프쉰에게도 '탈주'라는 말이 들렸던 모양이다. 불쑥 큰 소리로 말했다.

「난 세 번이나 잡힌 몸이 되었지만 세 번 다 도망쳤어.」세니카는 참을성이 많고 말이 아주 적은 사내다. 남의 말을 들으려고도 하지 않거니와 잡담에 끼여드는 일도 없다. 따라서 그의 과거는 아무도 모른다. 알려진 것이 있다면, 바이마르 근처의 나치 수용소에 수감되어 있었다는 것, 거기서 지하조직에 가담하여 폭동을 일으킬 목적으로 무기를 모아 들였다는 것, 두 손을 뒤로 묶여 천장에 매달린 채 독일군에게 가혹한 고문을 당했다는 것, 그저 이런 정도였다.

「여보게, 바냐. 자네가 수용소에서 팔 년을 살았다지만 도대체 그건 어떤 수용손가?」하고 키르가스가 다시 말을 건넸다. 「일반 수용소가 아니냐 말야? 여자들도 물론 함께 있었겠지. 번호표도 달지 않았을 게고.

여기 같은 특수범 수용소에서 팔 년을 있어 보게. 끝까지 목숨을 부지할 놈은 아마 하나도 없을 걸세……」

「여자들이라고? 그런 소리 그만해. 계집 대신 통나무하고 함께 살았지……」

슈호프는 물끄러미 난로 속에 타오르는 불을 쳐다보았다.

그러자 북방에서 지낸 7년 간의 일이 어슴푸레 되살아났다.

3년 동안은 산판에서 통나무와 침목(枕木)을 운반하는 일을 했었다. 그때의 모닥불도 지금처럼 혀를 날름거리며 타오르고 있었다. 아니, 그것은 지금처럼 환한 대낮이 아니라 한밤중이었다. 그때는 낮에 할당된 작업량을 채우지 못하는 작업반은 밤중까지라도 그대로 산판에 남아서 작업량을 완수해야 했다. 자정이 지나서야 겨우 수용소로 들어간다. 그리고 이튿날은 또 새벽부터 산판으로 나가곤 했다.

「아니, 그렇지도 않아. 오히려 여기가 점잖은 편이야.」하고 슈호프는 작은 소리로 말했다. 「여기선 죄수들을 작업장에 남겨 두는 법은 없거든. 할당된 작업량을 완수하지 못해도 저녁때가 되면 수용소에 돌려보내지. 그리고 식량도 최소한 백 그램은 보장되어 있지 않나. 이 정도라면 충분히 살아갈 수 있을 거야. 특수범 수용소건 뭐건, 이름이야 뭐라고 붙여도 좋아. 번호표도 문제될 건 없어. 무거워서 질질 끌고 다니는 것도 아니니까.」

「여기가 점잖은 편이라고?」 페추코프가 한몫 거들었다. 점심 시간이 거의 되었기 때문인지 모두들 난롯가에 모여 있었다. 「밤에 잘 자던 사람이 칼침을 맞고 죽어 가는 판인데도? '점잖다' 는 말이 깜짝 놀라 달아나겠다!」

「칼침을 맞은 건 사람이 아니라 밀정이지!」 파블로가 손가락을 세우며 페추코프에게 위협하듯 말했다.

사실, 수용소 내에서는 어떤 새로운 바람이 불고 있었다.

딱지 붙은 밀정 두 놈이 아침에 자리에서 일어나려 할 때 칼침을 맞고 죽었다. 그후 또 한 사람, 아무 죄도 없는 죄수가 칼을 맞았다는데, 아마도 그것은 잠자리를 잘못 알고 한 것 같았다.

마침내 밀정 한 놈은 제 발로 영창으로 기어가서 석조건물인 독방 감옥 속에 숨어 버렸다.

신기한 일이다……. 일반 수용소에서는 그런 밀정은 본 적이 없다. 아니, 여기서도 처음 보는 일이긴 했지만…….

별안간 이동발전소(移動發電所)의 기적이 울리기 시작했다. 점심 시간을 알리는 신호다. 기적은 탁 트인 소리로 울어대지를 못하고, 마치 목청을 가다듬 듯 처음에는 쉰 목소리로 씩씩거린다.

드디어 오전 시간이 지나갔다! 자, 점심 시간이다!

하지만 공연히 늑장 부리고 있었나 보다. 벌써 식당에 가서 자리를 확보해 놓았어야 한다. 작업장에는 모두 11개의 작업반이 와 있지만, 식당에는 한 번에 두 반씩밖엔 들어가지 못하기 때문이다.

반장은 무엇을 하고 있는지 아직도 보이지를 않는다. 부반장 파블로가 반원들을 둘러보고 나서 곧 지시를 내렸다.

「슈호프와 고프치크는 나와 함께 식당으로 먼저 갑시다. 그리고 키르가스! 준비가 되면 고프치크를 보낼 테니 곧 반원들을 인솔하고 식당으로 오도록.」

난롯가의 그들의 자리에는 곧 다른 반원들이 모여 들었다.

계집을 둘러싸듯 둥그렇게 난로를 에워싸고 모두들 독점할 기회를 노리고 있다.

「그만 밀어. 어디를 자꾸만 쑤시고 들어오려는 거야!」

「자리 다툼은 그만두고 담배나 한 대 피우지!」

누가 담배를 피워 물지나 않나 하고 서로들 곁눈질만 한다. 그러나 아무도 담배를 꺼내지 않는다. 담배가 없어서 그러는 건지, 아니면 남들 앞에서 피우고 싶지 않아서 그냥 손아귀에 쥐고 있는 건지 모를 일이다.

슈호프와 파블로는 밖으로 나왔다. 그 뒤를 고프치크가 토끼처럼 깡총깡총 따라간다.

「날씨가 좀 풀린 것 같군.」 슈호프는 온도계 못지 않다. 「영하 십팔 도쯤 될 거야. 블록 쌓기엔 제격이야.」

뒤를 돌아보니 발판 위엔 벌써 블록이 꽤 많이 올려져 있다. 이층 중간벽 밑에까지 갖다 놓은 것도 있다.

슈호프는 눈을 가늘게 뜨고 태양의 위치를 확인해 본다. 해군 중령이 말한 그 법령인가 뭔가 하는 것이 아무래도 꺼림칙하다.

바람받이에 나오니 살을 에는 듯이 얼얼하다. 뭐니뭐니해도 아직은 정월이니까.

작업장 식당이라는 건 허름한 판잣집이다. 난로를 주축으로 판자를 둘러 세우고 그 틈새를 녹슨 양철 조각으로 막아 놓은 것이다.

내부는 역시 판자로 칸을 막아, 한쪽이 취사장이고 다른 한쪽이 식당이다. 양쪽 다 마루를 깔지 않은 흙바닥인데 신발에 묻어 들어 온 흙덩어리로 바닥은 온통 난리다. 취사장이래야 네모진 난로가 한 개 있을 뿐, 그 난로 위에 커다란 솥이 걸려 있다.

취사장을 담당하고 있는 사람은 취사부와 위생지도원 두 사람밖에 없다.

취사부는 아침에 수용소 취사장에서 껍질째 빻은 곡식가루를 받아 가지고 온다. 1인당 50그램씩, 1개 작업반에 1킬로그램씩, 따라서 작업장 전체에 해당되는 곡식가루는 1푸드(약 17킬로그램)가 조금 못 되는 양이다. 작업장까지 3킬로미터나 되는 길을, 자기 어깨에 곡식 자루를 메고 올 만큼 취사부는 미련하지 않다. 그에게는 곡분을 날라주는 '사용조수(私用助手)'가 따라다닌다. 무엇 때문에 무거운 자루를 메고 다니는가. 다른 죄수들의 몫을 떼어 사용조수에게 죽 한 그릇만 더 퍼 주면 만사는 그만이다.

장작이나 물을 날라오는 일도, 난로에 불을 때는 일도 취사부가 직접 나설 필요는 없다. 부업을 하겠다는 희망자는 수도 없이 많기 때문이다. 그들에게도 죽 한 그릇씩만 더 퍼 주면 된다. 남의 것 가지고 생색만 내면 되는 것이다.

식사는 전원 식당에서만 먹게 되어 있다. 죽그릇은 날마다 수용소에서 운반해 와야 하는데(작업장에 놔두면 밤에 민간인들이 집어 간다), 한번에 가져오는 그릇 수가 50개 미만이기 때문에 한쪽에서 서둘러 그릇을 씻어 돌려야 한다(그릇을 날라오는 친구들에게도 물론 죽을 더 퍼준다).

식당에서 그릇을 갖고 나가지 못하게 또 한 명의 사용조수가 임명되어 출입구에 지키고 서 있다. 그러나 보초가 아무리 눈을 부릅뜨고 지켜도 어느새 그릇은 밖으로 새나가고야 만다. 보초 몰래 가지고 나가는 친구도 있지만, 그럴듯한 이유를 붙여 들고 나가는 친구도 있다. 그래서 또한 그릇을 모아 오는 조수가 있어야만 한다. 작업장을 한 바퀴 돌며 그릇을 모아 취사장에 갖다 바치는 것이다. 역시 이런 친구들에게도 죽 한 그릇씩이 더 차례로 간다. 취사부가 직접 하는 일이라곤 솥에 곡물 가루와 소금을 넣고, 비곗덩어리에서 질 좋은 부분을 골라 자기 몫으로 떼어 내는 일밖엔 없다(질이 좋은 지방이 일반 죄수의 입에 들어가는 기회는 거의 없었다. 그 대신 질이 좋지 않으면 전부 다 솥 속에 들어간다. 그래서 죄수들은 식량창고에서 지급되는 지방이 되도록이면 질이 나쁜 것이기를 바라고 있었다). 하기는 죽을 저어 제대로 끓었는지 확인하는 것도 취사부의 임무에 속한다.

그런데 취사부만큼이나 할 일 없는 것이 위생지도원이다. 그는 그저 가만히 앉아서 보고 있기만 하다가 죽이 다 끓으면 제일 먼저 맛을 본다. 아니 맛을 본다기보다 배에 포만감이 오도록 실컷 먹는 것이다.

그 다음이 취사부. 취사부 역시 목젖까지 차도록 먹는다. 그리고 그 다음은 식당 당번인 작업반장이 맛을 볼 차례다. 당번은 일일교대제인데, 그날의 죽이 죄수들의 식사로 적합한가 어떤가를 확인한다는 구실로 두 사람 몫을 먹는 것이 관례로 되어 있다.

당번반장의 시식이 끝날 때쯤에 기적이 울린다.

각 반의 반장이 번갈아 창구에 나타나서, 취사부가 떠주는 죽그릇을 받는다. 죽그릇이라고 해 봐야 밑바닥이 보이지 않을 정도의 양밖에 안 된다. 그렇다고 50그램이라는 정량이 정확히 들어 있는가를 따지고 들 수는 없는 일이다. 섣불리 그 따위 소리를 입밖에 냈다가는 그후의 보복이 두려운 것이다.

삭막한 광야에는 언제나 바람이 불고 있다. 여름에는 한발(旱魃)의 열풍이, 겨울에는 살점을 에는 삭풍이.

이 지방은 옛날부터 불모의 지대였다. 하물며 겹겹이 에워싼 철조망 안에는 풀 한 포기 제대로 자랄 리가 없다. 빵은 빵공장에 가야 구경할 수 있고, 귀리는 식량창고에서나 찾아볼 수 있다. 제아무리 있는 힘을 다해 일을 해 봐도, 그러다가 마침내는 땅 위에 나가 자빠진다 해도, 불모의 대지에서는 낱알 한 알 얻을 수 없다. 상부에서 정해 준 규정량 이상은 아무것도 구할 수가 없는 것이다.

아니, 그 쥐꼬리만한 규정량이나마 취사부에게, 사용조수에게 그리고 펜대를 놀리는 친구들에게 이리저리 뜯기고 나면, 제대로 돌아오지 않는다. 가로채기는, 여기서도 수용소에서도 그리고 그전에 창고에서도 공공연한 사실로 되어 있다. 더구나 이렇게 남의 몫에 손을 대는 놈일수록 곡괭이하고는 인연이 먼 놈들이다. 약육강식이 철칙으로 통하는 세계인 것이다.

파블로와 슈호프 그리고 고프치크 세 사람은 식당으로 들어갔다.

식당 안은 그야말로 발 디딜 틈이 없을 정도로 붐비고 있었다. 나지막한 식탁도 벤치도 사람 등에 가려져 보이지 않는다. 앉아서 먹고 있는 패도 있지만 대부분은 서서 먹고 있다.

한나절 동안 한데서 구덩이를 판 제82반이 신호 소리와 때를 같이하여 제1착으로 들어온 모양이다. 식사가 끝났는데도 좀처럼 나가려 하지 않는다. 밖에 나가 봐야 몸을 녹일 만한 곳이라고는 없다. 다른 반 친구들이 빨리 일어나라고 재촉을 하고 있지만 듣는 것 같지 않다. 추운 데 나가 떨 생각을 하면 그까짓 욕지거리쯤 아무것도 아닌 모양이다.

파블로와 슈호프는 팔꿈치로 사람의 장벽을 밀치며 들어갔다. 적당한 때에 온 것 같다. 지금 죽그릇을 받고 있는 반을 빼놓으면 대기하고 있는 것은 한 반밖엔 없다. 양쪽은 다 부반장이 와 있다. 다른 작업반들은 아직 도착하지 못한 모양이다.

「그릇! 그릇!」 창구에서 취사부가 소리친다. 이쪽에서 빈 그릇을 거둬다 들이민다.

슈호프도 그릇을 거둬다 창구로 들이민다. 죽을 좀 더 얻어먹자는 속셈에서라기보다 그릇의 회전을 빠르게 하려는 것이다.

칸막이 저쪽에서는 취사부의 사용조수 몇이 그릇을 닦고 있다. 물론 죽 한 그릇 더 먹고자 나온 녀석들이다.

파블로 앞에 서 있는 다른 반 부반장이 죽그릇을 받을 차례가 되었다.

파블로는 얼른 뒤돌아보며 커다란 소리로 외친다.

「고프치크!」

「네에!」 출입구 쪽에서 대답소리가 난다. 염소새끼가 우는소리처럼 가느다랗다.

「가서 빨리 오라고 해!」

고프치크는 반원들을 부르러 달려간다.

그런데 오늘 점심으로 나오는 죽은 전에 없이 고급이다. 오래간만에 귀리죽이라는 것이다. 귀리죽이라면 먹은 다음 한결 배가 든든하다.

슈호프는 어렸을 때 말에게 귀리를 먹였다. 하지만 자기 자신이 이렇게 몇 숟가락의 귀리죽을 보고 침을 삼키는 신세가 될 줄은 꿈에도 몰랐었다.

「그릇! 그릇!」 창구에서는 재촉하는 소리가 끊이지 않는다.

이윽고 104반이 죽을 받을 차례가 됐다. 앞에 서 있던 부반장 파블로는 자기 그릇에 두 사람 몫의 죽을 받아들고 물러선다. 이것도 다른 죄수들의 몫에서 떼어낸 것이다. 그러나 누구도 거기에 대해 항의하려 드는 사람은 없다. 작업반장에게는 두 사람 몫을 주게 되어 있는데, 그것은 자기가 먹건 부반장에게 양보하건 반장의 자유다. 파블로는 추린 반장의 몫을 받은 것이다.

이제부터는 슈호프가 바빠진다. 우선 식탁 한 모서리로 뚫고 들어가서, '벌이꾼' 두 놈을 밀어내고, 또 한 사람의 죄수한테는 정중하게 부탁하여 식탁 한 귀퉁이를 차지한다. 그릇을 바싹 붙여서 열두 개만 놓을 수 있으면 된다. 그 위에 이층으로 여섯 개를 얹고, 다시 그 위에 두 개를 얹으면 된다는 계산이다.

장소를 정해 놓고 나면, 이번에는 파블로의 손에서 죽그릇을 받는다. 파블로와 함께 인원수를 확인해야 하고, 한편으로는 다른 반 놈들이 죽그릇을 집어 가지 않도록 눈을 크게 뜨고 있어야 한다. 어쩌다 옆 친구의 팔꿈치에라도 걸려서 죽을 쏟아 버리는 일이 없도록 신경을 써야 한다.

바로 옆자리엔 다른 반원들이 끊임없이 드나들며 식사를 하고 있다. 그러니까 경계선을 정확하게 기억해 두고 혹시 이쪽 그릇에 손을 대지 않나 감시해야 하는 것이다.

「둘! 넷! 여섯!」 칸막이 안에서 취사부가 죽그릇을 센다. 그는 언제나 한 번에 두 그릇씩 내 주다가는 그릇 수가 틀리기 십상이다.

「둘, 넷, 여섯……」 창구에 대고 파블로가 낮은 소리로 되풀이한다.

그리고는 역시 두 그릇씩 슈호프에게 전달한다.

슈호프는 그것을 식탁 위에 놓는다. 소리를 내어 세지는 않지만, 슈호프의 계산은 두 사람보다 훨씬 정확하다.

「여덟, 열……」

고프치크 녀석이 반원들을 몰고 올 때가 됐는데 어쩐 일일까?

「열둘, 열넷……」 죽그릇은 계속된다.

바로 그때 취사장에 그릇이 동이 나고 말았다. 파블로의 어깨 너머로 슈호프가 보고 있노라니까, 취사부의 손이 국그릇을 창구에 놓고는 딴 데 정신이 팔린 것처럼 그냥 멈춰 버리고 말았다. 아마 뒤를 돌아보고 그릇을 빨리 씻으라고 소리를 지르는 모양이었다.

그때 마침 빈 그릇이 한 무더기 창구로 들어갔다. 취사부는 죽이 담긴 그릇에서 손을 떼고 빈 그릇을 집어 뒤로 돌렸다.

슈호프는 식탁에 쌓아 놓은 자기 반 죽그릇을 그냥 놔 둔 채 재빨리

의자를 넘어 창구로 달려가서 죽그릇을 앞으로 당겼다. 그리고는 취사부에게보다는 파블로에게 낮은 소리로 수를 센다.

「열넷.」

「가만 있어! 어디로 가져가는 거야?」 취사부가 소리쳤다.

「저건 우리 반 거요.」 파블로가 대답했다.

「너희 반 거라도 수는 정확히 세어야 할 게 아냐!」

「열네 개째요.」 파블로는 어깨를 으쓱했다. 그릇 수를 속이려는 생각은 없었다. 부반장의 체면에 관한 문제다. 하지만 자기는 슈호프의 복창을 되풀이한 데 지나지 않았다. 만일의 경우엔 슈호프에게 책임을 전가하면 그만이다.

「열넷은 아까 나갔어!」 취사부는 고함을 쳤다.

「열넷이라고 세긴 했지만 죽그릇은 내주지 않았다고!」 이번엔 슈호프가 대꾸했다. 「못 믿겠으면 세어 보면 될 게 아냐, 식탁 위에 고스란히 그냥 쌓아 놓았으니까!」

슈호프는 취사부에게 이렇게 외치며, 북적거리는 사람들 틈을 헤치고 이쪽으로 들어오는 에스토니아인 두 명을 발견하자 얼른 그리로 뛰어가서 손에다 죽그릇을 하나씩 안겼다.

그리고는 곧 식탁 옆으로 돌아와서 그릇 수를 다시 세어 보았다. 잠시 무방비 상태였지만 아무도 손을 댈 틈이 없었던 모양이다.

취사부의 불그죽죽한 얼굴이 창구를 막으며 이쪽을 내다본다.

「죽그릇은 어디 있어!」 하고 을러댄다.

「여기 있으니 자세히 봐!」 슈호프는 말을 받는다. 「이봐, 거기 좀 비켜 줄 수 없겠나!」 하고 앞에 있는 죄수를 밀어내고는, 「자 이게 금방 나온 두 그릇이다!」 하며 윗줄에서 두 개를 번쩍 들어 보였다.

「밑에는 네 그릇씩 석 줄. 어때 확실하지?」

「반원들이 와 있겠지?」 취사부는 의심스럽다는 얼굴로 조그만 창구에다 얼굴을 비비대고 내다 본다. 솥에 죽이 얼마나 남았는지 식당 쪽에서 들여다보지 못하도록 창구는 아주 작게 뚫려 있다.

「반원들은 아직 도착하지 않았소.」 파블로가 고개를 흔든다.

「반원들도 오지 않았는데 뭣 때문에 죽은 먼저 타는 거야?」 취사부는 화가 나서 소리친다.

「왔다 왔어, 저기들 들어오는군!」 슈호프가 소리쳤다.

그때 출입구 쪽에서 해군 중령의 목소리가 울려 퍼졌다. 마치 사령탑 위에서 호령하듯 커다란 목소리가.

「뭣들 하고 있는 거야? 먹었으면 얼른 밖으로 나가야지! 다음 사람 생각도 해야 할 게 아냐!」

취사부는 여전히 뭐라고 투덜거렸으나, 별 수 없었는지 구부렸던 허리를 폈다. 창구에 다시 그의 손이 나타났다.

「열여섯, 열여덟······.」

마지막 한 그릇을 곱빼기로 퍼서 내밀고는 「스물셋. 다 나갔어! 다음 반!」하고 다음 반을 재촉한다.

반원들이 모두 모여들었다.

파블로가 한 사람 한 사람에게 죽그릇을 나눠준다. 저쪽 식탁에 자리 잡은 패들에겐 앉아 있는 친구의 머리 위로 죽그릇을 전달한다. 여름에는 벤치 하나에 다섯 명까지도 앉을 수 있었다. 그러나 지금은 옷을 두 툼하게 입고 있어서 네 명밖에 앉을 수가 없다. 그런데도 숟가락질하기 가 불편할 지경이다.

취사부를 속여 더 타낸 두 그릇 중에서 적어도 한 그릇은 나한테 돌 아오겠지. 슈호프는 이렇게 생각하며 우선 자기 앞에 놓여진 죽그릇을 집어 들었다. 오른쪽 무릎을 쳐들고 장화 허리에서 '우스치 이지마, 1944' 라고 새겨진 숟가락을 꺼낸다. 그 다음, 모자를 벗어 왼쪽 겨드랑 이 밑에 끼고, 한쪽 구석에서부터 죽 건더기를 떠먹어 들어간다.

지금 이 순간은 먹는 데만 온 신경을 집중해야 하는 것이다. 밑바닥 에 가라앉은 건더기를 박박 긁어 입에 넣고 이리저리 혀를 돌려 가며 천천히 먹어야 한다.

하지만 오늘은 약간 서둘러야 할 것 같다. 남보다 먼저 그릇을 비우 는 걸 부반장이 보고, 한 그릇 더 하시오, 라는 말이 나오게 만들어야 하기 때문이다.

더구나 에스토니아인들과 함께 들어온 페추코프가, 죽 두 그릇을 더 타내는 걸 눈치챈 모양이다. 그는 지금 파블로 앞에 서서 죽을 먹으며 아직 행방이 정해지지 않은 네 개의 죽그릇에 눈독을 들이고 있다.

한 그릇을 다 줄 수 없으면 반 그릇이라도 달라는 듯이 파블로에게 보이지 않는 압력을 가하고 있다.

그러나 살갗이 거무스름하고 아직 젊은 기운이 도는 파블로는, 곱빼 기로 담은 자기의 죽그릇에서 천천히 죽을 떠먹고 있을 뿐, 그 표정만 으로는 자기 옆에 있는 사람이 누구라는 걸 알고 있는지, 두 그릇 더 탔다는 걸 알고나 있는지 도무지 표정이 없다.

슈호프는 그릇을 비웠다. 귀리죽을 먹고 나면 언제나 뱃속이 가득 찬 느낌이 드는 법인데, 오늘은 처음부터 두 그릇을 먹게 되리라 기대했기 때문인지 한 그릇 만으론 양이 차지 않았다. 슈호프는 방한복 안주머니에서 흰 헝겊으로 싼 빵 껍질을 꺼냈다. 그리고는 그 딱딱한 빵 껍질로 그릇 밑바닥에 들러붙은 찌꺼기를 훑어 냈다. 그릇 옆에 묻은 것도 박박 훑었다. 껍질에 묻은 죽 찌꺼기를 혀끝으로 핥아 먹은 다음, 또 한 번 빵 껍질로 말끔히 닦아 냈다. 죽그릇은 물에 씻은 것처럼 깨끗해졌다. 어느 정도 희뿌연 빛은 남아 있지만 그것까지는 어쩔 수 없는 일이다.

슈호프는 그릇을 거두는 죄수에게 어깨 너머로 자기의 다 먹은 그릇을 넘겨 주었다. 그리고 나서도 일어날 생각을 하지 않고 그냥 자리에 앉아 있었다.

그릇 수를 속인 것은 슈호프지만 권한은 어디까지나 부반장에게 있다.

다시 얼마 동안 애를 태우게 하고 나서야 파블로는 자기의 죽그릇을 비웠다. 그릇을 핥을 생각은 않고 숟가락만 핥아서 방한화에 찔러 넣고 성호를 긋는다. 그 다음, 아직 건드리지 않은 네 개의 죽그릇 중 두 개를 손가락으로 가볍게 건드리며(비좁기 때문에 그릇을 옆으로 미는 것도 거북한 일이다) 몸짓으로 슈호프에게 준다는 신호를 했다.

「이반 데니소비치, 한 그릇 더 드시오. 그리고 또 한 그릇은 체자리한 테 갖다 주시오.」

슈호프는 현장사무실에 있는 체자리에게 죽을 갖다 줘야 한다는 생각은 하고 있었다(체자리는 지체가 높은 죄수여서, 여기서나 수용소에서나 식사 시간에 식당에 가는 일이라곤 한 번도 없다).

생각하고 있었던 일이긴 하지만, 파블로의 손끝이 한꺼번에 두 개의 그릇에 닿는 순간, 심장의 고동이 딱 멎어 버리는 것을 느꼈다. 아니, 두 그릇씩이나 주려는 건가 하는 생각이 들었던 것이다. 그러나 심장은 곧 정상적으로 돌아갔다.

그는 합법적으로 자기의 소유가 된 한 그릇을 얼른 앞으로 끌어당겨, 자못 득의 만만한 표정을 짓고 먹기 시작했다. 뒤에 들어온 다른 반 죄수들이 잔등을 쿡쿡 찌르지만 그런 것은 아랑곳없다. 다만 나머지 한 그릇이 페추코프한테 차례로 갈 것 같은 게 은근히 배가 아프다. 페추코프는 유명한 게걸쟁이다. 추접스럽기로는 이미 정평이 나 있지만, 죽 그릇 수를 속여 더 타낼 만한 엄두는 못 낸다.

옆자리에는 부이노프스키 중령이 앉아 있었다. 자기 양을 먹어치운 지는 오래지만 식탁에서 일어나려는 생각은 않는다. 하지만 반에 죽그릇이 여유 있다는 건 모르는 눈치였다. 몇 그릇 남았는가 하고 부반장 쪽을 돌아보지도 않는다. 다만 얼었던 몸이 풀리는 바람에 오히려 팔다리가 나른해진 모양이었다. 따뜻한 식당에서 추운 데로 나가, 싸늘한 난롯가로 돌아가기가 죽기보다 싫은 모양이다.

불과 5분 전만 해도 쩡쩡 울리는 금속성 목소리로 다른 죄수들을 쫓아낸 바로 그 장본인이 이번에는 자기가 부당하게 자리를 점령하고 뒤에 온 죄수들에게 내줄 생각을 하고 있지 않은 것이다.

수용소에 들어온 지 얼마 되지 않는 몸이다. 수용소 노동에도 아직 익숙지가 못하다. 지금과 같은 순간은 그에게 특히 소중한 것이다(물론 그것을 느끼지는 못하겠지만). 이러한 순간에 있어서만은, 그는 무슨 말이든 대담하게 내뱉을 수 있는 도도한 해군 장교 티를 벗어나 엉덩이가 천 근처럼 무거운 소심한 한 사람의 죄수로 돌아갈 수 있다. 사실 말이지, 그만큼 엉덩이가 무겁지 않고서는 그를 기다리고 있는 25년이라는 수용소 생활을 견뎌 내기란 실로 힘든 일이다.

일어나라, 자리를 비켜라! 욕설이 빗발치듯 날아온다. 등덜미를 쿡쿡 찌르기까지 한다.

「카피탄(함장)! 여보, 카피탄!」 파블로가 불렀다.

부이노프스키는 선잠이라도 잔 듯 흠칫 몸을 떨며 주위를 둘러보았다.

파블로는 말없이 죽그릇을 앞으로 내밀었다. 먹겠느냐 물어 볼 필요도 없다.

부이노프스키의 눈썹이 꿈틀했다. 그의 눈은 신기한 기적이라도 보는 듯 죽그릇을 바라본다.

「드시오, 들어요.」

부반장은 부드러운 어조로 이렇게 권하고는, 반장 몫으로 남은 마지막 한 그릇을 집어들고 나가 버렸다.

발틱해와 북해(北海)를 무대로 전전했을 뿐만 아니라 한때는 북빙양에서까지 활약한 바 있는 해군 중령의 주름진 입술이 어색한 미소를 지으며 히죽 벌어졌다. 행복한 것이다. 규정량의 반도 못 되는 멀건 귀리죽, 기름기라곤 전혀 없는 맹물과 귀리만의 죽 한 그릇. 그 죽그릇에 중령은 정신없이 덤벼든다.

게걸쟁이 페추코프는, 슈호프와 부이노프스키를 향해 원망스러운 눈초리를 던지더니 어깨를 늘어뜨리고 걸어나갔다.

중령에게 차례가 가서 다행이라고 슈호프는 생각했다. 그러노라면 중령도 차차 생활의 지혜를 깨닫게 되리라. 그러나 아직은 아무것도 모르는 무능력자다.

슈호프는 내심 또 하나의 희망을 기대해 본다. 어쩌면 체자리도 자기 몫으로 가져간 죽을 양보할는지 모른다.

아니, 역시 기대하지 않는 것이 좋을 것 같다. 그에게 소포가 온 지도 2주일은 지났을 테니까.

두 그릇째 죽을 다 비우고 나자 슈호프는 아까처럼 빵 껍질로 밑바닥과 옆에 붙은 찌꺼기를 말끔히 긁어 혀끝으로 핥았다. 끝으로 빵 껍질 자체를 입안에다 톡 던져 넣었다.

슈호프는 차갑게 식은 체자리의 죽을 들고 일어났다.

「현장사무실로 가져가는 거요!」

식당 문에 서 있는 사용조수——그릇을 들고 나가지 못하게 감시하는 문지기——한테 이렇게 한마디 내뱉고 그는 밖으로 나왔다.

사무실은 정문수위실에 가까운 통나무집이었다. 아침과 다름없이 굴뚝에서는 시꺼먼 연기가 무럭무럭 솟아오르고 있다. 불을 때는 건 전령(傳令)노릇까지 맡아하는 늙은 당번 죄수인데, 그에게는 시간제로 작업량이 계산된다. 사무실 난로에 땔 나무토막이나 장작은 언제나 넉

넉하다.

슈호프는 현관문을 열고, 외풍이 들이치지 않는 문간방으로 들어갔다. 그 다음, 포대조각을 겉에 붙인 방문을 열었다.

하얀 증기에 싸인 방안에 들어서자 슈호프는 서둘러 문을 닫았다(우물쭈물하다가는 당장에, '이놈아! 문을 닫아!' 라는 호령이 날아들게 마련이다).

사무실 안은 한증막처럼 후끈후끈했다. 언저리에 얼음이 붙은 유리창 너머로 보이는 태양도 여기서는 따사로운 느낌을 준다. '테츠' 이층에서 볼 때와 같은 차가운 기운은 없다.

그 햇살 사이를 수놓듯 체자리의 파이프에서 솟아오르는 폭 넓은 담배 연기가 피어나고 있다. 난로는 투명체처럼 새빨갛게 달구어져 있었다. 어쩌면 저렇게도 잘 달궈졌을까? 굴뚝까지 빨갛게 달아 올라 있다. 이렇게 후끈후끈한 곳에서 잠시 동안만 앉아 있어도 금방 졸음이 몰려들 게다.

사무실은 두 칸으로 나누어져 있는데 안쪽은 현장감독실이었다. 빼꼼히 벌어진 사잇문 틈으로 현장감독의 목소리가 흘러나온다.

「여기선 노임도 지출 초과가 되어 있고, 건설자재의 사용량도 규정을 초과한 형편이야. 죄수들은 조립식 주택 판자까지 모조리 땔감으로 쓰고 있으니 말이야. 너희들 눈은 제대로 박혀 있는 거냐? 시멘트도 마찬가지지. 며칠 전에 바람이 마구 부는 데서 창고에 시멘트를 하적하고 있었는데, 글쎄 십 미터나 떨어진 거리에서 들것으로 나르고 있질 않겠어. 덕택에 창고 근처엔 무릎까지 빠질 만큼 온통 시멘트 투성이가 됐지. 검은 작업복이 새하얗게 되고 말이야. 도대체 그 손실이 또 얼마겠나?」

현장감독실에서는 회의가 진행되고 있는 모양이었다. 아마 조감독들이 모여 있는가 보다.

이쪽 방 한구석의 당번 죄수인 노인이 더위에 녹아 떨어진 꼴을 하고 앉아 있다.

그 저쪽에는 B-219호인 시크로파첸고가 실다란 놈을 구부리고 눈깔을 뒤집고서 창문 밖을 내다보고 있다. 조립식 주택의 재료를 누가 집어 가지 않게 감시하고 있는 것이다. 그래 봐야 무슨 소용이 있나, 이 친구야. 아까 우리가 루핑을 슬쩍할 땐 뭘 하고 있었나!

기록계도 두 사람 다 죄수들이지만 난로 위에 빵을 굽고 있다. 타지 않게 철사로 석쇠까지 만들어 놓고서.

체자리는 책상 옆으로 다리를 쭉 뻗고 앉아서 파이프를 입에 물고 있었으나, 방문을 등지고 있었기 때문에 슈호프가 들어온 것을 모르는 모양이었다.

그 맞은편에 앉아 있는 것은 X-123호. 수용소 생활 20년인 깡마른 노인인데, 죽을 먹고 있다.

「그렇지만 말입니다.」 담배 연기를 뿜으며 사뭇 부드러운 억양으로 체자리가 말한다. 「객관적인 입장에서 보면, 에이젠슈타인의 천재성은 가히 놀랄 만합니다. 〈이반 뇌제(雷帝)〉(러시아의 유명한 영화감독 에이젠슈타인이 제작한 전기 영화—옮긴이)도 굉장히 천재적인 작품이라고 생각하는데요? 어떻습니까, 근위대원들의 횃불 춤은! 그리고 사

110

원(寺院)의 장면은!」

「좀 심한 것 같아요!」숟가락을 입에 가져가다 말고 X-123호는 분연한 어조로 대답했다. 「예술 과잉은 이미 예술이라 할 수 없소! 빵 대신에 고춧가루와 후춧가루만 먹고 살라는 말과 다를 게 뭐요! 더구나 정치사상이 잘못되어 있어요. 개인전제(個人專制)의 변호로 일관되어 있지 않소! 삼대(三代)에 걸친 러시아 인텔리겐차의 기억을 우습게 봐도 분수가 있지 어디 그럴 수가 있소!」(이렇게 말하면서도 무의식적으로 죽을 씹어 삼킨다. 저래 가지곤 먹으나마나 할 게다)

「하지만 그렇게밖엔 해석을 내릴 수 없는 세상이니 다른 도리 없지요……」

「그렇다면 천재라는 말은 빼 버리란 말이오! 천재는 고사하고, 상전비위 맞추기에 급급하는 아첨꾼이라 해야 할 거요. 진짜 천재는 압제자의 비위를 맞추려고 그릇된 해석을 내리지는 않는단 말이오!」

「으흠!」하고 슈호프는 헛기침을 했다. 교양이 풍부한 친구들의 대화를 중단시킨다는 것은 미안한 일이긴 하지만, 그렇다고 언제까지나 가만히 서 있을 수도 없는 일이다.

체자리는 빙그르르 몸을 돌리더니 죽그릇에 손을 뻗었다. 슈호프의 얼굴은 쳐다보려고도 하지 않는다.

죽그릇을 받아 놓고는 계속 토론에 열중한다.

「그렇지만 예술이란 '무엇을' 이 아니라, '어떻게' 가 문제니까요.」

X-123호는 한 손으로 책상을 툭툭 치며 그의 말꼬리를 잡는다.

「천만에! 당신이 말하는 '어떻게' 는 아무런 가치도 없는 거요. 그것이 우리의 감정을 높은 데로 이끌어 주지 못하는 이상 아무 소용이 없는 것이오.」

슈호프는 실례가 되지 않을 정도로 잠깐 동안 그 자리에 서 있었다.

체자리가 담배를 권하기를 기다리고 있었던 것이다. 그러나 체자리는 자기의 등 뒤에 슈호프가 서 있다는 사실을 잊어버린 모양이었다.

슈호프는 몸을 돌려 슬그머니 사무실을 빠져 나왔다.

밖의 추위는 많이 누그러진 것 같았다. 이 정도라면 블록을 쌓기에도 지장은 없을 것이다. 지름길을 걷고 있던 슈호프는 문득 눈 위에 작은 줄칼 조각이 떨어져 있는 것을 발견했다.

당장 무엇에 쓰겠다는 생각은 없었으나, 언제 요긴하게 필요할는지 모를 일이다. 집어서 호주머니 속에 넣었다. '테츠'에 감춰 두면 된다. 개똥도 약에 쓸 때가 있는 법이다.

'테츠'에 돌아오자, 슈호프는 우선 숨겨 두었던 흙손부터 꺼내서 허리춤에 꽂았다. 그 다음 모르타르 기계실로 들어갔다.

햇빛의 반사가 눈부신 밖에서 갑자기 들어와서 그런지 실내는 더욱 어두침침하다. 그렇다고 바깥보다 더 따뜻한 것 같지도 않다. 어쩐지 축축한 느낌이다.

모두들 슈호프가 고쳐 놓은 원형 난로와 모래를 녹이는 난로주위에 모여 있었다. 모래에서는 하얀 김이 몽실거리고 있다. 난로 옆에 끼이지 못한 친구들은 모르타르통에 앉아 있다. 반장은 난로 바로 옆에서 죽을 먹고 있었다. 파블로가 난로에 얹어 데워 바쳤겠지.

소곤소곤하는 말소리가 들린다. 좋은 일이라도 있는 것 같은 분위기이다. 슈호프에게도 누군가가 귓속말로 알려 준다. 작업량 사정이 잘 조정된 것 같아. 반장의 안색이 환하거든…….

그런데 무슨 명목을 붙였는지 궁금한 일이다. 물론 그것은 반장의 능력 여하에 달린 문제이긴 하지만, 그러나 오늘만 해도 한나절 동안 일은 시작도 못 하지 않았는가. 난로를 고친다든가 창문을 막는다든가 하는 일을 작업으로 사정(査定)해 줄 리는 없다. 그것은 수용소를 위한 것이 아니라 작업반 자체를 위해서 한 일이기 때문이다. 그렇다고 작업량 사정란(査定欄)을 그냥 비워 둘 수는 없다.

어쩌면 체자리가 우리 반 사정란에 적당히 기입해 넣었는지도 모를 일이다. 체자리에게만은 반장도 함부로 대하지 않는다. 필시 그럴 만한 이유가 있을 게다.

‘사정이 잘 되었다’는 말은, 앞으로 닷새 동안 배급식량에 상여급식이 곁들여 나온다는 것을 뜻한다.

하긴 닷새 동안이라고는 하지만, 정확히 계산하면 나흘밖에 안 된다. 수용소 당국은 닷새 중 하루를 절식일(節食日)로 정해 놓고, 작업성적이 좋은 반이나 나쁜 반이나 똑같이 최저보장선(最低保障線)까지 배급량을 끌어 내리기 때문이다.

모든 죄수들에게 공평하게 식량을 할당한다는 것이 그 취지로 되어 있지만, 실은 죄수들의 배를 주림으로써 여유 있게 식량을 확보해 두자는 수작의 그 이상도 이하도 아니다. 그렇다고 불평을 말하지는 않겠다. 죄수들의 위장은 어떠한 시련도 이겨 낼 수 있을 만큼 단련되어 있다. 편리하다면 편리하다고나 할까. 오늘 뱃속이 비었으면, 내일 그만큼 보충하면 된다. 절식일에는 수용소 죄수 전원이 이런 꿈을 가지고 잠자리에 들어간다.

그렇지만 자세히 생각해 보면, 닷새 동안 일하고 나흘밖에 얻어먹지 못한다는 것을 알 수 있다.

실내는 조용해졌다. 담배를 가진 반원은 몰래 숨어서 피우고 있다. 모두들 어둠 속에 둥그렇게 모여 앉아 타오르는 난롯불만 바라보고 있다. 마치 하나의 큰 가족과도 같이. 사실, 작업반이란 바로 하나의 가족인 것이다.

난롯가에서 반장이 두세 명의 반원들을 상대로 대화를 나누고 있다. 다른 반원들도 그쪽으로 시선을 돌린다.

그는 쓸데없는 소리를 늘어놓는 일이 없다. 혹시 무슨 말을 한다면 그것은 반원들을 위해서 하는 말이다.

반장인 추린——안드레이 프로코피예비치——도 모자를 쓴 채로는 식사를 하지 못한다. 모자를 벗으면 그는 한층 더 늙어 보인다. 다른 죄수들처럼 그의 머리도 박박 깎은 중대가리였지만, 희미한 난로 불빛 앞에서조차 머리에 섞인 흰 머리카락이 희끗희끗 눈에 띈다.

「……본시 나는 대대장 앞에만 나가도 몸을 후들후들 떠는 축이었는데, 그때 나를 불러들인 것은 연대장이었단 말이야! 잔뜩 얼어 가지고, '붉은 군대 병사 추린, 연대장 동무의 명을 받고 왔습니다…….' 라고 했지. 연대장은 잔뜩 미간을 찌푸리고 나를 쳐다보더니, '이름과 부칭(父稱)은?' 하고 묻더군. '아무개올시다.' '나이는?' '몇 살입니다.' 그때가 천구백삼십 년이었으니까 아마 스물두 살이나 되었을 거야. 아직

114

한창일 때였지. '근무하기는 어떤가, 추린?' '예, 근로인민을 위해 열심히 복무하고 있습니다!' 그랬더니 연대장은 갑자기 얼굴이 빨개지며 두 손으로 책상을 내리치지 않겠나. '근로인민을 위해서라고? 그렇게 말하는 네놈은 대체 뭐냐? 못난 놈 같으니!' 이런 소릴 듣고 가만히 있을 놈이 어디 있겠어! 그래도 꾹 참고 이렇게 말했지, '경기수(輕機手)로서 일급사수(一級射手)의 칭호를 받고 있습니다. 국사와 정치 양면에 걸쳐 우수한 성적을 받았으며…….' ' 뭐, 일급 사수라고? 이 돈벌레 같은 놈아! 너의 아비는 부농(富農)이 아니냐? 봐라, 카메니에서 너를 조회한 서류가 와 있다. 아비가 부농이라는 걸 숨기고 언제까지 무사하리라 생각했나? 당국에서는 벌써 이 년 전부터 네 놈의 행방을 찾고 있었다는 걸 몰라!' 나는 그만 새파랗게 얼어 버리고 말았지. 할 말을 잃고 말았지. 사실 나는 행방을 감추려고 일 년 동안이나 집에 편지를 쓰지 않고 있었거든. 집안 식구들의 소식은 전혀 알 수 없었고, 집에서도 물론 내 소식을 모르고 있었을 거야. '이놈, 너한테도 양심이 있냐?' 대령 계급장이 흔들릴 정도로 몸을 떨며 그놈은 분을 참지 못하겠다는 듯이 소리치더군. '소비에트 정권을 속여도 분수가 있지!' 나는 틀림없이 죽는 줄 알았어. 하지만 때리진 않더군. 그 대신 즉석에서 명령서에 서명이야……여섯 시간 이내에 영외(營外)로 추방하라……그때가 이월이었는데 겨울 군복을 벗기고, 그 대신 여름옷 한 벌만을 걸치고 나가라는 거야. 발급된 제대 증명서에는 '부농의 아들'이라는 사유가 적혀 있더군. 어디를 가나 이 낙인을 항상 달고 다니게 된 셈이지. 고향까지는 기차로 가야 하는데도 무료승차권 같은 건 아예 구경도 못 하고, 식량도 전혀 지급하지 못하겠다는 거야. 마지막으로 겨우 점심 한 끼를 얻어 때우고 영문 밖으로 쫓겨나고 말았다네.

……말은 좀 달라지지만, 삼십팔년에, 코트라스에 있는 중계수용소에서 옛날 소대장을 만났어. 역시 십년형을 받았더군. 그 친구한테서 들었는데 나를 추방한 그 연대장도, 연대 정치위원도 삼십칠년에 있었던 숙청 때 모두 총살되었다는 거야. 프롤레타리아니 부농이니 하는 것도 문제가 되지 못했던 모양이야. 양심이 있느냐 없느냐 하는 것도 역시 문제가 아니지……」

죽을 두 그릇이나 먹었기 때문인지 슈호프는 담배 생각이 나서 참을 수가 없었다. 7호 막사의 라트비아인한테 쌈지담배를 두 컵 살 수 있을 테니까 그것으로 해결하면 된다……. 이렇게 생각하고 슈호프는 어부 출신인 라트비아인에게 귓속말로 소곤거렸다.

「이봐, 에이노. 틀림없이 내일 갚을 테니 담배 좀 꾸어 줄 수 없겠나? 한 대만 말아 피울 수 있을 정도면 되는데……」

에이노는 슈호프의 눈을 뚫어지게 쳐다보더니, 자기의 단짝인 에스토니아인에게 천천히 눈을 돌렸다.

그들 두 사람은 무엇이든지 의논한다. 담배 한 대 꿔 주는 것도 혼자서는 결정하지 못한다. 저희들끼리 알아듣지 못할 말로 한참 떠들고 나서, 에이노는 붉은 끈이 달린 담배 쌈지를 꺼냈다. 잘게 썬 담배를 두 손가락으로 집어내어 슈호프의 손바닥에 놓고 눈짐작으로 재보고는 부스러기 몇 개를 더 떨어뜨린다. 꼭 한 대 분이다. 모자라면 모자랐지, 결코 남지는 않을 것 같다.

신문지는 슈호프도 가지고 있다. 귀퉁이를 찢어 담배를 말아 가지고, 반장의 발 사이로 굴러 나온 석탄덩어리를 집어 불을 당긴다. 한 모금 깊이 빨아들인다. 순간 눈이 아득하며 어지러운 기운이 전신에 확 퍼진다. 사지가 나른해지고 머리가 빙그르르 도는 것 같다.

담배에 불을 붙이자마자, 곧 건너편 구석에서 새파란 두 개의 눈이 번쩍 빛났다. 페추코프다.

저 게걸쟁이한테 한 모금 선심을 쓸까? 그러나 페추코프는 오전만 해도 벌써 몇 번이나 구걸을 했다. 차라리 세니카 크레프쉰한테 주기로 하자. 세니카는 반장의 이야기도 건성으로 들으며 고개를 옆으로 기울인 채 멍하니 난로 앞에 앉아 있었다. 난롯불이 반장의 얽은 얼굴을 벌겋게 비추고 있다. 마치 다른 사람의 이야기를 하듯 재미있다는 어조로 그는 이야기를 계속했다.

「……가지고 있던 웬만한 물건들은 시가(市價)의 사분의 일도 안 되는 헐값으로 고물상에 팔아 가지고, 그 돈으로 암시장에서 빵 두 덩어리를 샀지. 이미 빵 배급제가 실시되고 있던 때였으니까. 역에 가서 화물열차라도 타고 갈 생각이었는데, 재수가 없으려니까 때마침 화물열차의 부정승차를 엄하게 단속하라는 명령이 내려져 있었단 말이야. 기차표는 돈을 가지고도 살 수가 없었지. 자네들 중에도 기억하고 있는 사람이 있겠지만, 그때는 특별한 신분증이나 출장증이 없으면 기차표를 사지 못하게 되어 있었거든. 플랫폼으로 빠져들어 가기도 쉬운 일이 아니었어. 개찰구에는 경찰이 서 있고, 정거장 양쪽 끝 선으로는 경비병이 보초를 서고 있었단 말이야.

어느새 해가 저물어 물웅덩이엔 얼음이 얼기 시작했어……. 오늘밤은 어디에 잠자리를 정하나 생각하니 정말 처량하기 짝이 없더군. 기회를 엿보아 미끄러운 벽돌담을 가까스로 타고 넘어가서 구내의 변소로 뛰어들어갔지. 얼마 동안 변소간에서 밖의 동정을 살펴보았는데 누구한테 들킨 것 같지는 않았어. 그래서 공무상 출장 가는 군인인 척하고 플랫폼으로 나갔지. 마침 블라디보스토크 발 모스크바행 열차가 닿아서, 뜨거운 물을 얻으려는 승객들로 가미솥 근치는 대 혼잡을 이루고 있더군. 가만히 보니, 푸른 블라우스를 입은 처녀 하나가 두 되들이 큰 주전자를 들고 서성거리고 있는데, 겁이 나서 감히 가까이 갈 엄두도 못 내고 있는 모양이야. 가느다란 다리로 그 속에 섣불리 끼어들었다간 물에 데거나 밟혀 죽거나 하기에 알맞지.

'자, 이랑을 가지고 있으시오, 내가 물을 떠다 줄 테니!' 했지. 사람들을 헤치고 들어가서 물을 퍼담고 있는데, 글쎄 기차가 출발하기 시작하지 않겠나! 처녀는 빵을 들고 울먹울먹하며 발을 동동 구르고……큰일났더군. 주전자고 뭐고 어디 그런 걸 생각할 겨를이 있어야지! '빨리 가서 타요! 빨리!' 이렇게 외치며 나는 처녀에게 달려가서 한 손으로 차에 올려 준 다음, 있는 힘을 다해서 기차를 쫓아갔지. 결국은 나도 그 기차에 오를 수 있었어. 차장도 보고 있었지만 떼밀어 버리려 하지는 않더군. 기차에 군인들이 타고 있었으니까 나도 그 중의 한 사람으로 생각했던 모양이야.」

슈호프는 세니카의 옆구리를 쿡쿡 찔렀다. 어때 이 얼간아, 한 모금 생각 없어? 슈호프는 나무파이프에 긴 채로 그냥 쥐어 주었다. 세니카라면 파이프째 주어도 안심이다.

세니카는 재미있는 놈이다. 배우처럼 한 손을 가슴에 대고 고개를 끄덕해 보인다. 귀머거리가 하는 짓이라 무슨 뜻인지 알 수가 없다…….

반장의 이야기는 계속되었다.

「처녀 일행은 여섯 명이었는데 객실(칸막이 좌석) 하나를 차지하고 있더군. 레닌그라드의 여학생들이라나. 실습을 갔다가 돌아오는 길이라는 거야. 탁자 위에는 과자 부스러기 같은 것도 보이고, 옷걸이에는 레인코트가 걸려 있고, 트렁크에는 깨끗한 커버가 씌워져 있고……. 말하자면 세상의 쓴맛이라는 걸 모르고 행복한 인생 역정을 달리고 있는 아가씨들이었지.

처녀들과 함께 이야기도 하고 차를 마시기도 하며 시간을 보내고 있었는데, 그 중 하나가 불쑥 '당신 좌석은?' 하고 묻더군. 나는 솔직하게 사과했지. 아가씨, 당신들은 지금 삶의 열차를 타고 있지만, 나는 죽음의 열차를 타고 있소…….」

실내는 조용했다. 난로에서 불이 타오르는 소리가 들릴 뿐이다.

「처음에는 모두들 깜짝 놀라서 두려워하기도 하고, 저희들끼리 소곤소곤 의논을 하기도 했지만, 결국 외투를 뒤집어 씌워 맨 위층 침대에 나를 숨겨 주었어. 덕택에 노보시비르스크까지 무사히 갈 수 있었지……. 이건 다른 이야기지만, 후에 그 처녀들 중의 하나를 패초라강 (북부 러시아) 근처에서 만나 그때의 은혜를 갚을 수 있었어. 삼십오년, 키로프 암살사건에 관련된 숙청 때 체포되어 중노동에 시달리고 있는 걸 내가 양재부(洋裁部)에 배치시켜 주었거든.」

「이젠 모르타르를 반죽할까요?」 파블로가 낮은 소리로 반장에게 물었다. 그러나 반장은 듣지 못한 모양이었다.

「나는 밤중에 담을 넘어 집에 몰래 들어갔다가, 날이 새기 전에 어린 동생 놈을 데리고 다시 집을 떠나 따뜻한 지방, 즉 프룬제(중앙아시아, 키르기스 공화국의 수도─옮긴이)로 갔지. 며칠을 굶어 가며 프룬제까지 갔는데, 거기서 아스팔트용 가마솥을 싸고 앉아 있는 부랑자들을 만났어. 나도 그들 틈에 끼어앉아서 이렇게 부탁했지. '여러분, 이 애는 내 동생인데 당신들이 이놈을 교육시킬 수 없겠소? 사는 방법을 가르쳐 주란 말이오.' 그들은 흔쾌히 내 동생을 맡아 주더군. 나도 차라리 그때 그 친구들과 어울려 버렸으면 좋았을 거라고 지금도 가끔 그런 생각을 하지…….」

「동생은 그후 만나 보았나요?」 중령이 물었다.

추린은 크게 하품을 했다.

「음, 한 번도 못 만났어.」 또 한 번 늘어지게 하품을 하고 나서 추린은 이렇게 말했다. 「뭐 괜스레 서글퍼질 건 없어! 여기 '테츠'에서도 이렇게 얼마든지 살 수 있잖나. 그건 그렇고 모르타르를 이기는 패는 곧 일을 시작하게. 신호를 기다릴 것도 없어.」

작업반이란 이런 것이다. 높은 양반들의 명령이라면 작업 시간 중에도 죄수들은 좀처럼 일하려 들지 않는다.

그러나 반장의 명령이라면 휴식 시간에라도 모두들 군소리 없이 움직이기 시작한다. 반장이야말로 그들을 먹여 살리는 가장(家長)이기 때문이다. 뿐만 아니라 반장 추린은 절대로 쓸데없는 고생을 시키는 일은 없다.

작업개시 신호가 울린 다음에 모르타르를 이기기 시작하면, 그 동안 블록공들이 잠시 쉬게 마련이다.

슈호프는 휴우 한숨을 쉬며 옷을 털고 일어났다.

「벽 위의 얼음이나 거둬 낼까.」

얼음을 걷기 위한 자귀와 빗자루, 블록을 쌓는 데 필요한 망치와 수준기(水準器), 가늠 줄과 수직추(垂直錘)를 손에 들고 갔다.

혈색이 좋은 키르가스가 슈호프 쪽을 보며 인상을 쓴다.

반장이 아무 명령도 내리지 않는데 무엇 때문에 서두르는 거냐? 키르가스가 얼굴을 찌푸리는 것도 무리가 아니다. 그는 반에 할당되는 식량에는 관심도 없다. 이 대머리 에스토니아인에게는 자기에게 배급되는 빵이 200그램이건 그 이하이건 그런 데는 조금도 관심이 없다. 고향에서 보내오는 식량 소포만으로도 충분히 배를 채울 수 있기 때문이다.

그래도 키르가스는 슈호프를 따라 일어났다. 알고 있는 것이다. 자기 한 사람 때문에 반 전체의 작업에 영향을 미쳐서는 안 된다는 사실을.

「여보게, 바냐, 함께 가세!」하고 슈호프를 불러 세운다.

그러면 그렇지, 저 뚱보가 혼자 게으름을 부릴 리가 있나(슈호프가 급히 서두르는 데는 또 하나의 이유가 있었다. 공구반에서 수직추를 한 개밖에 얻어 오지 못했으므로, 키르가스보다 먼저 그것을 사용하려는 속셈이었던 것이다).

파블로가 반장에게 묻는다.

「블록을 쌓는 데 세 명이서 충분할까요? 어떻습니까, 한 사람 더 배치하면? 그보다도 모르타르를 미처 대지 못하게 될까요?」

반장은 미간을 찌푸리고 잠시 생각한다.

「그럼 내가 블록을 쌓기로 하지. 파블로, 자넨 여기서 모르타르를 맡아 주게! 혼합통이 작지 않으니까 여섯 명을 붙이면 좋을 거야. 한쪽에선 다 된 놈을 이겨내고, 다른 한쪽에서는 새 것을 이기도록 하게. 블록일을 잠시라도 쉬게 해서는 안 되네. 알겠나!」

「좋습니다!」 파블로는 얼른 일어났다. 아직도 혈기가 왕성한 청년이다. 수용소의 폐물들과는 종류가 다르다. 우크라이나의 가루쉬키(우유에 삶아 낸 경단 비슷한 음식물—옮긴이)처럼 두 볼이 통통한 청년이다. 「반장님이 직접 블록을 쌓겠다면 나는 모르타르를 이기지요, 어느쪽이 먼저 하나 경쟁합시다! 제일 큰 삽은 어디 있지?」

작업반이란 이런 것이다. 파블로는 숲속에 잠복하여 적병을 사로잡기도 하고, 여러 지구에서 야습을 감행하기도 한 용감한 사내였다. 수용소 같은 데서 얌전하게 일하고 있을 위인이 아니다. 그러나 반장을 위해서라면 문제가 다르다!

슈호프와 키르가스는 이층으로 올라갔다. 세니카도 층층다리를 밟고 뒤따라 올라온다. 비록 귀는 먹었지만 눈치 하나는 상당히 빠르다.

이층의 블록벽은 겨우 기초가 쌓여 있을 정도였다. 어디를 둘러봐도 석 줄 이상 쌓아올린 곳은 없다. 무릎에서 가슴까지의 높이는 발판이 필요 없기 때문에 일이 훨씬 쉽다.

전에 쓰던 발판이나 삼각대 같은 건 죄수들이 전부 가져가 버려서 한 개도 없다. 다른 건물로 가져간 것도 있겠지만, 대부분은 땔감으로 사용했을 것이다. 아무튼 다른 반에는 넘겨주지 않겠다는 심보들이다.

그러나 자기들이 일을 하려면 지금이라도 곧 삼각대를 만들어야 한다. 삼각대가 없으면 작업은 할 수 없는 것이다.

'테츠' 의 이층에서는 먼 데까지 한눈으로 바라볼 수 있었다. 사람의 그림자도 없는 눈덮인 구내(죄수들은 건물 속에 기어 들어가서 작업 개시의 기적이 울릴 때까지 몸을 녹이고 있다), 높다랗게 솟아 있는 망루, 철조망이 감긴 끝이 뾰족한 말뚝, 해를 등지고 서면 철조망의 가시까지 자세히 보인다. 그러나 해를 안고 서면 아무것도 보이지 않는다. 햇빛에 반사되어 눈을 뜰 수조차 없다.

그리 멀지 않은 곳에 이동발전소도 보인다. 하늘을 뒤덮을 듯이 검은 연기를 내뿜고 있다. 환자의 숨소리처럼 씨근거리는 소리가 들려 온다. 기적이 울리기 직전에 울리곤 하는 병적인 음향이다. 마침내 기적이 들린다. 그리고 보면 별로 일찍 일을 시작한 것도 아니었다.

「여보게, 스타하노프 운동자!(사회주의적 생산경쟁 운동가. 여기서는 비꼬는 뜻으로 부르고 있다―옮긴이) 수직추를 빨리 쓰고 넘겨주게!」 키르가스가 재촉한다.

「뭐라고? 자네가 쌓을 벽엔 아직 얼음이 그냥 붙어 있지 않나! 저녁때까지 얼음도 다 못 긁어 낼 거야. 써 보지도 못할 흙손을 뭣 때문에 가지고 올라왔지?」 슈호프도 지지 않고 그를 놀려댔다.

점심을 먹기 전에 결정한 대로, 세 사람은 제각기 맡은 벽을 쌓아 올릴 준비를 하고 있었다. 그러나 이때 밑에서 반장이 소리쳤다.

「이층! 모르타르가 통 속에서 얼면 곤란하니까 두 사람씩 한 조가 되어 일하도록 하게, 슈호프! 자넨 세니카하고 일하게. 나는 키르가스와 함께 일할 테니까. 우선 나 대신 고프치크를 올려 보낼 테니 키르가스와 함께 얼음을 긁어내라고 해.」

슈호프와 키르가스는 서로 눈짓을 한다. 당연한 말씀. 그렇게 하는 편이 훨씬 능률이 오를 것이다.

이렇게 주고받으며 두 사람은 자귀를 집어든다.

슈호프의 눈에는 이미 아무것도 보이지 않는다. 눈부시게 햇빛을 반사하는 눈덮인 들판도, 난로가 있는 건물에서 나와 이리저리 일거리를 찾아가는 죄수들의 모습도, 구덩이를 파러 가는 죄수들도 있다. 아침부터 시작하여 아직도 다 끝내지 못한 구덩이다. 철근을 용접하러 가는 죄수들도 있다.

그러나 슈호프의 눈에는 자기가 담당한 블록벽밖엔 보이지 않는다. 허리 높이까지 계단 모양으로 블록을 쌓아 올린 왼쪽 구석으로부터, 키르가스가 맡은 벽과 맞닿는 오른쪽 귀퉁이까지가 그가 쌓아야 할 벽이다.

슈호프는 우선 얼음을 꺼낼 장소를 세니카에게 떼어 맡긴 다음, 자귀의 날과 등을 번갈아 사용하며 자기도 얼음을 깨기 시작했다.

잘다란 얼음 조각이 사방으로 날리며 얼굴에까지 튄다. 어쩌면 저렇게도 일에 열중할 수 있을까 싶을 정도로 열심히 자귀를 휘둘러 댄다. 하기는 얼음을 끄는 일 그 자체에는 별반 신경을 쓸 것도 없다.

그의 전 신경과 눈은, 두꺼운 얼음을 통해 그 밑의 벽에 집중되어 있었다. 블록을 이중으로 쌓아올린 '테츠'의 정면 외벽이다.

전에 이 벽을 쌓던 블록공이 누구였는지 참 한심하기 이를 데 없다. 솜씨가 서툴렀기 때문인지 아니면 성의가 부족했기 때문인지, 하여튼 쌓아 놓은 꼴이 엉망이다.

그러나 슈호프는, 남이 쌓다 그만둔 그 벽을 자기 것으로 만드느라 정신이 없었다. 여기 우묵하게 들어간 곳은, 한 줄로 한 번에 바로잡기는 힘들겠다, 모르타르를 좀 많이 놓아 석 줄째에 가서 고르게 해야지, 그리고 저기 두드러진 곳은, 두 줄째면 충분히 바로잡을 수 있을 것이다…….

슈호프의 머릿속에서, 벽은 이미 두 개의 부분으로 구분되어 있었다. 왼쪽 구석부터 여기까지는 내가 쌓고, 여기서부터 저쪽 키르가스의 벽과 맞닿는 곳까지는 세니카한테 쌓게 해야겠다. 저쪽 귀퉁이에서는 세니카의 서투른 솜씨를 보다 못해 키르가스가 그를 도와주겠지. 그렇게 해야 자기 일이 수월해질 테니까. 귀퉁이에서 둘이 꾸물거리고 있는 사이에 나는 이쪽 벽을 반 이상이나 쌓아올릴 수 있다. 이러한 작전으로 나가면 우리 조가 이길 가능성이 크다.

슈호프는 어디에 몇 개씩 블록을 놓게 할 것인가도 미리 생각해 두었다. 블록을 나르는 알료샤가 이층에 올라오자, 슈호프는 기다리고 있었다는 듯이 그를 붙잡고 부탁했다.

「자, 블록을 여기다 갖다 놓게! 그리고 여기도! 아무 데나 갖다 놓으면 안 돼, 알겠나?」

세니카가 얼음을 다 꺼내기도 전에, 슈호프는 벌써 철사로 만든 비를 손에 들고 있었다.

두 손으로 빗자루를 움켜쥐고 양쪽으로 냅다 흔들며 블록 쌓을 자리를 쓸어 나간다. 티끌 하나 남기지 않을 정도까지는 아니지만, 그래도 제법 깨끗하게 쓸어 냈다. 블록이 서로 연결되는 곳은 특히 말끔하게 쓸었다.

반장도 위층으로 올라왔다.

슈호프가 비질을 하고 있는 사이에 반장은 벽 귀퉁이에 수준기를 갖다댄다. 슈호프와 키르가스가 맡은 벽의 양쪽 끝에는 벌써 수준기가 놓여있다.

「이층!」하고 밑에서 파블로가 소리친다. 「준비 다 됐소? 모르타르가 올라갑니다!」

슈호프는 깜짝 놀랐다. 뭐? 아직 가늠 줄도 쳐 놓지 못했는데 벌써 모르타르가 올라온다고?

숨이 가빠 온다. 한 줄이나 두 줄 정도로는 안 되겠다. 한꺼번에 석 줄 높이까지 쳐 놓자. 나중에 조금만 손보면 될 테니까. 세니카가 일을 쉽게 할 수 있도록, 그에게 떼어 맡긴 부분에서 바깥 줄 몇 개를 내가 더 쌓아주고, 그 대신 안쪽 줄을 더 쌓으라고 하자.

블록벽 위에 가늠줄을 치면서, 슈호프는 몸짓을 섞어 가며, 어디에 어떻게 쌓으라고 세니카한테 설명한다.

귀머거리 세니카도 그의 말을 이해한 모양이다. 입술을 깨물고 반장네 벽 쪽을 힐끗 쳐다보더니, 고개를 끄덕이며 히죽 웃는다. 전투개시란 말이지? 좋아, 해 보세!

층층다리를 따라 모르타르가 올라왔다. 모르타르 운반에는 두 사람씩 네 조가 담당하게 되어 있다. 반장의 명령에 따라 블록공 옆에는 따로 모르타르 통을 놓지 않기로 했다. 모르타르를 옮겨 담는 사이에 얼어 버리기 때문이다. 그래서 운반용 모르타르 통을 그냥 내려놓고 블록공이 거기서 직접 모르타르를 떠서 쓰기로 한 것이다.

한편 모르타르를 운반해 온 사람은, 벽 위에 떠놓은 모르타르가 얼어붙기 전에, 블록공에게 얼른 블록을 집어 준다. 통에 든 모르타르를 다쓰면, 곧 그 다음 조가 올라오고 앞서 올라왔던 조는 빈 통을 들고 밑으로 내려가서, 밑바닥에 얼어붙은 모르타르를 난롯불에 녹인다. 물론 그동안에 자기 몸도 녹일 수 있다.

키르가스네 벽과 슈호프네 벽에 모르타르 통이 동시에 운반되어 왔다. 차가운 바깥 공기에 닿아 모르타르에서는 모락모락 김이 솟아 오르고 있지만, 벌써 따뜻한 기운은 거의 달아나 버리고 없었다.

흙손으로 벽 위에 퍼놓고 잠깐 쉬기라도 할 양이면 모르타르는 금세얼어 버린다. 그렇게 되면 망치로 다시 그것을 까내야 한다. 흙손 따위로 긁적여 봐야 아무 소용도 없다.

블록을 얹는데도, 조금만 기울어지게 놓아도 그대로 얼어붙고 만다. 자귀 등으로 블록을 깨고 모르타르를 긁어 낼 수밖엔 다른 방법이 없다.

그러나 슈호프의 솜씨는 능수능란하다. 블록은 그 하나하나의 형태가 모두 일정하지는 않다. 귀퉁이가 떨어져 나간 것이 있는가 하면, 위아래가 휘어진 것도 있고, 혹이 붙은 것도 있다. 슈호프는 그 특징을 재빨리 판단하고, 그 블록을 어느 쪽으로 어떻게 놓아야 하는가를 결정한다. 아니, 벽의 어느 부분이 그 블록을 필요로 한다는 것까지 순간적으로 결정하는 것이다.

슈호프는 김이 나는 모르타르를 흙손으로 떠서 벽 위에 놓고, 밑줄 블록의 연결점을 주시한다(그 연결점이 윗줄 블록의 중앙에 오도록 하는 것이다). 그 다음, 옆에 갖다 놓은 블록 중에서 적당한 것을 하나 집어든다(이때 특히 조심해야 할 것은, 블록의 날카로운 모서리에 장갑이 찢기지 않도록 해야 한다). 그리고는 흙손으로 모르타르를 고르게 퍼놓고 그 위에다 블록을 얼른 갖다 얹는다. 방향이 잘못되면 흙손 자루로 두드려서 바로잡는다. 벽은 바깥쪽이 수직추의 줄에 맞도록, 그리고 세로로 보나 모로 보나 한쪽으로 쏠리지 않도록 해야 한다.

그러노라면 블록은 곧 모르타르에 얼어붙기 시작한다. 만일 블록 밑으로 모르타르가 삐죽 나와 있으면 얼른 흙손으로 긁어낸다(여름이라면 그것을 다음 블록을 쌓는 데 쓸 수 있지만 겨울철에는 그러질 못한다). 다음에는, 또 한 번 밑줄의 연결점을 확인한다. 모서리가 부서졌거나 떨어져 나간 것이 간혹 섞여 있다. 이러한 경우에는 그 틈에 모르타르를 좀 많이 넣은 다음 블록을 지그시 누른다.

그리고 나서 한쪽 눈을 감고 수직인가 아닌가를 확인하고, 다시 수평인가 어떤가를 확인한다. 모르타르도 이제는 완전히 굳어 버렸다. 됐다, 그 다음!

작업은 점점 속도가 붙는다. 두 줄 가량만 쌓으면 전에 잘못 쌓은 부분도 대개는 바로잡을 수 있을 것이고, 그렇게 되면 일도 훨씬 쉬워질 것이다. 하지만 아직은 안심을 하면 안 된다.

슈호프는 이중 벽의 바깥 줄을 차곡차곡 쌓아 나갔다. 세니카도 저쪽 귀퉁이에서 반장과 헤어져 역시 이쪽으로 다가오고 있다.

슈호프는 모르타르 운반조에게 눈짓을 한다……모르타르 통을 더 가까이 옮겨 주게, 부탁하네!

일단 일이 진전되기 시작하면 그야말로 눈코 뜰 새 없이 바쁘다. 이윽고 세니카와 나란히 서게 된다. 둘이 한 통에서 모르타르를 떠낸다. 이내 바닥이 보인다.

「모르타르!」 슈호프는 벽 너머로 고함친다.

「기다려!」 밑에서 파블로가 외친다.

모르타르가 또 한 통 올라온다. 그것도 순식간에 바닥이 났다.

나무통 주변에는 모르타르가 겹겹이 얼어 붙어 있다. 내가 알 게 뭐냐, 네놈들이 긁어내려무나! 이제 옴쟁이처럼 더덕더덕 얼어 버리면 올라오기가 무섭게 빈 통이 되어 다시 가지고 내려가야 할 게다. 자, 어서 들고 내려가거라! 다음!

슈호프도, 다른 블록 공들도 이제는 몸이 달아 올랐다. 정신없이 전신을 움직이고 있노라면 첫 번째 더위가 온몸을 후끈하게 한다. 방한복과 내의 밑으로 땀이 솟는다. 그러나 그들은 잠시도 멈추려 하지 않는다. 한 시간 후에는 두 번째 더위가 그들을 찾아든다. 이번에는 솟아난 땀이 마르기 시작한다. 발가락이 시린 줄도 모르게 된다. 바람이 불어온대도 그런 것쯤 아무것도 아니다.

세니카만이 연방 발을 구르고 있다. 애석하게도 그의 발은 엄청나게 커서 지급받은 방한 장화를 신으려면 발싸개를 제대로 감지 못할 형편이기 때문이다.

반장은 쉴새없이 소리친다. 「모르타르!」

슈호프도 흉내내듯 소리친다. 「모르타르!」

작업에 주동이 되는 반원은, 주위의 반원에게 반장과 같은 태도를 취하게 되는 법이다.

슈호프는 어떻게 해서든지 반장네 조보다 앞서고 싶었다. 지금 심정으론 친형제라도 모두 모르타르 운반에 동원하고 싶을 지경이다.

부이노프스키는 오후가 되어 페추코프와 한 조가 되어 모르타르를 나르고 있었다. 층층다리의 경사가 급해서 위험하기 때문이기도 했지만 처음에는 동작이 빠르지 못했다. 슈호프는 몇 번인가 중령을 재촉했다.

「함장, 행동을 빨리 해 주게! 함장, 블록을!」

그러던 것이 중령은 점점 동작이 민첩해지는 반면에 페추코프는 점점 둔해지기 시작했다.

망할 놈의 자식이 일부러 통을 기우뚱하게 들고 모르타르를 질금질금 흘리고 다니누나. 쉽게 해 보자는 심보겠지.

슈호프는 페추코프 등에다 대고 호통을 쳤다.

「야, 이 악당놈아! 옛날에 지배인 노릇을 할 땐 일꾼들을 마구 부려먹고선 지금은 꾀를 피우냐!」

「반장님!」하고 중령이 소리쳤다. 「다른 사람하고 짝을 지어 주시오! 이런 놈하곤 못해 먹겠소!」

반장은 즉석에서 인원배치를 다시 했다.

페추코프는 밑에 내려가서 발판에 블록을 던져 올리게 했다. 그것도 몇 개를 올렸는지 파악할 수 있도록 멀찌감치 혼자 떼어 놓았다.

중령은 알료샤와 짝이 되었다. 알료샤는 온순한 청년이다. 그와 함께 일할 때는 누구나 무의식중에 명령조로 나오게 된다.

「전원 갑판으로! 알겠지?」 중령의 해군식 독전(督戰)이다.「저렇게 정신없이 쌓고 있으니 어디 게으름을 피울 수 있느냐 말이야.」 알료샤도 웃는 얼굴로 맞장구를 친다.

「서둘러 달라면 그렇게 해 줍시다!」

이렇게 말하고 그들은 밑으로 뛰어 내려갔다.

군소리 없이 일 잘 하는 인간, 그것은 반에서 없어서는 안 될 존재다.

아래층에 대고 반장이 외친다. 블록을 실은 트럭이 또 한 대 도착한 것이다. 반 년 동안 구경도 못 하는가 하면, 이번엔 둑이라도 터진 듯이 한꺼번에 쏟아져 들어온다. 블록이 있을 때 실컷 일해 보자, 적어도 첫날인 오늘만은. 결국은 며칠 안 가서 운반이 중지되고 만다. 그렇게 되면 작업에 박차를 가할 수도 없게 될 테니 말이다.

반장이 또 아래층에 대고 무슨 소린지 고함을 치고 있다. 리프트의 수리는 잘 되어 가고 있는가 묻는 모양이다. 슈호프도 그것이 궁금했지만 알아볼 틈이 없다. 어디 지금 한시나마 일손을 쉴 수나 있는가.

모르타르 운반원들이 올라와서 슈호프에게 전해 준다. 리프트의 모터를 수리한다고 수리공 한 사람과 전기공사 담당 조감독이 밑에 와 있다는 것이다. 모터를 만지는 건 수리공이고, 그걸 지켜 보는 건 조감독이다.

그야말로 합리적인 일이다. 한 놈은 일하고 한 놈은 지켜보고.

아무튼 리프트만 가동된다면 블록이건 모르타르 건 금방금방 실어 올릴 수 있으련만.

슈호프가 어느새 석 줄째를 절반쯤이나 쌓아올리고 키르가스도 석 줄째를 쌓고 있을 때, 층층다리를 타고 위층으로 또 한 사람의 상관, 즉 건설담당 조감독이 올라오고 있었다. 모스크바 태생인 그는 전에 어느 성(省)의 관리였다고 한다.

키르가스 쪽으로 가까이 와 있던 슈호프는, 턱으로 층층다리 쪽을 가리키며 눈짓을 했다.

「흥!」 키르가스가 씹어서 내뱉듯이 말한다. 「나는 말이야, 높은 양반들하곤 아예 상대하지 않기로 했어. 하지만 그놈이 층층다리 밑으로 굴러 떨어지거든 곧 일러주게. 그런 구경거리라면 놓칠 수 없으니 말이야.」

이 조감독만큼 슈호프가 싫어하는 자도 없을 것이다. 당당한 기사(技師)노릇을 하며, 제간엔 아주 잘난 줄 알지만, 실은 돼지족발만도 못한 녀석이다!

언젠가 한번, 그가 블록 쌓는 법을 시범해 보인 적이 있었다. 그때 슈호프는, 자꾸만 뱃가죽이 들먹거리는 것을 간신히 참았었다. 그만 좀 웃겨라, 이 녀석아! 우리 마을에선 제 손으로 집을 한 채 짓고 나야 비로소 기술자 행세를 할 수 있단 말이야!

슈호프의 고향 춤게네보에는, 블록집은 한 채도 없고 모두가 목조건물이었다. 소학교 건물도 보호림(保護林)에서 잘라 낸 6사젠(약 12미터)짜리 목재를 써서 지은 통나무집이었다.

수용소에 들어온 후 블록공 일을 하라는 지시가 내려왔다. 좋수다, 해봅시다.

그리하여 블록공 슈호프의 새로운 생활이 시작된 것이다.

두 가지 기술을 익힐 수 있는 자는 능히 열 가지 기술도 쉬운 법이다.

그런데 조감독은 밑으로 굴러 떨어지진 않았다. 한번 발을 헛디뎠을 뿐, 발을 구르듯 하며 층층다리를 뛰어 올라왔다.

「추린!」이층에 올라오기가 무섭게 그는 눈에 힘을 주며 반장을 불렀다. 「이봐, 추린!」

그의 뒤를 쫓듯이 파블로가 바쁘게 따라 올라왔다. 손에는 그냥 삽을 들고 있다.

조감독도 역시 죄수용 작업복을 걸치고 있었으나, 그것은 산뜻한 신품이었다. 모자는 가죽으로 만든 고급 방한모, 하기는 그 모자에도 죄수번호는 붙어 있었다. B-731.

「무슨 일이오?」흙손을 손에 든 채 추린이 다가갔다. 비뚜름히 기울어진 모자가 한쪽 눈을 거의 가리고 있다.

무슨 일 때문인지 분위기가 심상치 않다. 절대로 놓쳐서는 안될 장면이다.

그러나 한눈을 팔다가는 통 속의 모르타르가 굳어 버린다. 슈호프는 일손을 쉬지는 않고 귀만 바싹 기울였다.

「무슨 일인지 몰라서 물어?」조감독의 목소리는 더욱 거칠어지고 입에서는 거품이 된다. 「이건 영창 정도로 끝날 성질이 아니야! 훌륭한 형사범(刑事犯)이란 말이다! 추린! 형기 재연장(再延長)을 각오해라!」

그때야 비로소 슈호프는 문득 생각이 났다. 흘끗 키르가스에게 눈을 준다. 키르가스도 눈치챈 모양이다.

루핑! 창문에 갖다 붙인 루핑을 들켰구나!

그러나 슈호프는 자기에게 어떤 불똥이 튀리라고는 생각지 않았다. 추린은 반원에게 책임을 전가할 만큼 못난 위인이 아니다. 따라서 반장이 무슨 봉변을 당하지 않을까 그것이 걱정될 뿐이었다. 우리들 반원에게는 가장과도 같은 반장이지만, 그러나 놈들에게는 자유자재로 옮겨 놓을 수 있는 장기의 말과 다름이 없다. 그렇지 않아도 반장은 북방의 수용소에 있을 때 이와 비슷한 사건으로 형기가 연장되었다고 하지 않았는가.

반장의 얼굴이 경련을 일으키듯 일그러졌다. 손에 들고 있던 흙손을 발 밑에 휙 동댕이치고 한 걸음 조감독 앞으로 다가섰다.

조감독은 뒤를 돌아본다. 등뒤에는 파블로가 삽자루를 머리 위에 치켜올리고 있다.

삽! 이 삽은 결코 지팡이 삼아 들고 올라온 물건이 아니다……

귀머거리 세니카도, 일이 어떻게 된 것인지 눈치챈 모양이었다. 두 손을 허리에 얹고 조감독에게 다가갔다. 그 당당한 자세! 꼭 옛날 이야기에 나오는 숲 속의 도깨비 같다.

조감독은 눈을 깜박거리기 시작했다. 불리한 공기를 눈치챈 것이다. 필사적으로 달아날 구멍을 찾고 있다.

반장은 조감독의 코끝에다 얼굴을 갖다 대고 한껏 언성을 낮추었다.

그러나 위층에 있는 사람들 모두 그의 말을 똑똑하게 들을 수 있었다.

「이 똥파리만도 못한 놈아, 네놈들이 멋대로 형기를 연장시키던 시대는 이제 아니야! 한마디만 더 해 봐라, 오늘이 목숨이 붙어 있는 마지막 날이 될 테니까!」

반장은 온몸을 부들부들 떨고 있었다. 파블로의 네모난 얼굴이 조감독의 눈을 노려보고 있다.

「아, 아니, 왜들 이러는 거야!」 조감독은 하얗게 질려 비실비실 층계 쪽으로 뒷걸음질을 친다.

반장은 더 이상 아무 말도 않고 모자를 바로 쓰더니, 끝이 휘어진 흙손을 집어들고 자기가 맡은 벽 쪽으로 돌아갔다. 파블로도 삽을 들고 느긋하게 밑으로 내려간다.

여유 있게, 천천히…….

그냥 위층에 남아 있기도 두려웠지만, 그렇다고 아래로 내려가기도 어쩐지 무서운 모양이다. 조감독은 키르가스의 등뒤에 몸을 숨기듯이 꼼짝 않고 서 있었다

키르가스는 관심 없다는 듯이 블록만 쌓아 올리고 있다.

약국에서 약을 조제할 때 흔히 이런 경우가 있다. 약제사는 누가 기다리고 있든 절대로 서두르는 법이 없다. 그 약제사처럼 키르가스도 조감독에게 등을 돌린 채 자기 할 일만 꾸준히 하고 있을 뿐이다.

조감독은 슬그머니 반장 곁으로 다가갔다. 조금 전까지만 해도 서슬이 시퍼렇던 그 위엄은 대체 어디로 사라졌단 말인가?

「현장 감독한테 뭐라고 이야기하지, 추린?」

반장은 얼굴을 돌리려 하지도 않고 일을 계속한다.

「전부터 그렇게 되어 있었다고 하면 될 게 아니오. 와보니까 그렇더라고.」

조감독은 잠시 동안 그 자리에 그냥 서 있었다. 이젠 맞아 죽을 염려는 없다, 이렇게 생각됐는지 그는 두서너 걸음 앞으로 나와서 두 손을 호주머니에 찔러 넣었다.

「이봐, 시에이치 팔백오십사 호.」히고 입 속으로 중얼거린다. 「왜 그렇게 모르타르를 얇게 바르는 거야?」

누구한테건 화풀이를 해야만 기분이 풀릴 것 같은 모양이다. 그러나 슈호프가 쌓은 블록은 비뚤어지거나 기울어진 데가 한 군데도 없을 뿐더러 연결점의 처리도 나무랄 데 없이 훌륭했다. 결국 흠잡을 것이라고는 모르타르가 얇다는 것밖엔 없었던 것이다.

「왜냐고요? 이유를 말씀드릴까요?」슈호프는 빈정거리는 투로 말을 받았다. 「이런 엄동설한에 모르타르를 두껍게 깔았다간 봄에 가서 '테츠'는 풀썩 주저앉고 말 거외다.」

「블록공이면 블록공답게 감독의 지시에 따를 것이지 무슨 잔소리야.」

조감독은 눈살을 잔뜩 찌푸리고 불룩하게 두 볼을 내밀었다. 이것은 그의 버릇이다.

사실 군데군데 모르타르가 얇게 깔린 곳이 있기는 했다. 좀 더 두껍게 까는 게 원칙인지도 모른다. 하지만 그것은 날씨가 좀 따뜻할 때, 또 모든 격식을 맞추어 제대로 쌓아 올릴 때에나 적절한 말이다.

남의 사정도 좀 이해해 주면 어떤가 말이다. 이쪽은 작업량에 쫓기고 있는 처지가 아닌가. 하기는 이런 놈에겐 아무리 이야기해도 소용없는 짓이다.

조감독은 아무 소리 없이 층층다리를 내려가기 시작했다.

「리프트를 빨리 고쳐 주시오!」 등에다 대고 반장이 소리쳤다. 「나귀처럼 블록을 등짐으로 져 올리고 있는 형편이니까!」

「블록운반도 작업량 사정에 넣어 주지.」 조감독의 어조는 뜻밖에 부드러웠다.

「'손수레운반' 의 비율로 말이오? 어디 한번 손수레를 끌고 층층다리를 올라와 보라 하시오. 이왕 생각해 주는 거면 '등짐운반' 의 비율로 해 주시오!」

「나는 그러고 싶지만, 기록계가 '등짐운반' 으로 해 줄까?」

「기록계라고? 하여튼 우리 블록공 네 사람에 작업반 전체가 붙어 있는 형편이니까 사정을 좀 봐 줘야겠소!」

이렇게 커다란 소리로 외치면서도 반장은 잠시도 일손을 멈추지 않는다.

「모르타르!」 아래층에 대고 외친다.

「모르타르!」 슈호프도 외친다. 석 줄을 다 쌓고 벌써 넉 줄째 쌓고 있다.

가늠줄을 위로 올려쳐야 하겠지만, 그대로 쌓아 올려도 괜찮을 것 같다. 두서너 줄을 가늠줄 없이 그냥 쌓아 올리자.

눈덮인 구내를 횡단하여 걸어가는 조감독의 모습이 보인다. 등을 동그렇게 움츠리고 있다. 사무실에 불을 쬐러 가는가? 기분이 좋을 리는 없을 게다.

상대가 추린 같은 늑대일 경우엔 약간 신중을 기할 필요가 있다는 것쯤 터득하고 있어야 할 게 아닌가. 배짱세기로 유명한 몇몇 반장들만 적당히 달래 둔다면 걱정거리라곤 하나도 없는 몸이다. 힘든 일을 하는 것도 아니고 식량도 충분히 받을 뿐더러 침실까지 따로 가지고 있으니 그 이상 바랄 것이 뭐란 말인가? 그저 좀 으스대고 싶어서 한 노릇이 오히려 코를 떼고 달아나게 될 줄이야!

아래층에서 올라온 반원들이, 전기공사 담당 조감독과 수리공이 돌아가 버렸다고 보고했다. 리프트는 수리 불가능이란다. 어쩔 수 없다. '나?'로 대신할 수밖에.

수용소 생활을 하는 동안 슈호프는 꽤 많은 공사장을 돌아다녀 보았지만, 기계들이 제대로 가동되는 것은 본 예가 없었다. 저절로 고장이 나는 수도 있지만, 죄수들이 일부러 고장내는 수도 있다. 한번은 죄수들이 제재(製材) 컨베이어를 부쉈다. 체인에 말뚝을 꽂아 놓고 모두 그 위에 올라서서, 기계를 망가뜨려 버렸던 것이다. 쉬고 싶다는 한 가지 욕망 때문에 한 짓이었다. 원목과 원목 사이가 떨어지지 않게 들이대라는 호통에 원목을 나르는 죄수들은 잠시도 허리를 펼 수가 없었던 것이다.

「블록! 블록!」 반장이 고래고래 고함을 친다. 블록 운반조는 뭘 하고 있는 거야? 도무지 쓸모 없는 놈들 같으니⋯⋯.

「모르타르를 더 이길까요? 파블로가 알아 오랍니다.」 아래층에서 외친다.

「좀더 이겨!」

「혼합통에 반 가량 남았는데요?」

「그럼 한 통만 더!」

히야, 굉장한 속도다! 벌써 다섯 줄째로 접어들고 있다. 첫줄을 쌓을 때는 허리를 굽혀야 했는데, 이제는 가슴높이까지 쌓였다. 그러나 더 쌓아서 나쁘다는 법은 없다. 양쪽 벽이 다 출입문도 창문도 뚫리지 않은 뻔뻔한 벽이다. 블록도 충분하다. 가늠 줄을 다시 치는 게 좋긴 하겠지만 이제 와서 그럴 짬이 어디 있는가.

「팔십이 반이 도구를 반납하러 가는가 봐요.」 고프치크가 보고한다.

반장은 힐끔 그쪽으로 눈을 준다.

「하라는 일이나 어서 해! 블록은 어떻게 된 거야!」

슈호프는 뒤를 돌아보았다. 정말 해가 서쪽 지평선으로 떨어져 가고 있다. 붉은빛을 띤 잿빛 안개 속에 잠기려는 순간이다.

아무튼 오늘은 성과가 제법 크다. 이 이상 욕심을 낼 수는 없을 게다. 지금 다섯 줄째를 쌓고 있으니까 이 줄만 마저 쌓고 작업을 마치는 것이 좋겠다.

운반조의 반원들은 지칠 대로 지친 말들처럼 숨을 헐떡이고 있다. 해군 중령은 얼굴까지 노래졌다. 나이가 나이고 보니 무리인가 보다. 아직 마흔은 되지 않았는지 자세히 모르지만, 하여튼 거의 그렇게 된 것만은 틀림없다.

공기가 갑자기 차가워졌다. 바쁘게 손을 움직이고 있는데도 얇은 장갑을 통해 손가락이 짜릿짜릿하다. 왼쪽 방한화에는 찬 기운이 스며든다. 슈호프는 발을 구른다. 타닥, 타닥, 타닥, 블록을 올려놓는 데는 허리를 굽힐 필요가 없게 되었지만 그 대신 블록을 집어 올리고 모르타르를 뜨는데 일일이 몸을 굽혀야 한다.

「누가 블록 좀 올려 주게, 벽 위에!」 슈호프는 도움을 청했다.

중령은 자진해서 도와주고 싶었지만 이제는 맥이 빠져 자기 몸도 가누지 못할 지경이었다. 아직도 노동에 익숙해지지 못했기 때문이다. 그 대신에 알료샤가 나섰다.

「내가 하죠, 이반 데니소비치. 어디다 올려 놓을 건지 가르쳐 주세요.」

알료샤는 누가 무엇을 부탁해도 거절하는 법이 없다. 만일 세상 사람들이 모두 알료샤 같다면 슈호프도 역시 그런 인간이 되었을 게다.

남이 도와 달라고 자기에게 청하는데 어찌 가만히 있을 수 있으랴? 이러한 점으로 본다면 알료샤와 그의 동료들(침례교 신자들)은 좋은 인간들이다.

넓은 작업장 전역에, 여기 '테츠' 까지, 레일 토막을 두드리는 소리가 분명하게 울려 퍼졌다.

'작업 끝' 신호다! 모르타르가 남겠구나. 너무 욕심을 부린 것 같다.

「모르타르! 모르타르!」 반장이 소리친다.

밑에서는 지금 막 모르타르 한 통을 새로 이겨 놓은 것이다. 이제는 블록을 더 쌓는 수밖에 다른 방도가 없다. 혼합통을 말끔히 긁어 내지 않으면, 내일은 통째로 부숴 버려야 한다. 굳어 버린 모르타르는 곡괭이로 내려쳐도 어쩌지 못한다.

「기운을 내라, 기운을!」 슈호프가 반원들을 부추긴다.

키르가스도 기를 쓰고 일손을 놀린다. 그는 대체로 '전원 갑판으로!'를 싫어하는 편이지만 그 키르가스까지 죽어라고 일에 열을 가하고 있다. 달리 어떻게 할 방도가 없었기 때문이다.

파블로가 밑에서 달려 올라왔다. 한 손에는 모르타르통을 다른 한 손에는 흙손을 들고 있다. 부반장도 블록을 쌓는 데 한몫 거든다. 이렇게 해서 블록공은 다섯 명이 된 셈이다.

이제 남은 일은 두 개의 벽이 맞닿는 곳을 마무리하는 것뿐이다. 귀퉁이에 어떤 모양의 블록을 놓을 것인지 미리 생각한 다음, 슈호프는 알료사에게 블록 망치를 넘겨준다.

「자, 여길 좀 따내게!」

서두르면 일을 망치기 쉽다.

모두들 속력을 내는 데만 전력을 쏟고 있는 지금, 슈호프는 반대로 침착해진다. 쌓아올린 벽을 이모저모로 둘러본다. 세니카를 왼쪽으로 보내고, 이번에는 자기가 오른쪽으로 가서, 가장 중요한 귀퉁이의 접합부를 마무리하기 시작했다. 만일 여기서 한쪽 벽이 불거져 나오거나 틈이 생기거나 했다가는 큰일이다. 내일 오전 중에는 그걸 바로잡느라고 다른 일은 손도 못 대게 된다.

「잠깐만!」 블록을 밀어내고 자기가 직접 블록을 바로잡는다. 그리고는 저쪽 끝에 가서 한쪽 눈을 감고 벽면의 수직 여부를 살핀다. 세니카가 쌓고 있는 곳이 좀 휜 것 같다. 얼른 그리로 달려가서 블록 두 장을 움직여 벽면을 바로잡는다.

중령이 또 모르타르통을 메고 올라왔다. 거세를 당한 말처럼 힘이 없다.

「앞으로 두 통이야!」하고 소리친다.

중령은 몸이 흐느적거릴 정도로 지쳐 있었지만, 그래도 그런 기색은 털끝만큼도 나타내지 않으려 노력한다.

슈호프네 고향집에도 전에 이런 거세당한 말이 한 필 있었다. 갖은 정성으로 보살펴 주었으나 결국은 죽어 버리고 말았다. 가죽을 벗겨 내고 몸뚱이는 땅에 묻어 주었던 것이다.

태양은 지평선 끝으로 아주 떨어져 버렸다. 고프치크에게 물어 볼 것도 없다. 다른 반들은 벌써 오래 전에 공구 반납을 끝내고 어슬렁어슬렁 정문 쪽으로 모여들고 있다(작업 끝 신호와 함께 밖으로 뛰어나오는 죄수는 하나도 없다. 공연히 추운 데 나가서 떨고 있을 필요가 어디 있으랴. 모두들 꼼짝 않고 난롯가에 앉아 있다가 이윽고 반장들이 약속한 시간이 되면, 모든 작업반이 동시에 밖으로 나오는 것이다. 이렇게라도 하지 않는다면, 그러지 않아도 엉덩이가 무거운 죄수들은 서로 다른 반보다 늦게 나가려고 한밤중까지 난롯가에 붙어 앉아 있을는지도 모른다).

반장 자신도 너무 늦었다고 생각한 모양이다. 공구계 놈들한테 한마디 들어야겠구나.

「어이!」 하고 소리친다. 「모르타르를 듬뿍듬뿍 얹어라! 운반조는 아래로 내려가서 혼합통의 남은 것을 긁어 밖의 웅덩이에 처넣고 보이지 않게 눈을 덮어 놓아라. 그리고 파블로, 자네한텐 두 명을 붙여 줄 테니 빨리 연장을 걷어서 반납하게. 흙손 세 개는 나중에 고프치크를 시켜 보내 주지. 여기 남은 모르타르 두 통은 다 사용해야 할 테니까.」

제각기 배치된 곳으로 움직인다. 슈호프도 블록 망치를 내주고, 다른 반원을 시켜 가늠줄을 감게 한다. 블록 운반조도 모두 아래로 내려갔다.

이층에 남아 있어도 이제는 할 일이 없다. 위층에는 블록공이 세 명——키르가스와 세니카와 슈호프——남았다. 반장은 오늘 쌓아올린 벽을 돌아보며 자못 만족한 표정이다.

「많이 쌓았어! 리프트도 없이 한나절에 이렇게까지 쌓았으니 말이야!」

슈호프는 힐끗 키르가스의 모르타르통을 들여다본다. 아직도 조금 남아 있다. 끝까지 다 함께 쌓았으면 좋겠지만, 흙손 때문에 반장이 공구계 놈들한테 봉변을 당하게 해서는 안 된다.

「여보게, 키르가스!」 슈호프는 좋은 방법이 있다고 생각했다. 「자네들의 흙손은 빨리 고프치크한테 갖다 주게. 내 것은 배급받아 온 게 아니니까 반납할 필요가 없어, 나머지는 내가 혼자 맡겠네.」

반장은 웃으면서 말했다.

「슈호프는 '속세'에 돌아가선 안 되겠는걸. 저런 친구가 없어지면 수용소가 망하고 말 거야!」

슈호프도 따라 웃으며 블록 쌓기를 계속한다.

키르가스가 흙손을 가지고 내려갔다. 세니카는 슈호프에게 블록을 건네준다. 키르가스가 남긴 모르타르는 이쪽 통에 옮겼다.

고프치크가 파블로를 쫓아가느라고 쏜살같이 공구계 쪽으로 달려간다.

104작업반의 다른 작업반원들도 반장의 지시를 기다리지 않고 하나하나 정문 쪽으로 걸어간다. 반장도 무섭긴 하지만 경호병은 더욱 무섭다. 시간에 늦으면 영창 신세를 지게 되기 때문이다.

정문 수위실 앞에는 죄수들이 가득 모여 웅성거리고 있다. 집합이 거의 끝난 모양이다.

경호병들도 나와 있는 걸 보면 벌써 인원 점검을 시작했는가 보다(정문을 나갈 때는 두 번 세게 되어 있다. 문을 열기 전에 한 번 세어 보고 문을 열어도 좋을 것인가를 확인한다. 두 번째는 문을 열어 놓고 죄수들을 내보내면서 인원수를 확인한다. 조금이라도 이상하다 생각되면 문 밖에 나가서 또 한 번 센다).

「아직도 모르타르가 남았나?」 반장은 불안한 얼굴로 손을 내젓는다. 「남은 건 바깥에다 묻어 버리게!」

「반장, 우리 걱정은 말고 어서 먼저 가 보시오!」 (다른 때 같으면 슈호프는 반장한테 감히 이런 말투를 쓰지 못한다. 안드레이 프로코피예비치라고 정중하게 아버지 성까지 붙여서 말하곤 한다. 그러나 지금의 슈호프는 일을 하는 데 있어 반장과 같은 위치에 서 있다. 그렇다고 해서 반드시 동등하다는 생각을 하는 것은 아니지만 하여튼 저도 모르는 사이에 말이 그렇게 나온 것이다). 층층다리를 성큼성큼 내려가는 반장의 등에 대고 농담이라도 한마디 건네고 싶을 만큼 슈호프의 마음에는 여유가 있었다.

「정말 하루해가 쥐꼬리보다도 짧구먼, 방금 작업을 시작한 것 같은데 벌써 끝내야 할 시간이 됐으니!」

슈호프는 귀머거리 세니카와 단둘이 남게 되었다. 상대가 귀머거리고 보니 말을 하기도 어색하다. 아니, 그에게는 이래라 저래라 할 필요가 없다. 말을 하지 않아도 금세 알아차리기 때문이다.

모르타르를 찰싸닥! 블록을 철써덕! 지그시 누르며 위치를 바로잡는다. 모르타르. 블록. 모르타르. 블록……

모르타르를 아끼지 말라는 반장의 지시도 있다. 나머지를 밖에다 털어 버리고 빨리 돌아가면 좋으련만 그게 아니다.

슈호프는 원래가 이런 성격이었다. 바보의 외고집이라고나 할까, 8년 간의 수용소 생활도 이 점만은 끝내 고쳐 주지 못했다. 아무리 하찮은 자재라 할지라도 그것을 소홀히 다루기에는 그의 성미가 너무나 고지식했다.

모르타르! 블록! 모르타르! 블록!

「이젠 그만 끝내세. 그놈의 모르타르 때문에 고생하는군!」 세니카가 소리친다.

「음, 가세!」

세니카는 모르타르통을 들고 아래로 내려갔다.

그러나 슈호프는 몇 걸음 뒤로 물러서서, 오늘 쌓아올린 벽을 한번 점검해 보지 않을 수 없었다. 지금 당장 경호병이 군견을 앞세우고 달려온다 해도 역시 그냥 돌아갈 수는 없었을 것이다. 이 정도면 괜찮은 것 같다. 이번에는 벽 쪽으로 달려가서 휘어진 곳이 없는가를 확인한다. 한쪽 눈이 수준기(水準器)다! 반듯하다! 내 일손도 아직은 쓸 만하구나.

층층다리를 달려 내려간다.

세니카는 벌써 기계실을 빠져 나가 언덕 밑을 향해 쏜살같이 달려가고 있다.

「빨리, 빨리!」 뒤를 돌아보며 재촉한다.

「어서 가게, 곧 갈 테니!」 슈호프는 손짓을 한다.

그리고 다시 기계실로 되돌아간다. 흙손을 아무 데나 두고 갈 수는 없다. 혹시 무슨 일이 생겨 내일 작업장에 나오지 못할는지도 모른다. 혹은 작업반 전체가 '사회주의 단지'로 이송될는지도 모른다. 아니, 어쩌면 앞으로 반 년 동안 다시는 이곳에 올 기회가 없을는지도 모를 일이다. 그렇다고 흙손을 아무 데나 팽개쳐 두고 갈 수는 없다. 필요해서 감춰 둔 흙손이 아닌가!

기계실 난로는 이미 온기라고는 없었다. 어둡다. 무섭다. 아니, 어두운 것이 무서운 게 아니다. 반원들은 모두 가 버렸다. 정문에서 자기 한 사람만이 없다는 게 판명된다. 경호병한테 얻어맞아야 한다. 그것이 두려운 것이다.

그러나 그는 어둠 속을 살피다가 마침내 꽤 큰 돌 한 개를 발견했다. 돌을 쳐들고 밑에다 흙손을 넣는다. 다시 돌을 덮어 놓는다. 이젠 됐다! 자, 어서 세니카를 쫓아가자. 그러나 세니카는 100보쯤 되는 데서 달리기를 멈추고 슈호프를 기다리고 있었다. 그는 결코 동료를 남겨두고 혼자 달아날 사람이 아니다. 책임을 지려면 함께하자는 것이다.

작은놈과 큰놈이 둘이서 달려간다. 세니카는 슈호프보다 머리 하나 반만큼이나 더 크다. 게다가 그 머리가 쓸데없이 크다. 운동장 같은 데서, 자진해서 달음질을 하는 한가한 인간도 있기는 하다. 그러나 온종일 있는 힘을 다해 일하고 나서 허리를 펼 새도 없이 축축한 장갑을 낀 채 꿰진 방한화를 철퍼덕거리며 차가운 바람 속을 한번 달려 보라. 이 것이야말로 달음질 중에도 최고의 달음질일 게다.

미친개처럼 숨을 헐떡인다. 허, 헉! 허, 헉!

반장이 경호병에게 미리 사정해 놓았으면 좋으련만.

수십 수백의 입이 동시에 그들에게 욕설을 퍼붓는다. 어미의 입에, 아비의 입에, 코에, 귀에, 갈빗대에 앞을 다투어 무엇을 쑤셔 넣는다(러시아어의 욕설에는 이런 표현이 많다. 쑤셔 넣은 것은 똥오줌 따위에 이르기까지 가지각색이다—옮긴이). 하지만, 비록 500명의 죄수가 모두 눈을 부라리고 덤벼든다 해도 조금도 두렵지 않다!

무엇보다도 경호병이 어떻게 나오느냐 하는 것이 문제다. 그러나 경호병은 아무 말도 없다. 반장도 맨 뒷줄에 붙어 서 있다. 자기가 책임을 지고 미리 이야기를 해 둔 모양이다.

그렇지만 추위 속에서 그들을 기다려야 했던 다른 반 죄수들이 그대로 있을 리가 없다. 입에 담지도 못할 욕설을 마구 퍼붓는다.

귀머거리 세니카의 귀에도 무슨 감이 잡힌 모양이다. 숨을 한번 크게 들이쉬더니 주위의 친구들을 내려다보며 맹렬한 기세로 을러댔다. 평소에는 조용하기만 하던 그의 입에서 귀청이 떨어져 나갈 듯한 소리가 터져 나온다! 주먹을 높이 쳐들고 금세 후려치기라도 할 것 같은 무서운 형상이다.

순식간에 주위는 조용해지고, 이번엔 누군가가 익살을 떤다.

「야, 백사 반! 이제 보니 그놈은 귀머거리가 아니었구나! 귀머거리가 아닌가 한번 시험해 본 것뿐이다.」

모두들 떠나갈 듯이 웃어댄다. 경호병도 웃는다.

「오열 종대!」

그러나 정문은 아직 닫힌 채다. 자신이 없는 것이다. 정문 가까이 밀어닥친 죄수들을 떼밀어 댄다(바보 같은 녀석들 같으니, 정문에 가까이 있으면 그만큼 빨리 나갈 수 있단 말인가?).

「오열 종대다. 오열 종대! 일렬! 이열! 삼렬!」

구령에 따라 다섯 명씩 대열을 떠나 몇 걸음 앞으로 나간다.

슈호프는 거친 숨을 몰아쉬며 뒤를 돌아보았다. 한쪽 얼굴을 일그러뜨린 발그스레한 달이 이미 지평 위에 떠올라 있었다. 만월이 지난 지 며칠 안 되는가 보다. 어제 이맘때는 좀더 높이 올라와 있었다. 모든 일이 순조롭게 돌아가는 바람에 슈호프는 전에 없이 기분이 들떠 있었다. 중령의 옆구리를 찌르며 말을 건넨다.

「여보게, 함장, 자네의 학문에 의하면 없어진 달은 어디로 간다고 생각하나?」

「어디로 가느냐고? 그걸 질문이라고 해? 그저 우리 눈에 보이지 않게 될 뿐이야.」

「눈에 보이지 않는데 달이 어디에 있다는 거지?」

「그럼 자넨 매월 새 달이 하나씩 생겨나는 줄 알았단 말인가?」 중령은 기가 막히다는 듯이 설레설레 고개를 흔든다.

「왜 웃는 건가? 사람은 매일같이 태어나고 있는데, 달이라고 네 주일에 한번쯤 새로 생겨나지 말라는 법은 없잖아?」

「이런 바보 같은 친구 봤나!」 중령은 퉤 침을 뱉는다.

「해군에는 자네 같은 바보는 한 놈도 없었어. 그럼 자넨 없어진 달이 어디로 간다는 건가?」

「그러니까 물어 보고 있는 게 아냐, 어디로 가느냐고.」 슈호프는 히죽 웃었다.

「그러지 말고 자네부터 먼저 말해 보게. 어디로 간다는 거야?」 슈호프는 숨을 한번 크게 쉬고 나서, 혀가 잘 돌지 않는 소리로 대답했다.

「우리 마을에서는 말일세, 하느님이 없어진 달로 별을 만드신다는 거야.」

「무식쟁이들이로군 그래!」 하고 중령은 웃었다. 「하여튼 이런 소린 처음이야! 그럼 슈호프, 자넨 하느님을 믿나?」

「믿지 않으면?」 슈호프는 눈을 동그랗게 뜬다. 「천둥소리를 듣고도 믿지 않을 수 있어?」

「그럼 하느님은 왜 그런 짓을 하지?」

「그런 짓이라니?」

「왜 달을 가지고 별을 만드느냐 말이야?」

「그야 당연한 일이지!」 슈호프는 어깨를 으쓱해 보인다. 「별은 시간이 흐르면 땅에 떨어지는 물건이니까 그만큼 보충할 필요가 있거든.」

「똑바로 서, 이놈아!」 경호병이 호통을 친다. 「줄을 맞춰!」 어느새 그들의 차례가 와 있었다. 인원수의 계산은 400을 넘은 다음, 다시 열 두 줄째가 앞으로 나갔다. 마지막으로 남은 것은 슈호프와 부이노프스키뿐이다.

경호병들이 동요하기 시작했다. 계산판을 에워싸고 수군거린다.

부족하다! 인원이 모자라는 것이다. 인원수의 계산쯤 틀리지 않게 할 수 있으련만! 463명 있어야 하는데 아무리 계산해 보아도 462명밖엔 안 나오는 모양이다.

작업대 전원을 다시 뒤로 물러서게 한다.

「오열 종대로 정렬! 일렬! 이열…….」

이렇게 두 번, 세 번 인원 점검을 다시 하자면 그만큼 죄수들의 자유 시간이 줄어들게 마련이다. 따라서 죄수들은 화가 날 지경이다.

여기서 점검이 끝나면 수용소까지 터덜터덜 어두운 눈길을 걸어가서 또 한 번 신체검사의 차례를 기다려야 하는 것이다!

저녁에 수용소로 돌아갈 때는, 각 작업대에 나갔던 작업대들이 서로 먼저 신체검사를 받으려고 앞을 다투어 경주를 하기 일쑤였다. 먼저 신체검사를 받으면 그만큼 빨리 수용소에 들어갈 수 있다. 제일 먼저 들어간 작업대는 그날 저녁엔 어디를 가나 맨 앞자리를 차지한다.

식당에 가서도 줄을 설 필요가 없다. 소포를 찾으러 가는데도, 보관소에 가는데도, 사식(私食) 취사장에 가는데도, 문화교육부에 편지를 쓰러 가는데도, 의무실, 이발소, 목욕탕 할 것 없이 어디를 가나 그들이 단연 선두이다.

하기는 경호병들도 한시바삐 죄수들을 수용소 안에 처넣고 자기들의 막사로 돌아가고 싶은 마음이 간절할 게다. 병정 노릇도 그리 쉬운 직업은 아니다. 할 일은 많은데 시간은 없다. 게다가 인원수까지 부족한 형편이고 보니 정말 힘든 노릇이다.

마지막 5인조가 앞으로 나갔다. 순간 슈호프는 세 명이 남았다고 생각했다. 그러나 그것은 착각이었다. 역시 뒤에 남은 건 두 명뿐이었다. 경호병들은 계산판을 들고 경호대장 앞으로 정렬했다. 무언가 한참 의논하더니 이윽고 대장이 소리쳤다.

「제 백사 작업반장!」

추린이 한 걸음 앞으로 나서며 대답했다.

「예!」

「너희 반에서 '테츠'에 남은 놈은 없나? 생각해 봐.」

「없습니다.」

「잘 생각해 봐, 모가지가 달아난다!」

「절대로 없습니다.」 이렇게 대답하면서도 반장은 곁눈으로 파블로를 바라본다. 설마 기계실에서 늘어진 놈은 없겠지?

「작업반별로 정렬!」 경호대장이 외쳤다

각 작업반이 한데 뒤섞여 아무렇게나 오열 종대로 늘어서 있었기 때문에, 경호대장의 구령이 떨어지자 제각기 자기 반을 찾느라고 이리저리 오가며 일대 수라장을 이루었다.

여기저기서 고함소리가 들린다.

「칠십육 반! 이리 모여라!」

「십삼 반! 여기다!」

「삼십이 반!」

제일 뒤에 붙어 섰던 104반은 그냥 그 자리에 모였다.

모인 것을 보니 전 반원들이 모두 맨손들이다. 나무토막도 들고 올 틈이 없었으니 모두들 열심히 일한 셈이다. 두서너 줌 되는 나뭇단이나마 들고 있는 반원은 두 사람밖에 없다.

이것은 매일같이 반복되는 일과의 하나였다. 수용소로 돌아가기 전에 죄수들은 공사장에서 나무토막이나 판자조각 따위를 닥치는 대로 모아서 새끼줄로 묶어 가지고 나온다.

첫 번째 관문은 공사장 정문이다. 만일 수위실 옆에 현장감독이나 조감독이 서 있으면, 당장에 내려놓으라는 명령이 내린다(공사에서 수백만 루블을 낭비하고 있는 사정이고 보니 하다못해 나무토막으로라도 메워 보려는 속셈인가).

그러나 죄수들의 생각은 다르다. 각 반이 나뭇조각 한 줌씩만 가지고 돌아가도 막사의 온도는 전혀 달라진다. 사실 그렇게라도 하지 않으면 막사에 지급되는 하루 5킬로그램의 석탄 만으론 도저히 몸이 따뜻해질 리가 없다.

그래서 막대기를 자르거나 판자를 쪼개거나 해서 제각기 작업복 밑에 감춰 가지고 나간다. 현장감독도 이것까진 일일이 찾아 낼 수 없다.

경호병들은 어떤가 하면, 공사장에서는 나무를 버리란 말을 절대로 하지 않는다. 나무가 필요한 건 죄수나 경호병이나 마찬가지이다. 그러나 그들 자신은 나무를 들고 갈 수 없다. 군기가 엄하기 때문이 아니라,

언제든지 총을 쏠 수 있도록 두 손으로 자동소총을 받쳐들고 있어야 하기 때문이다.

경호병들은 수용소에 거의 도착했을 때 비로소 명령을 내린다. 「이 줄부터 이 줄까진 나무를 여기다 내려놓아라.」

그러나 그들은 그다지 못되게 굴지는 않는다. 수용소 간수의 몫도, 죄수들 자신의 몫도 필요할 만큼은 남겨 주는 것이다. 아니, 그렇게라도 하지 않는다면 어느 미친 사람이 일부러 나무를 들고 온단 말인가.

그래서 죄수들은 날마다 나무토막을 감춰 들고 나선다. 막사까지 무사히 들고 가느냐 못 가느냐 하는 것은 그날 재수에 달려 있다.

손바닥만한 나뭇조각 하나라도 찾아볼까 하고, 슈호프가 주위를 살피고 있는 사이에 반장은 인원 점검을 끝내고 경호대장에게 보고한다.

「제 백사 작업반, 전원 이상 없습니다.」

사무요원들 축에 끼어있던 체자리도 자기 반으로 돌아왔다. 입에 문 파이프를 빨 때마다 빨간 담뱃불이 반짝인다. 검은 콧수염엔 하얗게 성에가 붙어 있다.

「카피탄, 재미가 좋소?」하고 부이노프스키에게 말을 건다.

따뜻한 데 들어박혀 있는 사람이 추운 데서 떨고 있는 사람의 심정을 알 리가 없다. 재미가 어떻소?라니 정말 어처구니없는 질문이다.

「어떠냐고?」 중령은 어깨를 으쓱해 보인다. 「온종일 일에 쫓겨 정신 없이 바빴소.」

체자리는 중령에게 담배를 권했다. 반원 중에서 그래도 그가 다정하게 대하는 사람이 있다면, 그것은 부이노프스키 한 사람뿐이었다. 중령밖엔 말이 통하는 상대가 없기 때문이다.

「삼십이 반이 부족하다! 삼십이 반!」

갑자기 웅성거리기 시작한다.

32반의 부반장과 또 하나 젊은 반원이 황급히 달려갔다. 자동소총수리 공장으로 찾으러 가는 것이다.

한편 군중 속에서는, 누가? 왜? 하고 의논이 분분하다.

얼굴이 까무잡잡한 몰다비아인이 없다! 얼마 후에 슈호프의 귀에까지 이런 말이 들려 왔다.

어떻게 생긴 놈이더라? 그렇다, 루마니아의 간첩, 그것도 진짜 간첩이라는 소문이 돌고 있던 바로 그 몰다비아인이 분명하다.

간첩이라는 이름이 붙은 죄수는 각 작업반마다 대여섯씩은 있었다. 그러나 그들은 거의 모두가 수용소 측에 의해 날조된 가짜 간첩들뿐이었다.

서류에는 간첩으로 되어 있지만, 실은 단순히 전쟁포로에 지나지 않는다. 슈호프도 그러한 간첩 중의 하나였다.

그러나 지금 사라진 그 몰다비아인은 진짜 간첩이다.

죄수 명부를 훑어보고 있던 경호대장의 얼굴이 새파랗게 질렸다. 만일 간첩이 탈주했다고 한다면 경호대장도 결코 무사할 수가 없다.

그러나 슈호프는, 아니 군중 전체는 무엇보다도 분노가 일렁이고 있었다. 빌어먹을 놈, 개자식, 바보, 얼간이, 거지발싸개, 똥물에 튀겨 죽일 놈! 온갖 욕설이 다 쏟아져 나온다.

어느새 어둠이 깔린 하늘에는 달빛이 환하고, 여기저기 별들이 나타나기 시작했다. 밤의 냉기가 죄수들을 엄습한다. 그 망할 녀석이 이렇게 늦게까지 어디에 가 있는 걸까? 아직도 일을 더하고 싶다는 건가? 해가 돋을 때부터 어두워질 때까지, 상부에서 시키는 11시간 만으론 부족하다는 건가? 그렇지 않아도 영민하신 검사(檢事) 나리께서 상여급식(여기서는 추가형을 말한다—옮긴이)을 줄 텐데 말이다! 작업 끝 신호를 듣지 못할 만큼 작업에 열중할 수 있는 인간이 있다는 것이 슈호프에게는 이해가 되지 않았다. 조금 전까지만 하더라도 자기 자신이 그처럼 일에 정신을 쏟고 있었다는 사실을, 그리고 작업 시간이 너무 짧은 것에 불만을 느낀 사실을 슈호프는 까맣게 잊고 있었다.

그는 지금 다른 죄수들과 마찬가지로 추위에 떨며 몰다비아인이 나타나기를 초조하게 기다리고 있었다. 만일 그 몰다비아인이 앞으로 30분만 더 죄수들을 기다리게 한다면, 그리고 경호병이 그를 군중에게 맡겨버린다면 아마도 그는 이리떼 속에 던져진 송아지처럼 흔적도 찾지 못하게 될 것이다.

추위가 갑자기 심해지기 시작했다. 한 자리에 멍청히 버티고 서 있는 사람은 하나도 없다. 모두들 발을 동동 구르기도 하고, 아니면 이보 전진 이보 후퇴를 반복하기도 한다.

죄수들은 다시 웅성거리기 시작했다.

그 몰다비아인은 과연 무사히 도망칠 수 있었을까? 만일 해가 떨어지기 전에 탈영했다면 문제될 게 없다. 그러나 어느 구석에 숨어서 망루의 감시병이 내려오기를 기다리고 있다면 그것은 어림도 없는 수작이다.

철조망 밑에 밖으로 기어나간 흔적이 보이지 않고 공사장 구내에서도 발견되지 않는다면 사흘이건 일주일이건 망루는 24시간 철야근무로 들어간다. 수용소살이를 오래 한 죄수라면 이런 것쯤은 다 알고 있다.

죄수 중에 누가 도망쳤다는 것이 알려지기만 하면, 경호병들은 식사도 제대로 얻어먹지 못하고 밤낮없이 시달리게 된다. 그러노라면 경호병들도 악밖엔 안 남게 되어 도망자를 발견하게 되면 그 자리에서 사살하는 수가 많다.

체자리는 중령과 영화를 논하고 있었다.

「……예를 들면 로프에 걸린 코안경을 기억하고 있어요?」

「음…….」 중령은 담배연기를 내뿜는다.

「그리고 층계의 유모차, 밑으로 밑으로 굴러 떨어지는 그 유모차 말이오.」

「그도 그럴 듯하긴 하지만, 그 영화에 나오는 해군 생활은 어쩐지 너무 조작적인 것 같아서…….」

「사실 관중들은 현대의 촬영 기술이라는 속임수에 넘어가고 있는 거예요.」

「그리고 식육(食肉)에 생겨난 구더기가 말이오, 그건 꼭 지렁이처럼 보이더군. 그 따위 구더기가 어디 있소?」

「아니, 그보다 크기가 더 작으면 영화에선 제대로 찍을 수가 없어요!」

「구더기가 들끓는 그런 고기를 지금 이 수용소에 가져온다면 어떨까? 항상 나오는 생선 대신에, 그리고 그놈을 썰지도 않고 그대로 국솥에 넣는다면? 그렇게 되면 우리는……」(여기선 에이젠슈타인의 영화 〈전함 포템킨〉이 화제에 오르고 있다. '로프의 코안경'은 수병들이 폭동을 일으킨 함상의 한 장면에, '유모차'는 유명한 오데사의 학살장면에 나온다. 구더기가 들끓고 고기는 수병 폭동의 직접적인 계기가 되었다. 중령은 수용소 내에서 폭동이 일어날 가능성을 은연중에 내포하고 있다─옮긴이)

「야아!」 대열 속에서 고함소리가 터져 나왔다.

「우우!」

자동차수리 공장에서 세 사람의 그림자가 달려오는 것이 보였기 때문이다. 몰다비아인도 끼어있다.

「우우!」 정문 근처의 죄수들이 소리친다.

세 사람의 모습이 좀더 가까워지자 아우성은 욕지거리로 변했다.

「정신나간 놈! 귀신이 잡아갈 놈! 제 어미 X할 놈! 배알 없는 놈! 미친 개! 거지발싸개!」

「정신나간 놈!」 슈호프도 한마디 내뱉는다.

500명이나 되는 인원을 30분이나 기다리게 하다니, 정말 찢어 죽여도 시원치 않을 놈이다!

몰다비아인은 목을 움츠리고 쥐새끼처럼 눈치 보며 뛰어온다.

「서라!」 경호병이 소리쳤다. 그리고 수첩에 기입한다. 「케이 사백육십호, 어디 있었나?」

이렇게 외치며 경호병은 몰다비아인 앞으로 걸어가더니 기병총의 개머리판을 번쩍 들어올린다.

군중 속에서는 아직도 욕설이 그치지 않는다.

「똥 구더기! 멍청이! 미친 개······.」

그러나 경호병이 그를 겨누며 개머리판을 힘있게 비틀어 쥐자, 갑자기 주위는 쥐죽은듯이 잠잠해졌다.

몰다비아인은 아무 말 없이 고개를 숙인 채 비틀비틀 뒤로 물러선다. 32반의 부반장이 앞으로 달려 나왔다.

「글쎄, 이 죽일 놈이 미장이 발판 위에 올라가서 늘어지게 잠을 자고 있지 않겠소!」

부반장의 주먹이 몰다비아인의 목덜미와 잔등에 연거푸 날아든다. 그렇게 함으로써 그를 경호병에게서 멀어지게 하려는 것이다.

몰다비아인은 다시 몇 걸음 더 뒷걸음질쳤다. 그러자 이번에는 같은 32반의 헝가리인이 튀어나오며 엉덩이를 발길로 찬다.

수용소살이란 제 맘대로 행동할 수 있는 간첩 생활과는 다르다. 간첩 노릇쯤은 누구든지 가능하다. 간첩생활은 자유롭고 유쾌한 것이다. 그러나 강제노동수용소에 들어와서 10년 동안 중노동을 해 보라!

경호병은 개머리판을 내렸다.

경호대장이 소리친다.

「정문에서 물러서라! 오열 종대로 정렬!」

개새끼들, 또 한 번 확인해 보자는 수작이군! 세어 보지 않아도 뻔한 걸 가지고! 죄수들의 분노는 몰다비아인에게서 경호병한테로 옮아갔다.

158

투덜거리며 쉽게 물러서려 하지 않는다.

「뭐야, 이놈들아?」 경호대장의 목소리가 한층 더 높아진다. 「눈 위에서 이 밤을 지새겠다고? 좋아, 그렇게 해 주마, 내일 아침까지 실컷 앉아 있거라!」

눈 위에 앉히는 것쯤은 얼마든지 할 수 있는 일이다. 전에도 그런 일이 여러 번 있었다. 아니 그냥 앉히는 정도라면 견딜 만하다. 거기에다 '엎드려 총의 자세'까지 요구하는 것이다. 이런 일을 실제로 당해 본 죄수들인지라 마지못해 정문에서 물러서기 시작했다.

「물러서라! 물러서!」 경호병들이 소리친다.

「아니, 뭣 때문에 문에 들러 붙어 있는 거야, 멍청이 같은 자식들!」 뒷줄의 죄수들이 앞줄의 죄수들을 욕한다. 그러면서 주춤주춤 뒤로 물러난다.

「오열 종대로 정렬! 일렬! 이열! 삼렬!」

동녘 하늘에 떠오른 달도 이제는 맑게 빛나기 시작했다. 점점 밝아지면서 불그스름하던 빛이 자취를 감춘다. 어느덧 중천까지 4분의 1이나 떠올라 있다. 결국 오늘 저녁 자유시간은 달아나 버리고 만 셈이다! 저주받을 몰다비아 놈! 저주받을 감옥살이! 저주받을 인생들!

인원 점검이 끝난 앞줄의 죄수들은 발꿈치를 들고 뒤를 돌아보고 있다. 마지막 줄은 몇 명이냐, 두 명이냐, 세 명이냐?

슈호프는 마지막 줄에 네 명이 있는 것 같은 착각이 들었다. 순간 온몸에 소름이 확 끼친다. 한 명이 남는다! 또 한 번 확인해야겠구나! 그러나 실은 게걸쟁이 페추코프가 중령한테 꽁초를 구걸하러 와서 늑장을 부리다가 자기 줄에서 떨어졌다는 것이 판명되었다.

화가 머리끝까지 치밀어 오른 경호대 부대장이 페추코프의 목덜미를 쥐어 지른다.

거 고소하다, 한 대 더 갈겨라!

마지막 줄은 세 명이었다. 이제야 겨우 맞아떨어졌구나. 불행 중 다행한 일이다!

「정문에서 물러서라!」 경호병이 또 고함친다.

이번에는 죄수들도 아무 소리가 없다. 병사들이 수위실에서 문 밖으로 나가, 경계선을 펴는 것이 보였기 때문이다.

드디어 밖으로 나갈 수 있게 된 셈이다.

현장감독이나 민간인 조감독의 얼굴은 보이지 않았다. 오늘은 버젓이 나무토막을 챙겨 나갈 수 있겠구나.

정문이 열렸다. 경호대장과 인원 점검원이 벌써 문 밖에 버티고 서서 외치기 시작한다.

「일렬! 이열! 삼렬!」

이번에도 계산이 맞으면 망루에 올라가 있는 경호병들을 철수시킨다. 그러나 반대편 끝에 있는 망루에서 넓은 공사장을 횡단해 오려는 시간이 한참이다.

마지막 죄수가 정문 밖으로 나오고 계산이 맞으면, 그때야 비로소 각 망루에 전화로 명령이 하달된다. 철수하라! 머리가 잘 도는 경호대장이었다면 전화를 걸고 나서 이내 죄수들을 출발시킨다. 죄수가 도망칠 염려는 없고, 망루에 나갔던 병사들은 얼마 안 가서 뒤쫓아 올 수 있을 테니까 굳이 기다리고 있을 필요가 없다고 생각하는 것이다. 그러나 우둔한 경호대장은 죄수들에 대한 경호진이 어설프게 될 것을 염려하여 그들이 돌아올 때까지 기다린다.

오늘의 경호대장도 그런 돌대가리들 중의 하나였다. 출발 명령을 내리지 않고 죄수들을 그냥 대기시키고 있다.

온종일 추위 속에서 시간을 보낸 죄수들은 뼈 속까지 얼어 있었다. 게다가 작업이 끝나고서도 한 시간씩이나 추운 바람 속에 있어야 한다. 그러나 그 추위보다도, 저녁 시간을 헛되이 보내고 말았다는 억울함이 죄수들에게는 더욱 참을 수 없는 일이었을 것이다. 수용소에 돌아가서도 이제는 아무것도 할 시간이 없다.

「……영국의 해군 생활을 어떻게 그렇게 잘 아시오?」 옆에서 체자리의 목소리가 들린다.

「전쟁 때 영국 순양함에서 한 달 동안 그들과 동고동락한 일이 있었으니까요. 전용 선실까지 가지고 있었지요. 연락장교로서 호송함대에 파견되었던 겁니다. 그런데 어떻게 됐는지 아시오? 전쟁이 끝난 후에 영국의 제독이 나한테 기념품을 보내 왔단 말입니다. '기념의 표지' 라는 거죠. 그야말로 어처구니없는 선물이었지요. 덕택에 요모양 요꼴이 되었으니까요. 벤데르파 따위와 똑같이 취급하는 데는 나도 손을 번쩍 들 수밖엔 없었지요…….」

아아, 얼마나 기이한 광경이냐! 그림자 하나 없는 광야, 텅 빈 공사장, 달빛을 받아 희부옇게 빛나는 눈. 경호병들은 이미 각자의 자리에 서 있다. 서로 10보의 간격을 사이에 두고 소총의 안전장치를 풀고 있다. 검은 죄수의 대열, 그 대열 속에 역시 검은 작업복을 걸치고 끼어있는 CH-132호. 금몰견장 없이는 인생을 생각해 본 적이 없었고, 영국의 제독과도 친분이 있었던 그 사람이 지금은 페추코프 따위와 함께 등짐을 지고 서 있는 것이다.

한 인간의 운명쯤 아무렇게나 뒤바꿀 수 있는 세상이다…….

이윽고 망루의 경호병들도 다 모였다. 경호대장의 기도문은 생략되고 곧 출발이다.

「속보로 갓! 빨리들 걸어라!」

웃기고들 있네, 이제 새삼스레 빨리 가면 무슨 소용이 있단 말이냐? 다른 어느 공사장의 작업대보다도 제일 늦어진 이상 구태여 서두를 이유가 없는 것이다. 서로 의논이라도 한 것은 아니지만, 죄수들 사이에는 은연중에 묵계가 형성되어 있었다. 늦도록 우릴 붙잡아 놓았으니 이번엔 이쪽에서 골탕을 좀 먹여 주자. 놈들도 한시바삐 따뜻한 방으로 돌아가고 싶기는 마찬가지일 테니까.

「좀더 빨리 걸어라!」 경호대장이 외친다. 「선두! 뭐하는 거야!」 빨리 걸으라고? 흥, 누가 귓등으로나 들을 줄 아느냐! 죄수들은 고개를 푹 수그린 채 보조는 변함없이 터벅터벅 걸어간다. 마치 장송 행렬과 같다. 우리에겐 이 이상 잃을 것이라곤 아무것도 없다. 어차피 수용소엔 제일 늦게 도착할 게 뻔하지 않는가. 우리에게 인간 대우를 하지 않는 데 대한 대가다. 목구멍이 터져 나갈 때까지 실컷 외쳐대 보라고.

몇 번이나 호통을 치며 죄수들의 걸음을 재촉해 보았으나 나중에는 경호대장도 죄수들의 속셈을 읽은 모양이었다. 그렇다고 발포할 수도

없는 일이다. 오열 종대로 질서정연하게 움직이고 있지 않은가. 경호대
장이라 해서 죄수들을 마구 몰아칠 권리는 없다(아침에 죄수들이 한숨
돌리는데는 지금처럼 느릿느릿 공사장으로 나아가는 방법밖엔 없다.
공사장에 구보로 가곤 하는 놈은 형기가 끝날 때까지 수용소에서 목숨
을 연명해 나갈 수 없다. 얼마 안 가서 기진맥진하여 뻗어 버리게 마련
이다). 종대는 보조를 바꾸지 않고 느리게 걸어간다. 발 밑에서 눈이 바
드득거린다. 낮은 소리로 속삭이는 자도 있고, 그저 잠자코 걷고 있는
자도 있다. 슈호프는 오늘 수용소에서 해야 할 일이 무엇이었던가를 생
각하고 있었다. 그렇지, 의무실에 들른다는 걸 잊고 있었구나! 작업에
정신이 팔려 의무실에 가는 것까지 까맣게 잊고 있으니 나도 정말 한심
한 놈이다.

지금이 바로 진찰 시간이다. 저녁 식사를 포기하고 곧장 의무실로 간
다면 오늘 저녁에 진찰을 받을 수 있을지도 모른다. 그러나 찌뿌둥하던
몸도 이제 가벼워진 것 같다. 열도 이제는 다 내려간 것 같다. 가 봐야
공연히 시간만 낭비할 뿐이다. 의사 신세를 지지 않고도 이럭저럭 나으
려는가 보다. 의사한테 재수 없게 걸려들었다간 그 손에 들볶일 대로
들볶인 다음 결국은 황천행이 되기가 쉽다.

지금 그의 관심사는 의무실이 아니라 저녁 식사의 보충을 어디서 해
결할 것인가 하는 문제였다. 하기는 체자리의 소포에 기대를 걸어도 괜
찮을 것 같다. 늦어도 오늘쯤은 와 있어야 할 소포다.

갑자기 대열이 어수선해졌다. 웅성거리는 소리가 나는가 했더니 종
대가 마구 흩어지며 앞으로 내닫기 시작했다. 종대의 후미인 슈호프네

줄은 앞줄을 쫓아가느라고 한참씩 뛰지 않으면 안 되었다. 얼마쯤 걷다가 또 다시 구보가 시작된다.

종대의 후미가 언덕 위에 올라갔을 때 슈호프는 비로소 구보의 원인이 무엇인가를 알았다. 그들의 오른쪽 저 멀리 들판 가운데 또 하나의 종대가 나타난 것이다. 이쪽 종대와 엇비슷한 방향으로 다가오고 있다. 저쪽에서도 눈치를 챘는지 걸음을 빨리 하기 시작했다.

저쪽 종대는 기계공장에 나갔던 죄수들이 틀림없었다. 300명 정도로 이루어진 작업대였다. 이쪽과 마찬가지로 그들도 역시 현장에 늦게까지 붙잡혀 있었던 모양이다. 그렇다면 이유는 그들의 경우는 작업관계로, 다시 말하면 기계의 수리를 시간 내에 완수하지 못했다던가 하는 이유로 늦게 돌아오는 수가 많다. 그렇다고 불평할 처지는 못 된다. 그 대신 온종일 따뜻한 곳에서 일할 수 있지 않은가.

드디어 양쪽 종대 사이에 경주가 시작되었다. 일제히 앞으로 달리기 시작한다. 달리고 또 달린다. 경호병들도 열심히 쫓아온다. 경호대장 혼자서 고래고래 고함을 치고 있다.

「간격! 간격을 유지해! 후미, 떨어지지 말아! 대열의 거리를 좁혀!」

또 미친개처럼 짖어 대는군! 간격은 이렇게 유지되고 있지 않느냐!

이젠 이야기를 하는 자도 생각에 잠겨 있는 자도 없었다. 지금 전 작업대의 관심은 오직 하나다. '지면 안 된다! 부지런히 달려가자!'

모든 차별이 없어지고, 모든 사람이 하나가 되었다. 경호병조차 이미 죄수들의 적이 아니라 동지였다. 적은 따로 있다. 바로 저쪽 작업대였다. 죄수들의 기분이 갑자기 가벼워지며 조금 전까지 그들의 마음에 가려져 있던 어두운 안개가 순식간에 사라져 버렸다.

「뛰어라! 뛰어!」 뒷줄이 앞줄을 재촉한다.

이쪽 작업대가 큰길에 나서자 기계공장 작업대는 주택구(住宅區) 뒤로 들어갔다. 집들이 가로막혀 저쪽 작업대가 보이지 않는다. 눈을 가리고 뛰는 경주와 다를 것이 없다.

판판한 대로를 달리는 이쪽 작업대가 아무래도 조건이 유리할 것 같다. 길섶을 따라 달리고 있는 경호병들도 발부리가 별로 걸리는 것 같지 않다. 어떻게 해서든지 여기서 저쪽을 앞서야 한다.

기계공장 작업대에 앞서려고 기를 쓰는 데는 또 하나 다른 이유가 있었다. 수용소에 들어갈 때 그들은 특히 엄격한 신체검사를 받기 때문이다. 수용소 내에서 밀정이 칼침을 맞기 시작하면서부터, 상부에서는 그 칼이 틀림없이 기계공장에서 만들어 가지고 오는 것이라고 생각하게 되었다. 그래서 수용소에 들어갈 때 기계공장 작업대만은 특별한 검사를 받는 것이다. 가을도 깊어 땅이 얼기 시작할 무렵에도 그들은 날마다 간수들의 잔소리를 들어야 했다.

「기계공장 작업대, 신을 벗어! 신을 손에 들어!」

이렇게 맨발로 신체검사를 받았다.

요즘 같은 혹한에도 이 '맨발 검사'는 여전히 반복되고 있다.

「이놈아, 오른쪽 신발을 벗어! 그리고 너는 왼쪽!」

죄수들은 방한화를 벗고 한쪽 발로 껑충껑충 뛰면서 벗은 쪽 신을 거꾸로 흔들어 발싸개를 풀어 보인다. 자 보시오, 칼 같은 건 그림자도 없소!

정말인지 거짓말인지 확실한 것은 알 수 없지만, 슈호프가 들은 바에 의하면, 기계공장 패들은 지난여름에 배구장용(排球場用) 철재 기둥 두 개를 들여온 적이 있는데, 그때 기둥 하나에 열 개씩 칼날이 긴 단도를 감춰 가지고 왔다는 것이다. 하여튼 그 칼은 지금도 가끔 수용소 내에서 발견되곤 한다.

종대는 그냥 뛰다시피하여, 새로 지은 구락부 옆을 지나 주택구를 빠져 목공소 앞을 지나갔다. 그리고 마침내 수용소 정문으로 곧장 통하는 모퉁이를 돌았다.

「와아아!」 종대는 일제히 환성을 올렸다.

이 모퉁이가 그들의 제1목표였던 것이다! 기계공장 패들은 오른쪽으로 150미터 가량 뒤떨어져서 달려오고 있다.

이제는 바삐 서두를 필요가 없게 되었다. 종대에는 희색이 넘친다. 가련한 '집토끼'들의 만족—— 우린 그래도 개구리보다는 낫지 않느냐! 얼마 후에 수용소에 도착한다. 아침에 나올 때와 조금도 다를 것이 없다. 밤이다. 높다란 담 위에 쭉 늘어선 외등, 정문 위병소 앞에는 외등의 수가 많다. 신체검사장 일대를 대낮처럼 환하게 비추고 있다.

그러나 위병소 앞에 거의 왔을 때 갑자기 「종대 섯!」 하는 부대장의 구령이 떨어진다. 부대장은 자동소총을 부하에게 맡기고 종대에 천천히 다가온다(자동소총을 든 채 죄수들에게 가까이 가는 것은 금지되어 있었다). 대열 옆에 서 있는 부대장은 누가 나무를 들고 있는지 한눈에 볼 수 있다. 하나, 둘, 셋…… 나무묶음이 날아간다. 나무를 옆으로 넘겨주려는 자도 있지만 옆의 친구가 받아 주질 않는다.

「그러다가 다른 사람들의 나무까지 뺏기면 어떡하려고! 그냥 던져 버려!」

죄수에게 있어 가장 큰 적은 누구인가? 그것은 다른 죄수다. 만일 죄수들이 서로 질투하지 않고 단합할 수만 있다면······. 아아!

「앞으로 갓!」 부대장이 소리친다.

종대는 위병소를 향해 나아간다.

위병소를 중심으로 다섯 갈래의 길이 부챗살 모양으로 모여 있다. 한 시간 전에 이 다섯 갈래의 길은 몇 개의 작업대로 가득 차 있었으리라. 만일 이 길들이 모두 포장도로가 되는 날이 있다면, 이 위병소와 신체검사장 일대는 미래 도시의 중앙광장이 될 것이다. 그때 이 광장에는, 지금 여러 방향에서 작업대들이 모여드는 것처럼, 시위행렬의 인파가 물결칠 것이다.

위병소에 들어가 몸을 녹이고 있던 간수들이 밖으로 달려나와서 앞길을 막아선다.

「작업복 단추를 끄르고, 방한복 허리띠를 풀어라!」

간수들은 두 손을 벌리고 신체검사의 자세를 취한다. 양쪽 겨드랑이 밑을 두드려 본다. 대부분 아침에 하는 것과 같은 식이 되풀이된다. 하지만 지금은 앞자락을 헤치는 것쯤 별로 싫어할 것도 없다. 이제는 곧 막사로 돌아갈 테니까.

「집으로 돌아간다.」 모두들 이렇게 말한다.

그러나 오늘 하루 동안, 또 하나의 '집'에 대해서는 생각할 틈도 없다.

종대의 앞에서부터 검사가 시작되었을 때, 슈호프는 체자리의 곁으로 다가가서 말을 걸었다.

「체자리 마르코비치! 위병소에서 곧장 소포인계소로 달려가서 미리 순서를 잡아 놓겠습니다.」

체자리는 검은 수염──그 하반부는 허옇게 성에가 붙어 있다──을 슈호프 쪽으로 돌렸다.

「이반 데니소비치, 소포가 왔는지 안 왔는지도 모르는데 순번을 기다리겠단 말이오?」

「뭐 확실하지 않아도 상관없어요. 십분쯤 기다려 보고 당신한테서 아무 소식이 없으면 그냥 막사로 돌아가지요.」(슈호프 자신은, 체자리 한테 소포가 오지 않았을 경우엔 다른 사람한테 순번을 양도하면 된다는 속셈이었다)

체자리도 소포가 오기를 무척 기다리고 있었던 모양이다.

「그럼 이반 데니소비치, 부탁 좀 하겠소. 십분만 기다려 보고 만일 내가 가지 않거든 곧 돌아오시오.」

신체검사를 받을 차례가 점점 다가오고 있었다. 오늘 슈호프는 검사에 걸릴 만한 물건은 하나도 가진 것이 없다. 조바심을 하며 순번을 기다리지 않아도 된다. 천천히 작업복을 헤치고 방한복을 동여맨 노끈을 푼다. 금지된 물건은 하나도 없다는 자신을 가지고 있었지만, 8년 간의 수용소 생활을 통해 신중에 신중을 기하는 것이 이제는 완전히 몸에 배어 있었다. 한 손을 무릎 위에 달린 호주머니 속에 넣어 본다. 넣어 보나마나한 것이었으나, 그래도 호주머니가 비어 있다는 것을 다시 한 번 확인하려는 것이다.

 그러나 호주머니에서 뭔가 집히는 게 있었다. 부러진 줄칼 토막이 들어 있었던 것이다. 낮에 공사장에서 눈 위에 떨어져 있는 것을 보고 그냥 지날 수가 없어 집어넣었을 뿐, 수용소에 가지고 돌아올 생각은 염두에도 없었던 줄칼이다. 처음에는 가지고 돌아올 생각이 없었으나 어차피 여기까지 가져온 것을 이제 새삼스레 버릴 수도 없었다. 잘 갈아서 조그만 칼이라도 만들면 신발을 고치는 데 편리하고 바느질할 때도 사용할 수 있을 것이다.

 처음부터 가지고 들어갈 생각이었으면 숨길 곳을 궁리해 두었을 텐데. 그러나 지금 그의 앞에는 두 줄밖엔 남아 있지 않다. 그 두 줄 중에 앞의 줄은 벌써 검사를 받으러 앞으로 걸어나갔다.

 서둘러 결단을 내려야 한다. 앞사람의 등뒤에 숨어 슬쩍 눈 위에 떨어뜨려 버리느냐(떨어뜨린 흔적은 발견될는지 모르지만 누구의 것인지 알아낼 도리는 없을 게다) 아니면 가지고 들어가느냐?

 만일 이 줄칼 토막이 나이프로 간주된다면 적어도 영창 10일은 감수해야 한다.

 그렇지만 무사히 통과하여 신발 수선용 나이프로 만들 수만 있다면, '부업'으로는 더 이상 바랄 게 없을 것이다!

 그냥 버리기에는 너무 아까운 물건이다.

 슈호프는 가지고 들어가기로 결심하고 장갑 속에 그것을 밀어 넣었다.

 바로 그때 앞줄에 섰던 다섯 명에게 검사를 받으러 나오라는 명령이 내렸다.

휘황하게 밝은 검사장에는 마지막 세 사람, 즉 세니카와 슈호프, 그리고 아까 공사장에서 몰다비아인을 찾으러 갔던 32반의 젊은 죄수가 남았을 뿐이다.

남아 있는 죄수가 세 명, 그들을 감시하고 있는 간수가 다섯 명, 약간의 융통성이 허용될 여지가 있다. 즉, 오른쪽 두 사람의 간수 중 어느 하나를 이쪽에서 선택할 수 있는 것이다. 슈호프는 혈색이 좋은 젊은 간수를 피하고, 흰 콧수염을 기른 늙은 간수를 골랐다. 노인은 물론 경험이 많은 간수다. 따라서 그가 무엇을 찾아내려고만 든다면 누구도 그의 눈을 속일 수는 없다. 그 대신 나이가 나이니만큼 이런 일에는 신물이 날 만큼 염증을 느끼고 있을 것이다.

앞줄이 검사를 받고 있는 사이에 슈호프는 장갑 두 짝을 다 벗어서, 줄칼이 들어 있지 않은 쪽을 앞에 내밀듯이 하여 두 짝을 한꺼번에 쥐었다. 허리띠 대용의 노끈도 같은 손에 쥐었다. 그리고 다른 한 손으로 작업복과 방한복 자락을 보라는 듯이 높이 들춰 올렸다. 신체검사에서 이렇게 봉사 정신을 발휘한 적은 아직 한 번도 없었다. 그러나 오늘만은 자기가 결백하다라는 것을 보여 줄 필요가 있다. 어서 실컷 뒤져봐라! 그리고 간수의 명령이 떨어지자 성큼성큼 노인을 향해 걸어갔다.

허옇게 수염을 기른 간수는 슈호프의 양쪽 겨드랑이 밑과 잔등을 툭툭 두드려 보고 나서, 무릎 위의 호주머니를 눌러 보았다. 아무것도 없다. 그 다음 작업복과 방한복 자락을 두 손으로 만져 보았다. 역시 잡히는 게 없다. 이젠 그만 손을 떼려 했으나 그래도 신중을 기하는 뜻에서 앞으로 내민 슈호프의 장갑을 한 손으로 힘있게 쥐어 보았다. 역시 아무것도 잡히지 않는다.

간수가 장갑을 쥐는 순간, 슈호프는 기중기로 가슴을 죄이는 것 같은 기분을 느꼈다. 만일 다른 한쪽 장갑에까지 간수의 손이 닿는다면 그때는 변명의 여지없이 영창행이다. 하루 300그램의 빵, 더운 국은 사흘에 한 번밖에 나오지 않는다. 순간, 슈호프의 머릿속에는 영창 속에서 배고픔에 시달려 하루하루 앙상해져 가는 자기 자신의 모습이 선명하게 떠올랐다. 그렇게 되면 현재의 생활로 되돌아오는 것도, 배부르지는 못하더라도 견디어낼 만큼은 먹을 수 있는 현재의 상태로 되돌아오는 것도 결코 쉬운 일이 아닌 것이다.

그는 마음속으로, 소리 높이 하느님의 이름을 부르며 구원을 받고 싶은 심정이었다. '하느님! 구원해 주시옵소서! 제발 영창만은 면하게 해 주시옵소서!'

이러한 모든 상념은, 간수가 첫 번째 장갑을 쥐어 보고 그 다음 또 한 짝의 장갑으로 손을 옮기려고 하던 그 짧은 순간에 그의 머릿속을 스치고 지나간 상념들이었다(만일 슈호프가 장갑을 한 손에 몰아 쥐지 않고, 한 짝씩 두 손에 쥐고 있었다면, 간수들도 두 손으로 동시에 장갑 두짝을 쥐어 보았을 것이다). 그러나 바로 이때, 신체검사장의 주임격인 간수가 빨리 검사를 끝내고 쉬고 싶었던지 경호병 쪽을 향해 외치는 소리가 들렸다.

「다음은 기계공장!」

그러자 허옇게 수염을 기른 간수는 두 번째 장갑을 쥐어 보는 대신

한 손을 휙 저어 보였다. 좋다는 뜻이다. 그리고는 그대로 통과시켜 주었다.

슈호프는 앞서간 반원들을 쫓아가려고 달리기 시작했다. 그들은 이미 길다란 통나무로 만든 두 개의 목책 사이에서 오열 종대로 정렬하고 있었다. 이 목책은 마시장(馬市場)에 있는 것과 비슷하게 생겼는데, 그 사이로 마치 말들을 몰아넣듯 죄수들을 몰아넣는 것이다. 슈호프는 마치 날듯이 가벼운 걸음으로 달려갔다. 그러나 하느님에게 또 한 번 감사의 기도를 드리지는 않았다. 그럴 겨를도 없었거니와 이제는 약간 시기를 놓친 기분이 들었기 때문이다.

슈호프네 작업대를 경호해 온 병사들은 모두 옆으로 물러나서, 기계 공장 작업대 경호병들에게 자리를 비켜 주고 있었다. 다음은 경호대장이 돌아오기를 기다리는 것뿐이다. 검사 전에 문밖에서 던진 나무묶음은 벌써 깨끗이 거두어들인 모양이었다. 검사를 받을 때 간수들에게 빼앗긴 나무묶음이 위병소 옆에 산더미처럼 쌓여 있다.

경호대장은 463명의 호송을 끝냈다는 전표를 받으러 위병소로 가는 길에 볼코보이의 부관인 플랴하와 무슨 말인지 주고받고 있었다. 갑자기 그가 외쳤다.

「케이 사백육십 호!」

대열 한가운데 몸을 움츠리고 숨어 있던 몰다비아인은 푸우 한숨을 내쉬며 오른쪽 목책 쪽으로 어슬렁거리며 갔다. 여전히 어깨 속에 목을 움츠린 채 머리를 푹 수그리고 있다.

「이리 와!」플랴하는 목책을 돌아오라고 손짓을 했다.

몰다비아인은 목책을 돌아서 옆으로 나왔다. 그대로 뒷짐을 진 채 그 자리에 서 있으라는 명령을 내린다.

결국 탈출 기도범으로 결정된 것이다. 독방 감방행이다.

정문 바로 앞, 목책 옆에 두 사람의 위병이 양쪽으로 갈라져 섰다. 이윽고 서너 길 가량이나 되는 정문이 천천히 열렸다. 명령이 떨어진다.

「오열 종대로 정렬!」 여기서는 「문에서 물러서!」라고 호령할 필요는 없다(어느 문이나 안쪽을 향해서만 열리게 되어 있기 때문이다. 만일 죄수들이 한꺼번에 안에서 문으로 밀어닥친다 해도, 밖으로 나갈 수 없게 하기 위한 장치였다).

「일렬! 이열! 삼렬……」

저녁에 이렇게 인원 점검을 받을 때, 그리고 수용소 문을 통과하여 막사로 되돌아올 때, 그들에게는 이때가 하루 중에서도 가장 춥고 배고픈 시간이다. 혀를 델 듯이 뜨끈한 저녁 식사의 양배춧국 한 그릇이 지금의 그들에게는 무엇보다 간절한 것이다. 국물 한 방울 남기지 않고, 그들은 단숨에 그것을 마셔 버린다. 이 한 그릇의 양배춧국이 지금의 그들에게는 자유보다도, 지금까지의 전 생애보다도 아니 앞으로의 전 생애보다도 훨씬 소중하게 여겨지는 것이다.

수용소 정문을 지나갈 때, 죄수들은 마치 개선군처럼 의기양양하게 가슴을 펴고 손을 흔들며 행진한다. 그야말로 의기도 당당하다!

본부 건물에서 건들거리고 있는 경작업 패들은 겁에 질린 듯, 물밀듯 들어오는 죄수들의 무리를 정면으로 바라볼 엄두도 못 낸다. 그도 그럴 것이, 그들은 이 인원 점검이 끝난 후 조그만 문을 거쳐 중앙통로 옆의 두 개의 문을 지나면, 각자 가고 싶은 곳으로 가도 좋은 것이다.

모두 뿔뿔이 흩어지지만 반장들에게는 작업할당계의 명령이 떨어진다.

「각 반 반장! 생산계획부로 집합!」

슈호프는 독방 감방 옆을 거쳐 막사 속을 지나, 쏜살같이 소포인계소로 달려간다. 한편, 체자리는 여유 있는 태도로 천천히 반대 방향으로 걸음을 옮긴다. 저쪽 기둥 주위는 이미 죄수들로 인산인해를 이루고 있다. 기둥 위에 베니어판 한 장이 붙어 있고, 그 위에 화학연필로 쓴 오늘의 소포 수령자 명단이 나붙어 있다.

수용소에서는, 웬만한 일이면 종이 대신 베니어판을 사용한다. 베니어판이라면 왠지 확실해 보이면서도 믿음직스러운 느낌을 주기 때문이다. 간수나 작업할당계원들도 인원 계산을 할 때는 이 베니어판을 사용한다. 쓴 것을 지우면 다음날에도 다시 쓸 수가 있으니, 경제적이기도 하다.

하루 종일 구내에 남아 있던 친구들은 다음과 같은 부업들도 할 수 있다. 소포가 누구한테 와 있는가를 베니어판에서 봐 두었다가, 중앙통로 근처에서 본인을 붙잡고 그 자리에서 번호를 알려 준다. 그럴듯한 대가는 바랄 수 없지만 그래도 궐련 한 개비쯤은 얻어 피울 수 있다.

슈호프는 소포인계소까지 달려갔다. 막사 옆에 작은 부속건물이 붙어 있고, 그 건물에 다시 현관이 삐쭉 나와 있다. 여기가 바로 인계소인 것이다. 현관에는 덧문이 붙어 있지 않아 찬바람이 마구 들어온다. 그래도 지붕 밑이라 어쨌든 바깥보다는 춥지 않다.

현관 벽을 따라 길게 줄이 늘어서 있었다. 슈호프도 그 대열에 섰다. 앞에 선 사람은 열댓 명 가량이나 될까. 자기 차례까지 오려면 한 시간쯤은 기다려야 한다. 취침 시간에야 겨우 돌아올 것 같다. '테츠' 작업대원 중에서 소포수령자 명단을 보고 서둘러 오는 사람이 있다 해도 슈호프보다 빠르지는 못할 것이다. 그리고 기계공장 작업대는 이보다도 더 늦어질 게다. 그들은 소포를 찾기 위해 아마 내일 아침에 다시 한 번 출동을 해야 할 것이다.

줄을 서 있는 죄수들은 모두 꾸러미나 자루들을 들고 있다. 저쪽 문 뒤에서는(슈호프는 이 수용소에서 지금까지 한 번도 소포를 받아 본 적이 없지만 말만은 들어 알고 있다) 소포상자를 자귀로 뜯어 젖힌 다음, 하나하나 간수가 물품을 검사하고 있다.

자르고, 꺾고, 들춰보고 검사하는 것이다. 유리병이나 깡통에 든 액체류는 면마개를 뽑고 국물만을 쏟아 준다. 수령자가 손바닥으로 받건 타월 주머니로 받건 그들은 상관하지 않는다. 무엇이 문제가 되는지 병과 깡통 따위는 내줄 생각도 않는다. 만두, 색다른 과자, 소시지, 훈제된 생선 같은 것은 간수가 시식을 한다(섣불리 불평이라도 한다면, '이건 금지된 물품이니 규칙에 의해서 내줄 수 없어'라고 나온다. 소포를 찾은 사람은 우선 담당 간수를 위시해서 나머지 모든 간수들에게 고루고루 얼마씩을 나눠줘야 한다).

이렇게 소포검사가 끝나도 소포상자는 수령자 차례가 되지 않는다. 그들은 소포로 부쳐 온 물건들을 보자기나 작업복자락에 담지 않을 수 없다. 그런데 또 이때, 「자, 빨리 나가! 다음 사람!」하고 소리친다. 어떤

때는 너무 서둘러 대는 바람에 검사대 위에 물건을 그냥 놔두고 나올 때도 있다. 그러나 찾으러 간들 소용없다. 그대로 있는 적이 한 번도 없기 때문이다.

슈호프도 전에 우스치 이지마 수용소에 있을 때는 두어 번 가량 소포를 받은 기억이 있었다. 그러나 그는 아내한테 그런 걸 보내 줘도 소용없으니, 다시는 보낼 생각 말고 애들에게나 잘 해 주라고 써 보냈던 것이다.

사실 슈호프는 지금 여기서 혼자 먹고 지내기보다는, 속세에서 가족 전체를 부양하고 있을 때가 훨씬 더 안락했다고 생각하고 있다. 그러나 슈호프는 차입되는 소포가 얼마만한 값어치의 물건이라는 것쯤은 잘 알고 있었다. 게다가 10년씩이나 가족에게 그러한 부담을 지울 수도 없는 일이다. 그래서 슈호프는 아예 소포를 받지 않는 편이 더 마음이 편하다고 단념하고 만 것이다.

그러나 이렇게 마음을 먹은 슈호프였지만, 같은 반원이나 같은 막사 안의 이웃 친구들이 소포를 받을 때면(소포를 받는 사람은 거의 매일같이 있었다) 자기에겐 가족마저 멀어진다고 생각하여 저도 모르게 마음이 서글퍼지는 것이다. 바스카(유월절) 때도 무엇을 보낼 생각은 아예 하지도 말라고 아내한테 단단히 일러 놓았고, 부유한 반원의 심부름이 아니면 소포 수령자 명단이 나붙는 기둥 앞에 다가가지도 않는 슈호프였지만, 그래도 이따금 누가 자기한테 달려와서, '슈호프, 뭘 하고 있나! 자네한테 소포가 왔는데!' 라고 말해 주기를 마음속으로 은근히 기다리고 있는 것이었다.

그러나 자기에게 소식을 주는 사람은 아무도 없었다.

이젠 고향인 춤게네보와 자기 집을 그려보는 시간도 점점 없어져 간다. 기상 시간부터 취침 시간까지 하루 종일 바쁘게 지내는 수용소생활이, 그로 하여금 이런 안일한 회상에 잠길 시간적 여유를 주지 않기 때문이다.

지금 이 주위에 모여 있는 죄수들은 눈앞에 다가온 기대감에 불타며, 각자의 위장을 위로하고 있을 것임에 틀림없다. '이제 곧 베이컨을 먹을 수 있다, 버터 바른 빵을 맛볼 수 있다. 뜨거운 설탕물을 마실 수 있다'고. 그러나 그들 틈바귀에 끼어 있는 슈호프 자신은 다만 바라는 것은 한 가지밖에 없었다. 반원들과 함께 식당으로 가서 식기 전에 어서 뜨거운 국물이라도 마셨으면……. 식은 국 두 그릇보다는 뜨거운 국 한 그릇 쪽을 훨씬 좋아하기 때문이다.

그는 머릿속으로 시간을 재고 있었다. 만일 체자리의 이름이 명단에 없다면, 그는 이미 막사로 돌아가서 얼굴을 씻고 있을 시간이다. 그러나 이름이 있다면, 지금쯤은 자루며 컵이며 종이상자들을 긁어모으기에 정신없을 게다. 슈호프는 이런 것들을 모두 계산에 넣어서 10분 간을 기다리겠다고 체자리에게 말했던 것이다.

순서를 기다리며 슈호프는, 이번 일요일도 또 빼앗긴다는 소식을 들었다. 오는 일요일이 없으리라는 것은 슈호프뿐만 아니라 다른 죄수들도 예상치 못한 것은 아니었다. 한 달에 일요일이 다섯 번 있으면, 세 번은 쉬고 두 번은 일하게 마련이기 때문이다. 그러나 아무리 예상하고 있었다고는 해도, 막상 그런 소식을 대하고 보니 역시 가슴이 아득하고 찢어지는 것만 같았다. 소중한 일요일, 누구에겐들 아깝지 않으랴! 하긴, 행렬 속의 친구들의 말도 일리가 없는 것은 아니었다. 토요일이라 해서 언제 한번 편안한 마음으로 쉬어 본 적이 있었던가? 번번이 여러 가지 일거리를 만들어 내곤 한다. 목욕물을 끓여라, 통로를 막는 담벽을 쌓아라, 안뜰을 청소해라. 그런가 하면 매트리스를 바꿔 끼워라, 먼지를 털어라, 침대의 빈대를 박멸하라는 등 나중에는 신분증명서의 검사를 포함해서 소지품 검사까지 시작한다. 이럴 때면 소지품 전부를 들고 나가, 한나절이나 바깥에서 떨어야 하는 것이다.

수용소 나리들은, 우리 죄수들이 아침 식사를 끝내고 단잠을 취하는 것이 가장 못마땅하고 배가 아픈 모양이다.

느리기는 했으나, 그래도 행렬은 조금씩은 전진하고 있었다. 이발사 한 사람, 기록계 한 사람, 그리고 문화교육부 직원 한 사람이 인사도 없이 마구 들이밀며 줄에 끼어들었다. 그들은 일반죄수들과 달라서, 당당한 수용소의 특권계급들이고, 수용소 내의 경작업반 중에서도 악명 높은 자들이다. 작업에 나가는 일반 죄수들은 그들을 쓰레기의 쓰레기만도 못한 놈으로 여기고 있지만, 그들 역시 일반 죄수들을 그렇게 보고 있다. 그러나 그놈들하고 맞서 봤댔자 조금도 이로울 것은 없다. 특권자들은 자기 동료들끼리 밀접한 횡적 연락을 가지고 있을 뿐더러, 간수들하고도 잘 통하고 있는 것이다.

슈호프 앞에는 아직도 열 사람쯤 남아 있었다. 뒤에도 일곱 명이 더서 있다. 바로 이때다. 활짝 열어 젖힌 입구로부터 등을 구부정하게 하고 체자리가 들어왔다. 수용소 계모가 아닌 새 털모자를 쓰고 있다(이 모자만 해도 그렇다. 필시 체자리는 어느 놈인가를 구워삶아서, 새로운 민간인 모자를 쓸 수 있는 허가를 얻은 것이 틀림없었다. 일반 죄수라면 낡아빠지고 다 떨어진 군모만 써도 당장 압수당하고, 그 자리에서 돼지가죽으로 만든 수용소 제모로 바꿔 씌우게 마련이다).

체자리는 슈호프에게 빙긋 미소를 던지고는, 줄에 서서 골똘히 신문을 보고 있는, 인텔리처럼 보이는 안경쟁이 사내에게 말을 걸었다.

「여어! 표트르 미하일로비치!」

그 순간, 두 사람의 얼굴은 양귀비꽃처럼 붉게 물든다. 이윽고 안경쟁이가 말을 건넨다.

「《베체르카》(모스크바 석간)에 새로운 것이 있습니다. 자, 보시오! 우편으로 부쳐 왔군요.」

「그래요!」 체자리도 신문에 얼굴을 들이민다. 촉수가 낮은 희미한 전등불 한 개가 천장에 매달려 있을 뿐인데, 어떻게 저런 작은 글씨들을 읽을 수 있는지 재주들도 좋았다.

「이 극평(劇評)이 아주 재미있군요. 자바츠키(소련의 무대연출가─옮긴이)의 초연(初演)인데…….」

모스크바 사람이라는 건, 멀리서도 서로 무슨 냄새를 피우는지 잘 알아보았다. 그리고 함께 어울리면 그들만이 가지는 독특한 방법으로 서로 상대방의 냄새를 맡기에 바쁘다. 그 수다스러움이란 마치 어느 쪽이 더 많은 말을 하는지 내기를 하고 있는 것 같다. 말이 무척 빠른데다가 러시아어라곤 좀처럼 찾아볼 수 없기 때문에, 옆에서 듣고 있으면 라트비아인이나 루마니아인이 떠들고 있는 것처럼 생각된다.

그건 그렇고, 어쨌든 체자리는 왼손에 몇 개의 자루를 들고 있었다. 소포를 챙겨 갈 준비를 해 가지고 온 것이다.

「그럼……체자리 마르코비치 전 가도 좋겠지요?」

「네, 그렇게 해야지요.」 체자리는 검은 콧수염을 신문에서 떼며 말한다.

「그럼, 난 누구 뒤가요? 내 뒤는?」

슈호프는 차례를 가르쳐 주고, 체자리가 미처 말을 꺼낼 틈도 없이 저녁 식사에 대해서 물어 본다.

「저녁 식사를 가져올까요?」(저녁 식사를 식당에서 막사로 냄비에 담아 날라올까요, 하는 뜻이다. 수용소 규칙에 의해서 식사의 반출은 금지되어 있었고, 이에 대한 명령도 여러 가지가 나와 있었다. 만일 들키는 날이면, 냄비 속의 국은 땅바닥에 동댕이쳐지고 게다가 영창 신세까지 면하기 어렵다. 그럼에도 불구하고 국그릇은 여전히 밖으로 반출되고 있었다. 아니, 앞으로도 멈추지는 않을 게다. 용무가 있는 자에게, 반원과 함께 식당으로 가라는 것은 너무나 무리한 요구이기 때문이다)

'저녁 식사를 나를까요?' 하고 슈호프가 물어 본 것을 실은 이런 계산에서였다. '그렇게 인색하게 굴지는 않으실 테죠? 저녁 식사 정도는 양보하시겠죠? 저녁은 죽이 아니라, 멀건 국물뿐이니까요!'

「아니, 아니.」 체자리는 미소를 띠었다. 「저녁 식사는 양보해야지요, 이반 데니소비치!」

슈호프가 기다리고 있던 것은 바로 이 한 마디였다! 이젠 됐다. 마치 새처럼 날쌔게 현관문을 빠져나가 그는 쏜살같이 구내를 달린다.

죄수가 돌아다니지 않는 곳이란 없다! 그래서 한때, 수용소장은 이런 명령을 내린 적이 있었다——어떤 죄수도 단독으로 구내를 걷는 것은 용납하지 않는다. 가능하다면 전 반원이 함께 행동하라. 전 반원이 함께 갈 수 없는 곳, 예를 들면, 의무대나 변소 같은 곳은 네댓 명이 한꺼번에 몰려가되 그 책임자를 임명하라. 대오를 지어 필요한 장소까지 가서 거기서 대기했다가, 돌아올 때도 역시 대오를 지어서 돌아오라.

수용소장은 이 명령에 무척 적극적이었다. 아무도 그에게 불평하는 자는 없었다. 간수들은 단독 보행자를 보이는 대로 붙잡아서, 번호를 적은 다음 영창으로 보냈다. 그러나 얼마 안 가서 이 명령은 흐지부지되고 말았다. 다른 몇 개의 악명 높은 명령과 마찬가지로 이번의 명령도 결국엔 시들해지고 말 운명을 지니고 있었던 것이다.

실제로 닥친 곤란한 문제로서, 이를테면 수용소 측에서 정보 수집을 위해 누군가를 보안부(保安部)로 불러낼 경우, 그렇다고 명령대로 그룹을 이끌고 오게 할 수는 없었다. 보관소에 자기 소포를 찾으러 가고 싶어도, 상대방이 허락하지 않아 못 가는 경우가 생긴다. 그리고 문화교육부에 신문을 읽으러 가고 싶어도 쉽사리 상대방을 찾아 낼 수 없다. 방한화를 수선하러 가는 자, 건조대(乾燥臺)에 볼일이 있는 자, 혹은 다른 막사로 바람을 쐬러 가는 자(막사와 막사 사이의 왕래는 특히 엄금되고 있었다!) 등 이러한 가지각색의 무리들을 어떻게 막을 수가 있단 말인가!

수용소장은 이 명령 하나로, 죄수들에게 남은 마지막 자유까지 착취하려 했다. 그러나 이 배불뚝이 녀석의 기도는 완전히 실패하고 만 것이다.

막사로 돌아가는 도중, 슈호프는 간수하고 마주쳤다. 매사에 조심성을 띠려고 살짝 모자를 쳐들었다. 막사로 뛰어들어가니, 그 속에서는 일대 혼란이 벌어지고 있었다. 낮에 작업을 하러 나간 사이에 누군가의 빵을 훔쳐 갔다고 해서, 당직을 맡아 본 노인들이 호되게 경을 치고 있었다. 노인들도 지지 않고 고래고래 고함을 지른다. 그러나 104반의 한쪽 구석만은 잠잠했다.

슈호프는 구내로 돌아올 때부터 오늘 저녁은 운이 좋다고 생각했다.

막사에서도 그의 침상의 매트리스가 들춰진 흔적은 없었다. 오늘은 주간검사(晝間檢事)가 없었던 모양이다.

슈호프는 작업복을 벗어 젖히면서 자기 침상으로 뛰어갔다. 작업복을 동댕이치고 줄칼이 든 장갑도 벗어 던지고, 손으로 매트리스 속을 더듬어 본다. 아침의 빵은 그대로 남아 있었다. 실로 꿰매두기를 잘 했다고 그는 생각했다.

그는 다시 밖으로 뛰어나갔다. 식당으로 가는 것이다.

간수와도 만나지 않고 무사히 식당까지 이르렀다. 큰 소리로 배급식량에 대해서 이야기하고 있는 몇 명의 죄수들과 부딪쳤을 뿐이다.

밖은 달이 환했다. 수용소의 등불들이 흐릿한 빛으로 반짝이고, 막사가 거뭇거뭇한 그림자를 던지고 있었다. 식당 입구는 네 개의 넓은 층계로 되어 있다. 그러나 그 층계도 지금은 그림자 속에 덮여 있다. 층계 위의 조그만 전등불이 혹한(酷寒) 속에서 가볍게 흔들리고 있다. 추위 때문인지 혹은 먼지 때문인지, 전구 위에 일곱 색깔 무지개 무늬가 아롱지고 있다.

수용소장은 또한 다음과 같은 명령을 내린 적이 있었다── 식당에 들어올 때는 2열 종대로 입장하라. 그리고 식당에 도착하면, 층계로 올라서지 말고 그 앞에 5열로 정렬해서, 식당당직의 지시를 기다려라.

식당의 당직당번은 흐로모이(러시아어로 절름발이라는 뜻──옮긴이)가 도맡아서 놓아주지를 않았다. 절름발이를 무기 삼아 폐인(廢人)의 자격을 얻고 있으나, 사실은 무척 건장한 사내였다. 그는 자작나무 가지로 만든 지팡이를 들고 있으면서, 지시를 기다리지 않고 들어가려하면 층계 위에 서서 지팡이로 마구 휘둘러 댄다. 그러나 누구든지 덮어놓고 때리는 것은 아니다. 흐로모이는 눈이 밝아서, 어둠 속에서도 뒷모습만 보면 그가 누구라는 것을 금방 알아챌 수 있었다. 그래서 면박을 당할 가능성이 있거나, 상판때기를 얻어맞을 가능성이 있는 자에게는 아예 건드릴 생각도 않는다. 다시 말해서 약한 자에게만 손을 대는 것이다. 슈호프도 언젠가 한 번 얻어맞은 적이 있었다.

흐로모이의 직책은 당직당번에 지나지 않지만, 실제론 취사부들과 잘 통하기 때문에 특권층과 다름없는 생활을 하고 있었다.

몇 개의 작업반이 한꺼번에 몰려들었기 때문인지, 정리하는 데 시간이 걸렸기 때문인지, 오늘은 층계 근처가 유달리 복잡했다. 층계 위에는 흐로모이와 그의 개인조수, 그리고 식당주임까지 나와 서 있었다. 그들은 하나같이 간수와도 같은 거만한 얼굴들을 하고 있다.

식당주임은 뚱뚱하게 살찐 살모사라고나 할까, 호박 같은 머리에 어깨 폭은 1아르쉰(약 0.72 미터)이나 되었다. 정력이 남아돌기라도 하는 듯, 걸음을 걸을 때는 용수철처럼 탕탕 퉁긴다. 발이나 손에도 용수철이 달려 있는지도 모를 일이다. 그는 번호표가 붙지 않은 흰색 모피 모자를 쓰고 있지만, 이런 모자를 쓴 것은 자유인(自由人) 중에서도 한 사람도 없다. 아스트라한의 가죽조끼를 입고, 그 조끼의 가슴 위에 우표만한 크기의 번호표를 마지못해 형식적으로 붙이고 있다. 말하자면 그것으로 볼코보이의 체면이 유지되고 있는 셈이다. 잔등에는 그 정도의 번호표마저 찾아볼 수 없다. 식당주임은 누구한테니 인시리는 것을 모른다.

죄수들은 한결같이 그를 두려워하고 있다. 수천 명의 생명이 그의 손에 맡겨져 있는 것이다. 언젠가 한번은 그에게 몰매를 주자고 모의를 한 적도 있었으나, 본래 그에 못지 않은 악당들인 취사부 녀석들이 식당주임을 지키기 위해서 하나로 뭉쳤던 것이다.

104작업반원들이 벌써 식당에 다 들어가 버렸다면, 슈호프로서는 좀 난처한 입장에 처하게 될 것 같았다. 흐로모이는 수용소 내의 얼굴들을 속속들이 꿰뚫고 있기 때문에 주임이 있는 앞에서 일부러 능청을 떨며 다른 작업반 틈에 끼어 들어가려 한들, 결코 용납하려 들지 않을 것은 뻔한 일이다.

그러나 흐로모이의 눈을 속여 층계의 난간을 넘어 들어가는 자도 없지는 않았다. 하긴 슈호프 자신도 그렇게 한 적이 없는 것은 아니지만 오늘따라 식당주임이 눈앞에 어른거리고 있어, 그렇게 할 엄두도 나지 않았다. 일그러질 정도로 얼굴을 얻어맞아, 의무대까지 가까스로 기어가는 꼴이 벌어질지도 모를 노릇이다.

따라서 슈호프로서는 가능하다면 빨리 층계 밑에까지 가서, 검정작업복을 입은 동료들 속에 104작업반이 아직 섞여 있는지 없는지를 직접 확인해야 한다.

그러나 바로 이때, 밑에서 위로 세차게 떼밀기가 시작되었다(그도 그럴 것이, 취침 시간이 얼마 남지 않은 것이다). 죄수들은 요새를 공격하듯 1단, 2단, 3단, 4단 층계를 점령하고, 마침내는 식당 문전에까지 밀리며 다가갔다.

「밀지 말아, 이 새끼들아!」 흐로모이는 크게 소리치며, 앞사람에게 몽둥이를 치켜들었다. 「내려가! 그렇잖으면 대가리를 부숴 버릴 테다!」

「우리에게 말한들 소용없어요!」 앞줄의 친구들이 항의한다. 「뒤에서 미는데 어떡하란 말이요!」

뒤에서 밀고 있는 것은 사실이었다. 그러나 앞줄의 친구들도 대단한 저항을 나타낸 것은 아니다. 식당으로 빠져 들어가려고 기회를 엿보고 있을 뿐이었다.

여기서 흐로모이는 지팡이를 빗장처럼 모로 가슴에 대고, 있는 힘을 다해 앞줄의 죄수들을 밀어내기 시작했다. 흐로모이의 개인조수도 지팡이에 매달렸다. 아니, 식당주임까지 망설이지 않고 얼른 지팡이에 손을 얹었다.

그들 세 사람은 필사적으로 밀어 댔다. 배불리 처먹고 있는 그들의 힘은 당해 낼 수가 없었다. 결국 죄수들이 밀리고 말았다. 앞줄에 있던 자가 뒷줄로 곤두박질 치는 등, 그야말로 장기말이 거꾸러지는 꼴과 흡사했다.

「이 절뚝발이 녀석아! 어디 두고 보자!」군중 속에서 이렇게 소리치는 자가 있지만, 모습을 나타내려고는 하지 않는다. 다른 죄수들은 말없이 넘어졌다가 말없이 일어난다. 짓밟히지 않으려고 동작만은 재빠르다.

지금 층계에 남은 사람은 하나도 없다. 식당주임은 층계 위 빈터로 물러서고, 흐로모이는 층계 맨 윗단에 버티고 서서 훈시를 내린다.

「오열로 정렬해, 이 바보들아. 이게 무슨 짓들이야! 들어갈 때가 되면 들여보내 준단 말이다!」

슈호프는 층계 바로 앞에서 세니카 크레프쉰의 머리 같은 것을 발견했다. 벅차 오르는 기쁨을 참을 길 없이, 그는 있는 힘을 다해 팔꿈치를 뻗치며 그곳까지 뚫고 들어가려 했다. 그러나 자기 앞에 겹겹이 늘어서 있는 사람들을 보고는 맥이 풀리고 말았다. 도저히 뚫고 들어갈 수는 없었던 것이다.

「이십칠 반!」흐로모이가 외친다. 「들어가!」

27반원은 층계를 뛰어올라, 잽싸게 식당문 쪽으로 달려간다. 그러자 그 뒤에서 또다시 와락 층계로 밀어닥친다. 뒤의 죄수들도 떠밀어 댄다. 슈호프도 함께 힘을 다해 밀었다. 층계가 흔들거리고 층계 위의 전등불이 비명을 지른다.

「또 이러기냐, 이 자식들이!」흐로모이는 머리끝까지 화가 치밀었다.

손에 든 몽둥이로 근처에 있는 죄수들의 어깨건 잔등이건 눈에 보이는 대로 마구 찌르고 때리고 떠밀어 댔다.

또다시 층계에서 사람 그림자가 없어졌다.

아래서 올려다보는 슈호프의 눈에, 흐로모이와 함께 층계를 올라가는 파블로의 모습이 들어왔다. 그가 인솔해서 반원들을 데리고 온 것이다.

추린은 이런 혼잡한 일에 말려들기를 좋아하지 않는다.

「백사 반, 오열로 정렬!」 파블로가 위에서 소리친다. 「길을 좀 비켜주시오, 여러분!」

어느 '여러분' 이 길을 비켜 주겠는가!

「여보, 좀 비켜 주게! 이 잔등 좀 비켜! 나도 저 반원이야!」 슈호프는 앞에 있는 사내의 어깨를 뒤흔든다.

앞에 있는 사람도 비켜 주고 싶은 마음은 굴뚝같지만, 그 사람 역시 여기저기로 밀리고 있으니 꼼짝달싹할 수 없다.

군중은 지칠 대로 지치고 숨결마저 거칠어 갔다. 그러나 이 모든 것도 한 그릇의 국을 얻기 위한 것이다. 당연히 지급되어야 할 한 그릇의 국을 얻기 위해서!

여기서 슈호프는 다른 방법을 생각해 냈다. 왼쪽 난간을 붙잡고, 층계의 기둥을 두 손으로 더듬어서, 지면을 떠나 공중에 매달리고 만 것이다.

그 순간, 누군가의 무릎을 걷어찬 듯, 슈호프는 옆구리를 한 대 얻어맞고 한두 번 욕지거리를 들었다. 하지만 그는 교묘히 군중을 빠져 나와 한쪽 발을 층계 맨 윗단에 걸치고 기다리고 있었다. 드디어 같은 반의 친구가 그를 알아보고 손을 빌려주었다.

식당주임이 돌아가는 길에 뒤돌아보며 흐로모이에게 말했다.

「이봐, 흐로모이, 다음 두 반을 넣게!」

「백사 반!」 흐로모이가 외쳤다. 「야, 이놈아, 어디로 가는 거야?」 하고 흐로모이는 다른 반에 끼어들려는 자를 발견하고 몽둥이를 휘둘러 댄다.

「백사 반!」 파블로가 외치고 나서, 자기 반 사람들을 안으로 들어가게 한다.

「푸우우……」 슈호프는 기끼스로 식당에 들어간 수 있었다. 파블로의 명령을 기다릴 필요 없이 그는 다짜고짜 비어 있는 쟁반을 찾기 시작한다.

식당의 모습은 그전과 조금도 다름이 없다. 창구에서는 하얀 수증기가 무럭무럭 새어 나오고, 식탁에는 죄수들이 해바라기 씨처럼 촘촘히 줄지어 앉아 있다.

식탁 사이를 왔다갔다하며 이러저리 부딪치는 자도 있고, 국그릇이 가득 든 쟁반을 나르는 자도 있다. 그러나 슈호프는 적어도 이 사업에 있어서만은 수년 간의 베테랑이다. 그의 눈은 몹시 예리하다. 저쪽 CH-208호는 쟁반에 국그릇 다섯 개를 들고 있을 뿐이다. 그렇다면 그 반의 마지막 분(分)에 틀림없다. 그렇지 않다면 쟁반 가득히 채우지 않을 리가 없으니까.

슈호프는 그 친구를 얼른 쫓아가 귓속말로 속삭인다.

「여보게! 그 쟁반, 다음에 부탁하네!」

「창가에서 또 한 사람이 기다리고 있다네. 먼저 약속을 해 버렸거든……」

「기다리고 있는 놈은 제멋대로 기다리라고 해. 정신 좀 차리라고 말이야!」

결국 쟁반을 얻기로 약속이 되었다.

그는 쟁반을 자기 반원 자리로 가져가서 국그릇을 내려놓는다. 슈호프가 쟁반을 얼른 넘겨받는다. 거기에 먼저 약속한 사내가 달려와서 쟁반귀퉁이를 잡아당긴다. 슈호프보다는 약해 보이는 사내다. 슈호프는 잡아당기는 쪽으로 쟁반을 떠밀친다. 사내는 쾅 기둥에 부딪힌다. 손에서 쟁반이 떨어진다. 슈호프는 쟁반을 겨드랑이에 끼고 창구로 달려간다.

파블로는 창구에서 차례를 기다리고 있었다. 그는 쟁반이 없어서 당황한 빛을 띠고 있었으나 슈호프를 보자 기쁨을 감추지 못한다.

「이반 데니소비치!」 이렇게 말하고 그는 앞에 서 있는 27반의 부반장을 밀어젖힌다. 「좀 비켜 줘! 멍청하니 서 있기만 하면 뭘 하나? 쟁반도 없으면서!」

옆을 바라보니, 약삭빠른 고프치크 녀석도 당당하게 쟁반을 손에 들고 있다.

「한눈을 팔고 있기에……」하고 웃는다. 「슬쩍 해 버렸어요!」

고프치크 녀석, 대단한 라게리(수용소)족이 될 것임에 틀림없다. 앞으로 3년만 더 지낸다면, 아마 빵 배급계 이하로는 절대 떨어지지 않을 것이다.

고프치크의 쟁반은 에르몰라예프에게 건네주라고 파블로가 지시했다. 역시 포로 출신으로 수용소에서 10년을 보낸 숙달된 시베리아인이다. 고프치크는 어느 식탁에서 '만찬'이 끝나 가는지 알아보라는 정찰 업무를 띠고 물러갔다. 슈호프는 자기 쟁반 끝을 창구에 걸치고 기다리고 있다.

「백사 반!」 파블로가 창구에다 보고한다.

창구는 모두 다섯 개가 있다. 세 개는 일반 죄수용 창구, 하나는 특별 식사 창구, 즉 궤양환자(潰瘍患者) 열 명과 얼굴로 통하는 기록계 등속의 득수층, 또 하나는 집시의 빈환구이디(여기서는 접시를 핥아먹으려는 친구들이 눈을 번득이고 있다). 창구는 그다지 높지 않다. 허리보다 조금 높을 정도다. 창구로부터는 취사부의 모습이 보이지 않는다. 손과 국을 푸는 국자만 보일 뿐이다.

취사부의 손은 하얗고 미끈하지만, 털북숭이고 탄탄해 보인다. 전형적인 권투선수의 손이다. 보통 볼 수 있는 취사부의 손과는 다르다. 그는 연필을 손에 들고, 벽에 붙은 자기 쪽 명단에 표시를 한다.

「백사 반 스물네 그릇!」

판첼레프 녀석이 어슬렁어슬렁 식당으로 찾아왔다. 그 녀석이 도대체 어디가 아프단 말인가, 개새끼 같으니라구! 취사부는 먼저 3리터들이의 큰 국자를 손에 들고 통 속을 휘휘 휘젓는다(그의 앞에 놓여 있는 통에는 거의 찰 만큼 새로운 국이 부어졌으므로, 김이 무럭무럭 피어오르고 있다). 그리고 750그램들이의 작은 국자로 바꿔 들고, 그것으로 국을 뜨기 시작한다.

그러나 국자를 몽땅 담글 때는 없다.

「하나, 둘, 셋, 넷……」

어느 그릇에는 건더기가 아직 통 밑으로 가라앉기 전에 부어졌지만, 어떤 그릇에는 국물만 들어갔을 뿐 건더기는 없다. 슈호프는 이것을 잘 기억해 둔다. 그는 자기 쟁반에 열 개의 국그릇을 올려놓고 식탁으로 들고 간다. 두 번째 기둥에서 고프치크가 손을 흔들고 있다.

「이리 오세요, 이반 데니소비치! 여기예요!」

국그릇 운반은 아무나 할 수 있는 게 아니다. 슈호프는 국물이 출렁이지 않도록 조심스럽게 발을 옮긴다. 그리고 몸의 다른 부분보다도 목구멍을 더 많이 사용한다.

「야, 엑스 구백이십 호! 조심하게. 이봐! 비켜 줘, 젊은이!」

이런 혼잡 속에서 국물 한 방을 흘리지 않고 운반한다는 건 보통 솜씨로서는 도저히 불가능한 일이다. 게다가 열 개나 되는 국그릇을 담은 쟁반을 말이다. 그러나 고프치크가 자리를 비워 놓은 식탁모퉁이에, 살짝 쟁반을 내려놓았을 때, 새로 엎지른 국물자국이란 찾을래야 찾아볼 수 없었다. 뿐만 아니라 슈호프는 미리 봐 둔 건더기가 많은 두 개의 그릇이 자기가 앉을 자리의 구석 쪽에 오도록, 방향까지 봐 가면서 쟁반을 내려놓는 것이다.

에르몰라예프도 열 개의 그릇을 날라왔다. 고프치크는 창구로 뛰어가서, 파블로와 함께 나머지 네 개의 그릇을 손에 들고 돌아왔다.

또 한 사람의 반원, 키르가스가 빵을 쟁반에 담아 가지고 왔다. 오늘은 작업량 사정 결과에 따라 상여급식이 나오는 날이다. 200그램짜리도 있고, 300그램짜리도 있다. 슈호프는 400그램, 자기 앞으로 나오는 400그램과 체자리의 몫인 200그램을 배당받는다.

반원들이 모여와서 저녁 식사를 배급받는다. 앉을 자리를 찾자마자 무섭게 홀홀 들이마신다. 슈호프는 국그릇을 돌리고 나서 누구누구에게 주었다는 것을 기억해 둔다. 그러는 한편, 그는 자기의 것이라고 정한 쟁반귀퉁이를 감시하고 있다. 건더기가 많은 한쪽 그릇에 수저를 넣었다. 이미 주인이 정해졌다는 표시이다. 페추코프는 종종걸음으로 달려와서 국그릇을 받아들고는, 재빨리 자취를 감추어 버렸다. 자기 반에서는 찌꺼기의 혜택을 받을 수 없다고 생각해선지, 식당 내의 다른 반원에게 찌꺼기 원정을 나선 모양이다. 먹다 남은 것이 있으면, 굶주린 개처럼 용기를 발휘해서 강제로라도 빼앗아 먹겠다는 심보다(어쩌다가 먹다 남은 찌꺼기라도 내미는 날이면, 먹이를 노리는 솔개처럼 단번에 대여섯 명의 손이 그 접시를 낚아채려 든다).

파블로와 함께 그릇 수를 세어 보니, 딱 들어맞는 것 같다. 반장인 추린을 위해서, 슈호프는 건더기가 있는 것을 남겨 두었다. 파블로가 그것을 뚜껑 달린 납작한 독일식 냄비에 옮겨 담는다. 작업복을 들추고 겨드랑이 밑에 숨겨 가지고 나가면 들킬 염려가 없다.

쟁반은 다른 반에 넘겨주었다. 파블로는 곱빼기로 담은 국그릇 앞에, 그리고 슈호프는 두 개의 국그릇 앞에 각각 자리를 잡는다. 그 이상 두 사람 사이에는 한 마디의 대화도 오가지 않는다. 침묵의 순간이 다가온 것이다.

슈호프도 모자를 벗어서 무릎 위에 올려놓는다. 한쪽 국그릇 속의 건더기를 수저로 확인하고, 계속해서 또 하나의 국그릇도 확인한다. 웬만큼은 들어 있다. 생선도 보이는 것 같다. 대체로 저녁에 나오는 국은 아침에 비해 훨씬 멀겋기 마련이다. 아침밥을 먹이지 않으면 죄수들을 부려먹을 수가 없기 때문이다. 그러나 저녁을 제대로 먹이지 않았다고 해서 죄수들이 잠을 못 잘 리가 없을 테니 말이다.

그는 먹기 시작했다. 우선 한쪽 국그릇의 국물만을 단숨에 들이켠다. 뜨끈한 국물이 목구멍을 지나 전신에 퍼지자, 오장육부가 국물을 반기며 요동을 친다. 살 것 같다! 바로 이 순간을 위해서 죄수들은 살고 있는 것이다.

적어도 지금의 슈호프는 그 어느 것에 대해서도 불만을 느끼지 않는다. 기나긴 형기에 대해서도, 기나긴 하루에 대해서도, 또다시 일요일을 빼앗긴다는 우울한 소식에 대해서도. 지금 그의 머릿속을 사로잡고 있는 것은 오직 한 가지, 어떻게 해서든지 살아보자는 생각뿐이다. 하느님의 은총으로 이 모든 것이 끝날 때까지 무슨 수를 써서라도 살아남아야 한다!

두 개의 국그릇에서 뜨끈한 국물만을 마시고, 그는 두 번째 국그릇의 건더기를 첫 번째 그릇으로 옮겼다. 옮겨 붓고 나서, 그릇을 손으로 털고 다시 수저로 긁어낸다. 이제야 웬만큼 마음이 놓인 셈이다. 두 번째 그릇이 마음에 걸려서, 시종 곁눈으로 흘끔흘끔 바라볼 필요도 없고 한 손으로 국그릇을 감싸안을 필요도 없다.

한눈을 팔 수 있는 여유가 생겼으므로, 옆에 앉은 사내의 국그릇을 넘겨다본다. 왼쪽 친구의 것은 거의 국물뿐이다. 살모사 같은 녀석들, 누구나 죄수이기는 마찬가진데 저렇게까지 차별을 하다니!

슈호프는 국물 찌꺼기와 함께 이번에는 양배추를 먹기 시작한다. 감자는 두 그릇 중, 체자리의 국그릇에만 한 개 들어 있을 뿐이었다. 잘지도 굵지도 않은데다 물론 얼어서 상한 것이다. 흐물흐물한 게 어쩐지 달짝지근하다. 생선은 거의 없고 가끔 살이 빠진 가시가 눈에 띌 정도였다. 그러나 생선 가시와 지느러미는 씹고 또 씹어서, 속속들이 국물을 빨아먹지 않으면 안 된다. 가시 속의 국물은 가장 영양분이 많다. 이 것을 깨끗이 먹어치우는 데는 물론 시간이 필요하다. 그러나 지금의 슈호프는 별로 서둘러야 할 필요성을 느끼지 않는다. 오늘은 그에게 있어서 명절과도 같은 날이다. 점심도 곱빼기, 저녁도 곱빼기. 이런 용무 때문이라면, 다른 용무를 뒤로 돌리더라도 전혀 아쉬울 것이 없다.

다만 라트비아인한테 가서 담배만은 꼭 사 두고 싶었다. 아침까지는 담배를 구할 수 있다는 보장이 없기 때문이다.

슈호프는 저녁 식사를 끝냈다. 그러나 빵은 먹지 않았다. 국을 곱빼기로 먹어치우고, 게다가 빵까지 먹는다는 건 복에 겨운 일이다. 빵은 내일 몫으로 돌리자. 인간의 배는 은혜를 모른다. 어제의 은혜 같은 건 깨끗하게 잊어버리고, 내일이면 또다시 시끄럽게 졸라댈 것이다.

슈호프는 자기 국을 거의 다 먹어 가고 있었으나, 주위의 모습에 별로 눈을 돌리려고는 하지 않았다. 정당한 자기 몫을 먹고 있는 그로서는, 또 한 그릇을 바랄 필요가 없었기 때문이다. 그러나 어쨌든 자기 건너편에 자리가 비고, 거기에 키가 큰 노인 U—81호가 와서 앉은 것만은 놓치지 않았다. 슈호프는 이 노인이 64반 소속이라는 것을 알고 있었다. 아까 소포인계소에 줄을 지어 있었을 때, 104반 대신에 '사회주의 단지'로 돌려진 것은 64반이라는 것을 언뜻 들은 적이 있다. 하루 종일 바람을 피할 장소도 없는 허허벌판에서 자기 자신을 에워쌀 철조망을 치고 돌아온 것이 틀림없다.

슈호프가 이 노인에 대해서 알고 있는 것은 다음과 같았다. 그가 수용소와 감옥에 얼마나 오래 있었는지, 이젠 셀 수조차 없다. 게다가 그동안에 단 한 번도 특사(特赦)의 혜택을 누려본 적이 없다. 10년의 형기가 끝나면 또다시 어느새 새로운 형기가 추가된다는 것이었다.

지금 슈호프는 처음으로 그를 가까이서 마주볼 기회를 가졌다. 수용소 내의 대부분의 죄수들이 고양이 등처럼 구부정하니 등을 구부리고 있는 데 반해서, 유독 이 노인만은 언제나 등을 곧추세우고 있다. 식탁에 앉아 있는 모습을 보니 걸상 위에 무언가를 괴고 앉아 있는 것 같다. 머리는 이미 다 벗겨져서 이발할 필요가 없어진 지도 벌써 오래다. 지나치게 좋은 수용소 생활로 해서 머리카락이 몽땅 빠지고 만 것이다. 그의 눈은 식당 안에서 일어나고 있는 모든 일에 대해선 전혀 관심이 없다는 듯, 슈호프의 머리 너머로 허공의 한 점만을 응시하고 있다. 그는 끝이 닳아 떨어진 나무 수저로 건더기가 없는 국물을 단정히 떠서 마신다. 다른 죄수들처럼 얼굴을 국그릇에 처박으려 하지도 않고, 수저를 높이 쳐들어 입으로 날라간다. 이는 아래위 하나도 없다. 뼈처럼 굳어진 잇몸으로 그 굳은 빵을 씹고 있다.

그의 얼굴에서는 핏기라곤 하나도 찾아볼 수가 없다. 그럼에도 불구하고 그의 얼굴은 병자처럼 연약해 보이지는 않는다. 오히려 산에서 파낸 바위처럼 단단하고 거뭇거뭇했다. 쩍쩍 금이 간 그의 크고 검은 손은, 그가 걸어온 수십 년 동안의 감옥살이를 통해, 거의 경노동 같은 일에는 혜택을 받아 보지 못했다는 것을 증명해주고 있었다. 그러나 그는 조금도 굽힐 줄을 모른다. 어떤 종류의 타협도 용납하려 하지 않는다. 300그램의 빵만 하더라도, 다른 죄수들처럼 국물에 더러워진 식탁에 선뜻 내려놓으려 하지 않고, 깨끗이 세탁한 천조각을 깔고 그 위에 올려놓는 것이다.

그러나 슈호프는, 언제까지나 노인이 얼굴만을 바라보고 있을 수는 없었다. 국을 나 들이켜고 수저를 훑아 빙한 강화에 찔러 넣은 다음 슈호프는 모자를 눈썹까지 푹 눌러쓰고, 자기 빵과 체자리의 빵을 집어들고 밖으로 나갔다.

식당의 출구는 다른 방향으로 나 있었다. 거기에도 두 사람의 당번이 서 있다. 문고리를 열어 사람을 통과시키고, 다시 고리쇠를 잠그는 것이 그들의 일이다.

슈호프는 뱃속이 든든함을 느끼며 흡족한 기분으로 밖으로 나왔다. 어느새 취침신호가 가까웠지만, 어쨌든 그는 라트비아인한테 달려가 보기로 결심한다. 자기 바라크인 9호 막사에 빵을 갖다 놓을 생각도 않고. 그는 황급히 7호 막사로 달려간다.

달은 이미 하늘 높이 떠있었다. 밤하늘에 부조(浮彫)된 듯 선명한 윤곽을 보이며 투명한 은빛으로 빛나고 있다. 빛이 강한 별들만이 여기저기서 반짝인다. 그러나 슈호프에게는 하늘을 마음껏 바라볼 여유조차 없었다. 다만, 추위가 쉽게 가라앉을 것 같지 않다고 생각했을 뿐이다. 자유인의 말을 빌린다면, 라디오의 기상 예보는 밤에는 영하 30도, 아침녘에는 영하 40도까지 내려갈 것이라고 했다는 것이다.

귀를 기울여 보니, 아련히 들려 오는 소리가 있다. 어느 마을에선지 트랙터의 모터 소리가 으르렁거리고, 한쪽 길에서는 굴착기가 금속성 소리를 내고 있다. 수용소 구내에서는 방한화들이 삐걱거리고 있었다. 걸어가는 자도 있고 뛰어가는 자도 있다.

바람은 잠잠하다.

오늘도 슈호프는, 한 컵에 1루블이라는 전과 다름없는 시세로 쌈지 담배를 살 생각이었다. 속세에서는 같은 한 컵에 3루블, 아니 물건에 따라서는 좀더 시세가 달라질 때가 있지만, 특수범 수용소 내에서의 물건값은, 다른 어느 곳과도 달라서 독특한 것이었다. 그도 그럴 것이 여기서는 돈을 저축해 둘 수가 없다. 죄수들이 가지고 있는 돈은 불과 몇 푼 안 되기 때문에 그만큼 가치가 높은 것이다.

이 수용소에서는 작업에 대해서 1코페이카도 지불하고 있지 않았다. 우스치 이지마에서는 한 달에 고작해야 30루블씩이기는 했으나, 그래도 한 번도 거르지 않고 지불해 주었다. 가족으로부터 우편으로 돈이 송금되어도, 그 돈은 직접 본인 손에 넘어가는 게 아니고, 개인 명의로 예금을 시키게 마련이다. 이 개인 예금은 한 달에 한 번씩, 매점에서 비누며, 곰팡이가 슨 비스킷이며, '프리마' 표 궐련을 살 때 사용할 수 있다. 그러나 물건이 마음에 들건 안 들건, 신청서에 기입한 양만큼을 사지 않으면 안 된다. 일단 신청서에 기입하면 돈은 자동적으로 예금 통장에서 빠져나가게 되어 있다.

슈호프에게 돈이 생길 수 있는 곳은 부업 외에는 없었다. 헝겊은 저쪽에서 벗겨져 오고, 신발을 기워 주는 데만 2루블. 조끼를 기워 주는 건 가격이 정해져 있지 않아 교섭 여하에 따라 금액이 결정된다.

7호 막사는 9호 막사와 달라서 통로를 가운데 끼고 두 부분으로 나누어져 있지 않았다.

7호 막사에는 긴 복도가 있고, 열 개의 방문이 복도에 면해 있었다. 한 반에 한 방씩 할당되고 일곱 대씩 계단식 침대가 나열되어 있다. 그밖에 한 개의 복도의 막사장실이 붙어 있다. 그리고 화공들도 별실들을 가지고 있었다.

슈호프는 라트비아인의 방으로 들어갔다. 라트비아인은 아래층 침상에 드러누워 발을 횡목에 얹은 채 옆의 친구와 라트비아어로 무슨 말인가를 하고 있었다.

슈호프는 라트비아인 옆에 가서 앉는다. 별일 없었나? 하고 인사를 한다. 그래, 어떤가 자넨? 라트비아인은 발을 횡목에 얹은 채 인사를 받는다. 방이 작으므로 반원들이 모두 귀를 기울이고 있다. 어떤 놈이야? 뭣하러 왔어? 두 사람 다 그 정도는 짐작하고 있었다. 슈호프도 이에 용건을 말하려 들지는 않는다. 자리에 앉은 채, 어때 재미는? 뭐 그렇지. 오늘은 춥군, 정말 추운데. 하는 대화들을 주고받는다.

슈호프는 반원들이 다시 지껄이기를 기다렸다. 한국전쟁을 둘러싸고 의견이 분분해 있었다. 중공이 개입한 것은 다음과 같은 이유 때문이야. 그럼 드디어 세계전쟁이로구나, 아니 그렇지는 않을 거야.

이윽고 슈호프는 눈치를 봐서, 라트비아인 쪽으로 허리를 굽혔다.

「담배 있나?」

「있어.」

「볼 수 있겠나?」

라트비아인은 횡목에서 발을 통로로 내려놓고 몸을 일으켰다. 이 라트비아인은 구두쇠로 유명하다. 컵에 담배를 넣을 때, 한 대 분이라도 더 들어갈까 봐 바들바들 떤다.

그는 담배통을 꺼내서 슈호프에게 뚜껑을 열어 보인다.

슈호프는 담배를 조금 손에 집어들었다. 전번 것과 다름없는 품질이라는 것을 금방 알 수 있었다. 그 누르스름한 빛이며, 썬 모양도 똑같았다.

코끝으로 가져다가 냄새를 맡아본다. 확실히 틀림없다. 그러나 라트비아인에게는 「어쩐지 다른 것 같은데.」라고 말한다.

「다를 리가 있나! 바로 그건데!」 라트비아인은 버럭 화를 낸다. 「난 다른 담배라곤 가져 본 적도 없어. 언제나 같은 것뿐이야.」

「그래, 좋아.」 슈호프는 더 이상 다투고 싶지도 않았다. 「자, 한 컵 눌러 담게. 한 대 피워 보고 좋으면 한 컵 더 살지도 모르니까.」

슈호프가 새삼스레 '눌러 담게' 라고 강조한 것은, 라트비아인이 언제나 살짝 눈가림식으로 담아 주기 때문이다.

라트비아인은 베개 밑에서 조금 전보다도 둥근 느낌을 주는 또 하나의 담배통을 꺼내고, 선반에서 컵을 내린다. 컵은 사기로 만든 것이지만, 슈호프의 눈짐작에 의하면 유리컵의 크기와 다를 것이 없다.

담배를 넣는다.

「눌러 담게, 눌러 담아!」 슈호프는 말로만 하지 않고, 저도 모르게 손가락으로 담배를 누른다.

「왜 이래!」라트비아인은 컵을 낚아채서는 자기가 누른다. 물론, 훨씬 가볍게 살살 누른다. 그리고는 그 위에 또 넣는다.

그러는 동안 슈호프는 방한복 끈을 풀어서, 솜 속에 자기만이 알게 넣어 둔 지폐를 찾는다. 그리고 두 손가락으로 솜에다 지폐를 누르면서 실밥이 터진 조그만 구멍 쪽으로 밀고 나간다. 지폐를 감추었던 장소하곤 아주 정반대 쪽에 나 있는 구멍이, 두 가닥 실로 살짝 꿰매져 있다. 슈호프는 그 구멍 가까이까지 지폐를 밀고 가서는 손톱으로 실을 뜯고, 지폐를 다시 한 번 세로로 접는다(그렇지 않아도 제법 길쭉하게 접혀 있는 지폐였지만). 드디어 구멍으로 잡아맨다. 2루블짜리 지폐다. 워낙 낡은 지폐가 돼서 바스락 소리를 낸다.

「너희들은 수염난 늙다리(스탈린을 가리킴―옮긴이)의 온정을 바라는 거냐! 그 녀석은 말이야, 친형제까지도 의심을 한단 말이야. 하물며 어디서 굴러다니던 개뼈다귀인지도 모를 너희들 같은 건 안중에도 없다는 걸 알아야 해!」

특수범 수용소에는 좋은 점이 한 가지 있다. 마음대로 울분을 터뜨릴 자유가 있는 것이다. 우스치 이지마에서는, '소련에는 성냥이 부족하대'라고 속삭였다는 것만으로, 영창에 들어가서 10년형의 연장형을 선고받았다.

그러나 여기서는 위층의 침상에서 마음대로 큰 소리로 외쳐 대도 밀고자에게 고발당할 염려가 없다. 그리고 보안부에서도 트집잡으려 하지 않는다.

그러나 여기서는 말을 오래 할 시간적 여유가 없다…….

「야, 굉장히 알뜰하게도 담았군.」하고 슈호프는 불평을 한다.

「그럼 좀 더 주지!」 컵 위에 조금 더 올려놓는다.

슈호프는 안주머니에서 담배통을 꺼내서 컵에 있던 담배를 옮겨 담는다.

「좋아, 한 컵 더 주게.」 슈호프는 대뜸 이렇게 말했다. 귀중한 첫 대를 성급한 마음으로 빨고 싶지는 않았던 것이다.

다시 실랑이가 있은 후, 슈호프는 두 번째 컵의 담배를 담배통에 옮겨 넣고 2루블을 지불한 다음, 라트비아인에게 인사를 하고 일어섰다.

밖으로 나오자, 다시 막사까지 있는 힘을 다해 달려간다. 체자리가 소포를 가지고 돌아오는 순간을 놓치고 싶지 않았기 때문이다.

그러나 체자리는 벌써 아래층 침상에 들어가 누워, 기쁨에 싸인 눈으로 소포를 바라보고 있었다.

침대 위와 선반 위에는 소포로 온 물건들이 잔뜩 널려져 있었다. 그러나 위층 슈호프의 침상이 전등 빛을 방해하고 있어서, 그 안은 어둠컴컴했다.

슈호프는 몸을 수그리고, 중령의 침대와 체자리의 침대 사이로 들어가서, 저녁 식사 때 받은 빵을 체자리에게 내민다.

「빵 여기 있습니다. 체자리 마르코비치.」

그는 '소포를 받았습니까?' 라고는 아예 물어 보지도 않았다. 그렇게 말하면, 줄에 서 준 대가라도 달라는 듯이 들릴 것이기 때문이다. 물론, 그는 그것을 당연한 권리라고 생각하고 있었다. 그러나 슈호프는 죄수로 8년을 보낸 지금이지만, 그래도 아직은 추잡한 불평꾼으로까지는 타락하지 않았다. 아니, 시간이 가면 갈수록 그는 더욱더 의지가 굳어져 가는 것이다.

그러나 그런 강한 의지를 가진 그도, 자기 눈을 의지의 명령하에 놓아둘 수는 없었다. 그의 눈, 수용소 죄수들만이 가지는 특유의 독수리 같이 민첩한 그 눈은, 순식간에 침대와 선반에 놓인 체자리의 소포 위를 지나서, 무엇 하나 놓치려 하지 않았다.

종이꾸러미는 아직 풀어 보지도 않았고, 몇 개의 자루는 아직 손도 대지 않은 채 놓여 있었다. 그러나 슈호프는 그 독수리 같은 눈초리와 그의 상상력을 뒷받침해 주는 후각만으로, 이미 체자리가 무엇을 받았는가를 짐작하고 있었다. 소시지, 연유(煉乳), 훈제된 생선, 소금에 절인 베이컨, 향기로운 건빵, 조금 냄새가 이상한 비스킷, 굳은 설탕덩어리가 2킬로그램 가량, 그 밖에도 크림이며 궐련, 쌈지담배 등 아니, 이것이 전부가 아니다.

'빵 여기 있습니다, 체자리 마르코비치.' 하고 말을 건 그 순간, 그는 재빨리 이 모든 것을 알아내고 만 것이다.

체자리는 마치 흡족하게 취하기라도 한 듯, 시종 싱글벙글 미소를 띠고 있을 뿐(식량소포를 받은 사람은 누구든지 이렇게 되지만), 빵 같은 것은 안중에도 없는 것이다.

「드리지요, 이반 데니소비치!」

국 한 그릇에 빵 200그램. 이것은 이미 완전한 1인분 식사였다. 그리고 물론, 체자리의 소포에 대해서 슈호프가 요구할 수 있는 당연한 대가도 완벽하게 충족된 셈이다.

슈호프는, 체자리가 벌여 놓은 음식에서 더 이상 바라지 않기로 깨끗이 단념하고 말았다. 떡 줄 사람은 생각지도 않는데 김칫국부터 마시는 것처럼 바보짓은 없다.

지금 그의 손에는 400그램의 빵과 200그램의 빵이 있다. 매트리스 안의 빵도 200그램은 될 것이다. 더 이상 욕심내지 말자! 200그램은 지금 처치하기로 하자. 그리고 내일 아침엔 배급받는 것 이외에 200그램을 더 먹기로 하자, 그야말로 호화판이다! 매트리스 안의 빵은 당분간 그대로 놔두기로 하자. 그건 그렇고, 아침에 꿰매 둘 여유가 있었다는 것이 무엇보다도 행운이었던 것이다. 75반에서는 선반에 넣어 두었다가 몽땅 털리고 말았다지 않는가. 일단 도둑맞으면 하소연할 데라곤 아무데도 없는 것이다.

이런 생각을 하는 사람도 있을는지 모른다. 소포 수령자란 가득 찬 식량자루와 다름없어서, 아무리 뜯어도 자리가 안 난다고. 그러나 공을 들이지 않고 쉽게 얻은 것은, 역시 나갈 때도 쉽게 나가게 마련이다. 하긴 그들 자신도 소포를 받기 전에는, 어떻게 하면 한 그릇의 죽이라도 더 많이 얻어먹을 수 있을까 해서 기회를 노리기도 하고, 담배꽁초에 눈독을 들이지 않았던가!

간수와 반장은 말할 것도 없고, 소포인계소의 사무원들에게도 거기에 합당한 사례를 해야만 한다. 자칫 눈에 벗어나는 날이면, 다음 소포가 왔을 때 질질 시간을 끌어서 1주일이나 명부에 이름이 나붙지 않을 가능성도 있는 것이다.

사물보관소의 보관계에겐 어떤가? 그에겐 모든 죄수들이 식량을 맡긴다. 체자리 자신도 내일 작업도 나가기 전에 소포를 분류하여 자루에 넣어서 그에게 맡기지 않으면 안 된다(도둑을 맡거나 검사에게 몰수당하지 않으려면 이 방법밖에는 없는 것이다. 이것은 당국의 명령이기도 하다). 그에게도 충분히 쥐어 주지 않으면 안 된다. 맡겨진 물품이 어떻게 될지 모르기 때문이다. 하물며 하루 종일 남의 식량 속에 파묻혀 있는 쥐새끼들이고 보니, 무슨 일을 할지 누가 상상이라도 할 수 있겠는가!

그리고 여러 가지 심부름을 해 주는 친구들, 예를 들어 슈호프에게는, 그리고 될 수 있는 대로 신표 내의를 지급받기 위해서는 보급계 당번에게도 얼마간 쥐어 줘야 한다. 이발사만 해도, 면도칼이 제대로 종이로 닦이기를 원한다면(대개는 무릎에 문질러 버린다), 더도 말고 궐련 서너댓 개비는 쥐여 줘야 한다.

아직 더 있다. 문화 교육부의 계원, 그에게는 별도로 편지 관리를 부탁해서 잃어버리지 않게 해 두어야 한다. 그리고 게으름을 피워서 하루 종일 구내에 자빠져 있고 싶다면, 의사에게도 역시 뇌물이 필요하다. 그럼, 한 선반을 사용하고 있는 이웃 친구——체자리의 경우엔 부이노프스키 중령—— 에게는 어떤가? 이쪽이 무엇을 입에 넣고 있는 처지고 보니 웬만한 철면피가 아니고서는 그냥 넘어갈 수가 없다.

무턱대고 남의 것을 탐내는 자는 탐내도 좋다. 그러나 슈호프는 생활이라는 걸 충분히 납득하고 있었다. 남의 국그릇에 침을 흘리는 졸장부들하곤 아예 종류가 다른 것이다.

그러는 사이에 그는 신발을 벗고, 위층 자기 침상으로 올라갔다. 장갑에서 줄칼 조각을 꺼내서, 잠깐 동안 물끄러미 바라보고는 이런 생각을 한다.

'내일 적당한 돌을 찾아 와서, 이 줄칼을 구두 수선용 칼로 갈도록 하자. 아침저녁으로 나흘만 갈면 끝이 굽은 멋진 칼이 될 게다.'

하지만 지금 당장은 비록 내일 아침까지 만이라도, 줄칼을 어딘가에 감춰 두어야만 한다. 칸막이 판자의 틈에라도 감추어 둘까. 마침 아래 침상에 중령이 없으니 그의 얼굴에 먼지가 떨어질 걱정은 하지 않아도 된다.

슈호프는 대팻밥대신 톱밥이 든 무거운 매트리스를 접어 올리고, 줄칼을 숨기기 시작한다. 위층 침상의 이웃인 알료샤와, 통로 맞은편의 에스토니아인 두 사람이 슈호프를 보고 있었다. 그러나 슈호프는 그들을 경계할 필요는 없다.

페추코프가 훌쩍훌쩍 울면서 막사로 돌아왔다. 구부정하니 등을 굽히고, 입가에 피가 말라붙어 있다. 아마 또 국그릇 때문에 몰매를 맞고 돌아오는 모양이다. 누구의 얼굴도 바라보려 하지 않고, 얼굴의 눈물을 그대로 드러내 보이면서, 반원들 사이를 지나 위층 자기 침상으로 올라가더니 매트리스에다 얼굴을 파묻고 만다.

생각해 보면 그놈도 불쌍한 사내다. 아무래도 형기를 마칠 때까지 살아 남을 것 같진 않다. 자기 자신이 어떻게 처신해야 할지 모르는 인간인 것이다.

이때 중령이 나타났다. 사뭇 기쁘다는 듯한 표정으로, 특별히 끓인 차를 냄비에 담아 들고 들어왔다. 막사에는 차를 담아 두는 통이 두 개

놓여 있다. 그러나 그것은 이름뿐, 미적지근하고 누르스름한 빛이 돌긴 하지만 도저히 마실 수는 없다. 썩은 물통 냄새가 코를 진동한다. 바로 이것이 일반 죄수용 차라는 것이다. 그러나 부이노프스키는 체자리한 테서 진짜 차를 한 줌 얻어서, 냄비에 넣어 차 끓이는 곳까지 한걸음에 달려갔다 온 것이 분명하다. 그는 싱글벙글 웃는 얼굴로 아래층 선반 위에 냄비를 놓는다.

「물이 어찌나 뜨거운지 손을 델 뻔했어요!」하고 부이노프스키는 자랑삼아 말한다.

아래서는 방금 체자리가 종이를 펼쳐 놓고 그 위에 물건을 하나 둘 펼쳐 놓고 있는 중이었다. 슈호프는 매트리스를 제자리에 깔았다. 될 수 있는 대로 아래층은 내려다보지 않기로 한다. 기분을 혼란시키고 싶지 않았기 때문이다. 그러나 아래서는 또다시 슈호프의 도움이 필요하게 된 것 같았다. 체자리가 통로에 나와서 슈호프에게 눈을 깜박여 보인다.

「데니소비치! 저……영창 십 일 좀 빌려주십시오!」

'영창 10일' 이라는 건, 접었다 폈다 할 수 있는 조그만 칼을 말하는 것이다. 슈호프는 그런 손 칼까지 판자 뒤에 숨겨 놓고 있었다. 손가락 반 정도의 길이밖에 안 되는 칼이지만, 그 위력은 상당하다. 손가락 다섯 개 두께의 베이컨이라도 썩썩 나간다. 이 칼도 슈호프가 직접 조립하고 갈아서 만든 것이다.

슈호프는 부스럭부스럭 칼을 꺼내서 체자리에게 건네준다. 체자리는 머리를 끄덕이고 침상으로 들어간다.

이 손 칼 하나만 해도, 슈호프로서는 훌륭한 밑천이었다.

손칼을 가지고 있다는 것을 들키는 날이면 영창 신세는 틀림없는 일이다. 그래서 완전히 인간적 양심을 잃어버린 사람이 아닌 이상 이렇게 뻔뻔스럽게 나올 수는 없다. '칼 좀 빌려주지 않겠소? 소시지를 자르려는데 미안하지만, 당신은 구경이나 하시오.'

그러니까 체자리는 다시금 슈호프에게 신세를 진 셈이다.

빵과 나이프를 처리한 다음, 곧 이어 슈호프는 담배통을 꺼내 본다. 그리고 낮에 빌려 핀 양만큼 담배를 덜어내서, 통로 맞은편의 에스토니아인에게 손을 내민다. 고맙소.

에스토니아인은 빙긋 미소를 띠고는 옆에 있는 단짝에게 뭐라고 말을 건넨다.

그리고는, 받아 쥔 담배만으로 한 대의 담배를 말았다. 슈호프의 담배품질을 맛보자는 뜻에서다.

너희들 것보다 조금은 나을 거야, 실컷 맛보게! 슈호프 자신도 한 대 피우고 싶은 마음이 간절했다. 그러나 배꼽시계에 의하면, 조금 있으면 점호 시간이었다.

지금쯤 간수들은 각자의 담당막사를 향해 출발하기 시작했으리라. 담배를 피우려면 지금이라도 곧 복도로 나가지 않으면 안 된다. 그러나 슈호프는 자기 침상의 따뜻한 이불 속을 떠나고 싶지 않았다. 막사 안이라 해서 결코 따스한 것은 아니니까.

천장에는 여전히 성에가 끼어 있다. 밤이 되면 온몸이 얼어 올 것이다. 그러나 아직까지는 견딜 만하다.

슈호프는 그대로 침상에 남아서, 270그램의 빵을 지근지근 씹는다.

그의 바로 아래 침상에서는 중령과 체자리가 차를 마시며 대화를 나누고 있다. 그다지 듣고 싶지는 않지만, 들려 오는 데는 어쩔 수 없는 일이다.

「드세요, 카피탄. 사양하지 말고 어서 드십시오! 어때요, 훈제된 생선은? 소시지도 맛이 괜찮습니다.」

「고맙습니다, 먹고 있습니다.」

「바톤(길다란 러시아 빵)에 버터를 발라 드세요, 모스크바의 진짜 바톤이랍니다!」

「거, 정말 신기한 거군요, 아직도 바톤을 굽는 데가 있다니요. 갑자기 이렇게 호강을 하고 있으려니, 그전 생각이 떠오르는군요. 아르한겔리스크에 있을 때…….」

커다란 막사 안은 200명의 말소리로 웅성거렸다.

그러나 슈호프는 레일 토막을 두드리는 소리를 놓치지는 않았다. 슈호프는, 간수 쿠르노스니키('들창코' 라는 뜻—옮긴이)가 막사로 들어온 것도 재빨리 눈치챘다. 볼이 빨간, 새파랗게 젊은 놈이 종이 한 장을 손에 들고 있다. 그가 든 종잇장과 그의 행동으로 보아, 그는 담배 피우는 놈을 잡으러 온 것도 아니고, 점호로 몰아 내기 위해서 온 것도 아니다. 그는 누군가를 찾고 있는 것이 확실했다.

간수는 다시 한 번 종잇장을 확인하고 나서 이렇게 물었다.

「백사 반은 어딘가?」

「여깁니다.」하고 대답한다. 에스토니아인 두 친구는 허겁지겁 담배를 감추고 황급히 연기를 흩트러뜨린다.

「반장은 어디 있어?」

「여기 있습니다. 왜 그러시죠?」 추린은 침상에서 대답하고 마루로 발을 내린다.

「시말서를 쓰라고 했는데, 어떻게 됐나?」

「지금 쓰고 있는 중입니다.」 추린은 자신있는 어조로 대답한다.

「제출해야 할 시간이 벌써 지났단 말이야.」

「우리 반엔 문맹자가 많아서 정말 일하기가 보통 힘든 게 아닙니다 (이것이 체자리와 중령을 두고 한 말이니 알 만한 일이다. 반장은 보통 사람하곤 다르다. 어떤 경우라도 말이 막힐 때가 없다). 게다가 펜도 잉크도 없으니.」

「준비해 두면 되잖아.」

「압수당하고마는 걸요.」

「이봐, 반장. 넋두리를 더 늘어놓으면 너도 무사하지는 못해!」 하고 간수는 농담조로 말했다.

「내일 아침, 집합 전에 시말서를 간수실로 가져오게! 그리고 금제품 (禁製品)은 모두 사물보관소에 맡기도록 지시할 것, 알았나!」

「알았습니다.」

'함장이 무사히 지나가는가 보다!' 슈호프는 문득 이렇게 생각했다. 한편 중령 자신은 아무것도 듣고 있지 않는지, 아래층 침상에서 소시지를 먹으며 눈물을 흘리고 있을 뿐이다.

「그건 그렇고.」

간수가 말한다.

「시에이치 삼백십일 호는 확실히 네놈의 반이었지?」

「명단을 보지 않고선…….」

하고 반장을 말끝을 흐린다.

「번호를 다 기억할 수가 있어야죠. 귀찮아서.」

반장은 지연 작전을 쓰고 있다. 이 한 밤이나마 부이노프스키를 구해 주고 싶었던 것이다. 점호까지 버티기만 하면 되는 것이다

「부이노프스키, 어디 있나?」

「예, 접니다만?」

슈호프의 침대 밑에서 중령이 얼굴을 내밀며 대답한다.

지레 겁을 먹고 달아나는 이는 언제나 먼저 덫에 걸리는 법이다.

「네놈인가? 음, 확실하구나. 시에이치 삼백십일 호. 준비해라!」

「어디로요?」

「네 자신이 잘 알 거 아냐!」

중령은 푸우 한숨을 몰아쉬고 신음소리를 냈을 뿐이다.

어두운 밤, 폭풍이 휘몰아치는 바다에서 수뢰정대(水雷艇隊)를 이끌고 나가는 데도 망설이지 않던 그였지만, 지금 친구와 흉금을 털어놓는 정다운 대화를 버리고 어둠의 독방으로 떠나가는 데는 확실히 주저하지 않을 수 없는 모양이다.

「며칠입니까?」

기어 들어가는 목소리로 묻는다.

「십 주야. 빨리 해!」

바로 이때였다. 당직당번의 외치는 소리가 들려 왔다.

「점호! 점호! 점호 집합!」

이 목소리는 점호담당 간수가 이미 막사 안에 와 있음을 의미하고 있었다.

중령은 뒤를 돌아본다. '작업복을 가져갈까? 하고 생각해 본다.

아니, 쓸데없는 짓이다. 작업복은 아무래도 압수당하게 마련이고, 방한복 차림으로 들어가게 할 테니까. 지금 이대로 가는 수밖에 없다. 중령은 볼코보이가 깜박하리라 생각하고(그러나 볼코보이는 결코 잊을 수가 없다), 아무 준비도 하고 있지 않았다. 담배를 방한복 속에 넣어둘 준비조차 하지 않고 있었다. 손에 들고 간다는 건 어리석은 짓이다. 신체검사를 할 때 빼앗기고 말 것이기 때문이다.

그래도, 그가 모자를 쓰고 있을 동안 체자리는 궐련 두 개비를 건네주었다.

「자, 여러분, 잘들 있으시오.」

중령은 넋을 잃은 표정으로 머리를 한번 끄덕여 104반 동료들에게 인사를 하고는 간수 뒤를 따라 막사를 나갔다.

몇 명의 목소리가 그를 격려한다.

「용기를 내라! 굴하지 말라!」

그 이상 또 무슨 말을 할 수 있으랴? 104반은 자기들의 손으로 영창을 세웠다. 너무도 잘 알고 있는 것이다. 감방 벽은 돌, 마루는 시멘트, 창문은 하나도 없다. 난로를 때는 것은 벽의 얼음을 녹여 마루 위에 물구멍을 만들기 위해서다. 잠자리는 판자조각.

가령 치아가 무사하면, 300그램씩의 빵이 매일 지급되고 사흘째와 엿새째, 아흐레째 되는 날에 국이 나온다.

10주야(晝夜)! 이곳 독방 영창에서의 10주야, 게다가 중영창에서 10주야를 지내고 나면, 이미 그의 건강은 평생을 두고 골골하게 되는 것이다. 십중팔구는 무서운 결핵에 걸려 다시는 병원 침대에서 벗어날 수 없게 된다.

그리고 만일 중영창에서 15주야를 채우고 나면, 그때는 이미 축축한 땅 속에 묻혀 버리고 마는 것이다.

그리고 보면 막사에서나마 지낼 수 있는 것만도 다행한 일이다. 설불리 영창 신세를 지지 않도록 조심할 수밖에 없다.

「이놈들아, 빨리 서둘러!」

막사장이 소리친다.

「지금부터 셋을 셀 때까지 나오지 않는 놈은 번호를 적어 간수님한테 넘기겠다!」

막사장 이놈은 악질 중의 악질이다. 자기 자신도 일반 죄수들과 함께 밤새도록 막사에 갇혀 있어야 하는 처지면서 무서운 줄 모르고 마치 상관처럼 어깨에 힘을 준다.

막사 안에서는 누구보다도 그를 두려워하고 있다. 죄수들을 간수한테 일러바치기도 하고 자기가 직접 때리기도 한다. 싸움을 하다가 손가락 한 개를 잘렸기 때문에 불구자 취급을 받고 있기는 하지만, 인상은 아무리 보아도 영락없는 살인범이었다. 사실 그는 살인범이었다. 다시 말해서 형사범(刑事犯)인 것이다. 다만 형법 제58조 14항이 그에게 적용

되었기 때문에 이 수용소에 수감된 것뿐이다.

공연히 어물쩡거리고 있다가는 당장 번호가 적혀 간수의 손으로 넘어간다. 그렇게 되면 경영창(輕營倉) 2일도 오히려 가벼운 처벌이다.

여느때 같으면 어슬렁어슬렁 출입문 쪽으로 걸어나가겠지만, 오늘은 전원이 한꺼번에 문으로 밀어닥쳤다. 위층 침상에 있는 죄수들도 곰처럼 쿵쿵 마룻바닥에 뛰어내려 좁은 출입문으로 몰려든다.

슈호프는 그렇게도 기다리던 담배를 이제야 겨우 한 대 말아서 입에 물려던 참이었다. 포기하고 담배를 손에 든 채 밑으로 뛰어내려 방한화에 발을 쑤셔 넣었다.

공장 문 쪽으로 달려나가려다가, 문득 체자리가 가엾다는 생각이 들었다. 체자리에게 무엇을 바라고 또 한 번 친절을 베풀려는 마음은 꿈에도 없었다. 다만 진심으로 그가 안됐다고 생각했을 뿐이다.

정말 이 체자리란 사내는 어수룩하기 짝이 없는 친구다. 어쩌면 그렇게도 사물을 판단하는 분별력이 없을까? 소포를 받았으면 그걸 펼쳐 놓고 대견스럽게 바라보고 앉아 있을 게 아니라 점호 전에 얼른 보관소에 갖다가 맡겨 놓고 봐야 할 일이 아닌가. 먹는 건 천천히 해도 늦지 않다.

그러나 지금, 이렇게 다급한 판국에 체자리는 도대체 저 소포를 어떻게 처치하자는 속셈인가? 자루를 어깨에 걸머지고 점호에 나갈 셈인가? 당치도 않은 소리다! 500명 죄수의 웃음거리가 될 뿐이다. 그러면 여기다 그냥 놔두고 나갈 생각일까? 천만에, 위험하기 짝이 없는 소리다! 점호를 끝내고 제일 먼저 들어오는 놈이, 이게 웬 떡이냐고 집어 가 버리면 그만이다. 우스치 이지마에서는 더 지독한 놈들이 있었다. 작업장에서 돌아올 때, 수용소로 먼저 달려가서는 다른 죄수들이 돌아오기 전에 선반을 깨끗이 청소해 놓기가 일쑤였다.

체자리는 허겁지겁 손을 쓰고 있는 모양이었지만, 이제는 시간이 별로 없다. 소시지와 베이컨은 방한복 속에 넣었다. 그것이야말로 점호에 가지고 나가려는 속셈인가 보다.

슈호프는 동정 어린 어조로 그에게 조언했다.

「다른 사람들이 다 밖으로 갈 때까지 기다리세요. 체자리 마르코비치. 저기 저 구석에 숨어 있으면 됩니다. 얼마 후에 간수와 당번이 순찰을 하러 와서 구석구석 들여다볼 테니 그때 밖으로 나오세요. 몸이 좋지 않아서 좀 늦게 나간다고 말이오. 내가 제일 먼저 나갔다가 먼저 들어올 테니까, 그 새 아무도 손 댈 사람은 없을 겁니다.」

이렇게 말하고 그는 서둘러 달려나간다.

처음에 슈호프는 빽빽한 군중 틈을 헤치고 나가야 했다(그러면서도 손에 든 담배만은 단단히 쥐고 있었다).

그러나 복도로 나가서 현관문 쪽으로 가까이 가자, 거기서부터는 앞길이 훤하게 트여 있었다. 꽤 약삭빠른 놈들이다. 양쪽에 각각 두 줄씩 바람벽에 거머리처럼 달라붙어, 가운데로 사람 하나가 지나갈 만한 통로를 남겨 놓고 있다.

남보다 먼저 나가서 떨고 싶은 멍청이들은 어서 나가라, 우린 여기서 눈치껏 기다리겠다. 그렇지 않아도 온종일 추위에 몸이 얼었는데, 지금 나가서 10분 동안이나 공연히 떨고 있을 만큼 우리는 미련하지가 않다.

이렇게라도 해야 네놈보다 내가 단 하루라도 더 살아남아 있을 게 아니냐!

여느날 같으면 슈호프도 그들 틈에 끼어서 벽에 들러붙어 있었을 것이다. 그러나 오늘은 현관 쪽으로 성큼성큼 걸어나간다. 아니, 그뿐만이 아니다. 이를 드러내고 그들을 비웃기까지 한다.

「왜들 여기서 웅크리고 있는 거야. 못난 것들 같으니! 시베리아의 추위를 아직 몰랐었나? 늑대들의 해님이 떠 있으니 볕이나 쬐러 나가세! 여보게, 저기 그 친구, 담뱃불 좀 빌려주게.」

슈호프는 현관문 옆에서 담배를 붙여 물고 바깥 층계로 나간다. '늑대들의 해님'이란, 그의 고향에서 쓰는 속어로 달을 가리켜 부르는 말이다.

달은 뜻밖에도 높이 떠올라 있었다. 중천까지는 2분의 1의 높이다. 엷은 초록빛을 띤 희멀건 하늘에는 별들이 듬성듬성 반짝이고 있다. 눈은 하얗게 빛나고 막사의 벽도 역시 하얗다. 외등의 불빛이 엷게 보인다.

건너편 막사 앞에도 사람들의 검은 그림자가 어른거리고 있다. 역시 점호를 받으러 나온 모양이다. 그 옆의 막사 앞에도 마찬가지다. 그러나 어느 막사에도 사람들의 목소리는 별로 들려 오지 않는다.

눈을 밟는 발소리만이 유난히도 크게 들릴 뿐이다.

다섯 명이 계단을 내려가서 현관 쪽을 향해 한 줄로 섰다. 그 뒤를 이어 세 명이 내려가서 둘째 줄에 선다. 둘째 줄의 세 명 중에는 슈호프도 끼어 있다. 빵을 씹든가 담배를 입에 물고 있으면, 여기 서 있어도 그다지 추운 것은 느끼지 못한다.

좋은 담배다. 라트비아인의 말은 사실이었다. 알맞게 독한데다가 향기 또한 더할 나위 없이 그윽하다.

현관에서 띄엄띄엄 사람들이 나온다.

슈호프 뒤에도 벌써 두서너 줄이나 늘어섰다. 먼저 나온 사람들은 모두 구부정하게 몸을 숙이고 있다. 복도에 들러 붙어 있는 친구들은 여태 뭘 하고 있는 걸까? 놈들 때문에 우리가 얼어죽을 수는 없다.

죄수 중에 시계를 보는 사람은 아무도 없다. 하기는 볼 필요도 없다.

다만 죄수들은 기상 시간까지, 집합 시간까지, 점심 시간까지, 취침 시간까지, '몇 분'이 남았느냐가 아니라 '얼마나' 남았느냐 하는 것을 알고 있으면 된다.

그럼에도 불구하고 일석 점호는 9시에 하는 것으로 되어 있다. 물론 점호가 7시에 끝난 적은 한 번도 없다. 두 번, 아니 때로는 세 번씩이나 인원 점검이 반복된다. 잠자리에 들어가는 것은 빨라야 10시. 그리고 기상은 5시다.

오늘 공사장에서 물다비아인이 작업 끝 신호도 모르고 그냥 잠들어 버린 것도 결코 어제오늘 일만은 아니다. 죄수들은 몸만 따뜻해지면 아무 데서나 금세 잠들어 버린다. 1주일 동안 계속해서 수면이 부족하기 때문이다.

그래서 작업에 끌려나가지 않는 일요일에는, 어느 막사를 막론하고 일어나 있는 죄수는 하나도 없다.

「이놈들아, 빨리 가! 어서 계단 밑으로 내려가지 못해?」

216

막사장과 간수가 죄수들의 엉덩이를 걷어찬다. 정말 어쩔 수 없는 족속들이다!

「뭘 하고 있는 거야!」

앞줄에 서 있는 죄수들도 덩달아 고함친다.

「똥을 싸고 있는 거냐, 똥으로 크림을 만들고 있는 거냐? 빨리 빨리 서두르면 서로 좋잖아?」

막사의 죄수 전원이 밖으로 나왔다. 막사 하나에 400명, 다섯 명씩 서면 80열이다. 나중에 나온 죄수는 뒤에 가서 선다. 앞에는 다섯 명씩 제대로 서 있지만 뒤로 가면 엉망이다.

「후미! 줄을 맞춰라!」

계단 위에서 막사장이 외친다.

그 말썽꾸러기들이 정렬을 할 리가 없다!

현관문에서 체자리가 나왔다. 일부러 환자인 체하고 몸을 움츠리고 있다. 그 뒤를 막사당번 네 명과 절름발이 한 사람이 나온다. 그들이 맨 앞에 섰기 때문에 슈호프가 선 줄은 셋째 줄이 되었다. 체자리는 맨 뒤로 쫓겨갔다.

간수도 계단 위에 나타났다.

「오열로 정렬!」

후미에 대고 고함친다. 상당히 큰 목소리다.

「오열로 정렬!」

막사장도 소리 지른다. 이건 더욱 큰 소리다.

개자식들, 아직도 줄을 맞추지 않는다고.

막사장은 맹렬한 기세로 계단을 뛰어내려 곧장 뒤로 달려가더니 고래고래 소리를 지르며 죄수들의 잔등을 마구 후려갈긴다. 그러나 얻어맞은 것은 열중에 점잖게 서 있던 친구들뿐이었다.

막사장은 정렬을 끝내고 다시 계단 위로 올라왔다.

그리고 간수와 소리를 합하여 「일렬! 이열! 삼열!」하고 소리친다.

한 줄씩 층계를 올라 쏜살같이 막사 안으로 달려들어간다. 오늘은 이것으로 일단 높은 양반들하고의 인언도 끝장이 나는 것이다.

아니, 아직도 확실히 알 수 없는 일이다. 점호를 또 한 번 실시할지도 모르기 때문이다.

그건 그렇고, 저 머저리 같은 놈들이 인원수 파악하는 걸 보면, 머리가 좀 모자라서 그런지 시골 목동들만도 못하다. 학교 문 앞에도 가보지 못한 목동들도, 자기가 맡은 송아지의 수가 맞나 안 맞나 하는 것쯤은 언제나 꿰뚫고 있는 것이다. 그런데 저놈들은 매일같이 하는 일인데도 좀처럼 나아지는 것 같지가 않다.

작년 겨울에 이 수용소에는 방한화 건조대의 설비가 전혀 되어 있지 않았다. 죄수들의 신발은 밤중에도 막사 안에 그냥 놓여 있었다. 그래서 두 번, 세 번, 네 번까지라도 인원 점검을 위해 죄수들을 밖으로 끌어 낼 수 있었다. 나중에는 옷을 입기도 귀찮아 담요를 뒤집어쓰고 밖에 나간 적도 있었다.

금년부터는 건조대 설비가 갖추어졌다. 죄수 전원의 신발을 한꺼번에 다 말릴 수는 없었지만, 사흘에 한 번씩 각 작업반이 교대로 이용할 수 있게 되었다. 그래서 금년부터는 두 번째부터의 인원 점검은 실내에서 실시되고 있다. 한쪽 방의 죄수들은 한방에 몰아넣고 인원이 확인된 죄수들을 빈방으로 들어보내는 방법으로 인원을 점검하는 것이다.

슈호프는 막사로 뛰어들어갔다. 제1착으로 들어가지는 못했지만, 자기보다 먼저 들어간 친구들에게서 한시도 눈을 떼지 않고, 곧장 체자리의 침대로 뛰어갔다. 침대에 걸터앉아 방한화를 벗어 가지고 난로 옆의 침상에 기어올라가서 그것을 달아매 놓았다. 여기다 신발을 달아매는 것은 먼저 들어오는 죄수의 특권에 속한다. 그리고 나서 다시 체자리의 침대로 돌아간다. 침대 위에 걸터앉아 다리를 꼬부리고, 한쪽 눈으로 베개 밑에 있는 체자리의 식량자루를 감시하고, 다른 한쪽 눈으로는 난로 옆에 모여든 죄수들이 자기의 방한화를 옆으로 밀어 내지 않는가 지켜본다.

「야, 야!」

역시 한번 큰소리를 쳐야만 할 모양이다.

「거기 그 빨강머리! 방한화 짝으로 얼굴을 한 대 얻어맞고 싶으냐? 네 것을 달아매는 건 좋지만 남의 신발에 손을 대지 말란 말이다!」

죄수들은 연이어 막사 안으로 뛰어들어왔다. 20반에서 누가 소리치고 있다.

「신발들을 내주게!」

건조대로 방한화를 운반해 가는 죄수들이 밖으로 나간 다음 막사 문이 잠겨진다.

얼마 후에 건조대에 갔던 친구들이 헐레벌떡 달려온다.

「간수님! 문 열어 줘요!」

그러나 간수들은 이미 본부에 결합하여 제각기 인원 점검판을 앞에 놓고 인원수를 점검하기에 여념이 없다. 탈주자는 없었는가? 전원 인원수는 맞는가?

하지만 슈호프로서는 하등 상관할 바가 아니다.

이윽고 체자리도 침상 그림자 속을 지나 자기 침대에 돌아왔다.

「고맙소, 이반 데니소비치!」

슈호프는 고개를 한번 끄덕여 보이고는, 다람쥐처럼 날쌔게 위층의 자기 잠자리로 기어들었다. 이제는 200그램짜리 나머지 빵을 먹어도 좋고, 담배를 한 대 피워도 좋고, 그대로 잠을 자도 좋다. 그러나 오늘 하루 동안 모든 일이 너무나 순조로웠기 때문에, 어쩐지 마음이 들떠서 자고 싶은 생각도 안 난다.

취침 준비라고 해 봐야 별로 준비할 건 없다. 슈호프는 때문은 담요를 들추고 매트리스 위에 눕는다(41년에 집을 떠난 후부터 슈호프는 시트를 깔고 잔 적이 한 번도 없었다. 무엇 때문에 여편네들은, 빨래니 뭐니 해서 여러 번 손질이 가는 시트를 그처럼 소중하게 생각하는지, 지금의 그에게는 이해가 가지 않았다). 대팻밥을 넣은 베개에 머리를 얹는다. 그 다음 두 다리를 모아 방한복 속에 함께 쑤셔 넣고, 그 위에 담요와 작업복을 덮으면 그만인 것이다.

하느님, 덕분에 또 하루를 무사히 보냈습니다! 영창에 들어가지 않게 된 것을 감사합니다. 이 정도의 생활이라면 어떻게든지 견뎌 낼 수 있겠습니다.

슈호프는 머리를 창문 쪽으로 향하고 누웠다. 판자 하나를 사이에 두고 같은 침상을 쓰고 있는 알료샤는 전등불이 비치는 쪽으로 머리를 향하고, 슈호프와는 반대로 누워 있다. 또 성경책을 읽고 있나 보다.

마침 전등불이 가까운 데에 있어 책을 읽을 수 있을 뿐만 아니라 무엇을 깁거나 꿰맬 수도 있다.

하느님이라는 말이 슈호프의 입에서 흘러나온 것을 들었는지 알료샤가 슈호프 쪽으로 얼굴을 돌렸다.

「거 보십시오, 이반 데니소비치. 지금 당신의 입에서 흘러나오는 말은, 당신의 영혼이 하느님께 기도를 드리고 싶어한다는 증겁니다. 어째서 당신은 영혼의 소리에 귀를 기울이려 하지 않지요?」

슈호프는 힐끗 알료샤를 쳐다본다. 두 눈이 마치 촛불처럼 환하게 반짝이고 있다. 슈호프는 휴우 한숨을 내쉬었다.

「어째서냐고? 기도라는 건 죄수들이 써내는 진정서와 꼭 같다고 생각하기 때문이지. 감감 무소식이 되기 일쑤고, 그렇지 않으면 '이유 없음' 이라고 퇴짜를 맞을 게 뻔하거든.」

수용소 본부 앞에는 굳게 닫혀진 '진정서 접수함' 이라는 상자가 네 개나 걸려 있다. 한 달에 한 번씩 당(黨) 지도위원이라는 사람이 와서 그것을 열어 본다. 이 상자를 이용하는 죄수들은 상당히 많았다.

'두 달쯤 있으면, 아니 앞으로 한 달만 지나면 무슨 회답이 있겠지.' 라고 생각하며 모두들 손꼽아 기다린다.

그러나 회답은 없었다. 혹시 있다고 하더라도 거기에는 '이유 없음' 이란 한 마디가 씌어 있을 뿐이다.

「이반 데니소비치, 그건 당신의 기도가 성의가 없기 때문입니다. 참

된 마음으로 정성껏 기도를 드리지 않기 때문에 당신의 소원을 들어주지 않는 거예요. 기도나 기원이라는 건 믿음을 바탕으로 해야 합니다! 당신이 만일 완벽한 믿음을 갖게 된다면 그리고 완전한 믿음을 갖고 기도를 드린다면, 그때는 눈앞에 가로막힌 산이라도 충분히 옆으로 옮길 수 있을 겁니다.」

슈호프는 코웃음을 쳤다. 담배를 또 한 대 말아 가지고 에스토니아인에게 불을 돌린다.

「잠꼬대 같은 소리 작작하게. 나는 산을 옮겨 놓았다는 얘긴 여태 들어 본 일도 없네. 그리고 솔직히 말해서, 자네가 말하는 그 산이라는 걸 나는 아직 구경도 못 해 봤네. 자네 고향인 카프카스의 산중에서, 침례교 신자들이 모여 기도를 드려 가지고 조그만 산 한 개나마 옮겨 놓은 예가 있나?」

그들도 불쌍한 인간들이다. 다만 하느님께 기도를 드렸다는 이유만으로 아무에게도 피해가 가는 일을 한 적이 없는데도, 일률적으로 25년을 선고받은 것이었다. 요즘은 걸려들기만 하면 무조건 25년이기 때문이다.

「하느님께 우린 그런 기도를 드리지 않습니다.」

알료샤는 성경책을 들고 바싹 다가와서 똑바로 슈호프의 얼굴을 쳐다보며 열띤 어조로 말했다.

「하느님께선 이 속세의 모든 것 중에서, 다만 그날그날의 양식만을 구하라고 말씀하셨습니다. '우리에게 일용할 양식을 주시옵소서…….' 라고 말이죠.」

「말하자면 한 조각의 빵 말인가?」

하고 슈호프는 물었다.

「이반 데니소비치! 식량소포가 오게 해 달라든가, 국을 한 그릇 더 먹을 수 있게 해 달라든가, 라는 기도를 드려서는 안 됩니다. 우리 인간이 소중하게 다루고 있는 것은, 하느님 앞에선 모두가 하잘 것 없고 추악한 것입니다. 물질적인 것이 아닌 정신적인 문제, 즉 우리들의 영혼에 끼어 있는 때를 씻어 주기를 기원해야 합니다……」

「내 얘기를 좀 들어보게. 우리 고향 폴로므냐 교회의 신부는……」

「당신네 신부 얘긴 여기서 할 필요가 없어요!」

알료샤는 왠지 모를 거부감 때문에 애원하듯 소리쳤다.

「아니, 그러지 말고 들어보라니까!」

슈호프는 팔꿈치를 세우고 비스듬히 몸을 일으켰다.

「우리 폴로므냐 교구에선 그 신부만큼 돈이 많은 사람은 아무도 없었네. 그래서 지붕 일을 해 주는 데도 다른 사람한테서는 하루 삼십오 루블씩 받는다면 그 사람한테서는 백 루블이나 받아 냈지. 저쪽에서도 싫은 소리 한마디 않고 달라는 대로 척척 내준단 말일세. 폴로므냐의 신부가 생활비를 대주는 여자만도 셋이나 있었는데, 네 번째 여자는 아주 자기 집에 데려다가 함께 살고 있었네. 주(州)의 주교(主敎)도 그 신부한테는 꼼짝 못 하지. 그도 그럴 것이 그 신부한테 많은 뇌물을 받고 있는 처지니까 말이야. 다른 신부가 임명을 받고 와도 며칠이 못 가서 그 신부한테 쫓겨나고 말지. 아무에게도 나눠주지 않고 고스란히 혼자서만 독차지하겠다는 거야……」

「뭣 때문에 나한테 신부 얘길 하는 겁니까! 러시아 정교회는 성경에서 이탈한 교회예요. 그들이 투옥되지 않고 편안히 지내고 있다는 건, 곧 그들의 믿음이 충만하지 않다는 증겁니다.」

「이거 봐, 알료샤.」

슈호프는 알료샤의 손을 옆으로 밀어내고, 그 얼굴에 담배연기를 내뿜으며 말했다.

「나도 하느님을 인정은 해. 오히려 믿고 싶을 지경이야. 하지만 천당이니 지옥이니 하는 것만은 아무래도 의문의 여지가 있어. 바보가 아닌 다음에야 누가 그런 소릴 곧이듣겠나? 어째서 자네들은 우리한테 천당이니 지옥이니 하는 걸 운운하느냐 말이야. 난 그게 마음에 들지 않는단 말일세.」

슈호프는 다시 자리에 반드시 누웠다. 아래층 중령의 물건에 불똥이 튀지 않도록 창문과 침상 사이에 조심스레 담뱃재를 턴다. 그리고는 생각에 잠긴다. 알료샤가 뭐라고 열심히 지껄이는 소리도 이제는 더 이상 귀에 들어오지 않는다.

「어쨌든.」하고 그는 결론을 내리듯 다시 입을 열었다.

「아무리 기도를 드려 봐야 형기가 줄어들 리는 없지 않나! 형기가 끝나는 날까지 형무소 생활을 할 수밖엔 없는 거야.」

「아니, 그런 걸 바라고 기도를 드려서는 안 됩니다!」

알료샤는 정색을 했다.

「자유의 몸이 된다고 해서 당신한테 이로울 건 뭡니까? 만일 자유의 몸이 된다면 당신의 그 마지막 남은 믿음이나마 몹쓸 잡초들 사이에 끼어서 말라 버리고 말 겁니다! 이런 데 갇혀 있는 것을 오히려 행운으로 여기십시오! 그래도 여기서는 자기 영혼에 대해 생각할 시간이 있으니까요! '어째서 너희들은 눈물을 흘려 내 마음을 슬프게 하느냐? 주 예수의 이름을 위해서라면 감옥살이는 말할 것도 없고 죽음까지도 기꺼이 받아들이리라' 고 하신 사도 바울의 말씀을, 우리는 잊어서는 안 됩니다.」

슈호프는 말없이 천장을 바라보았다. 그는, 자기가 과연 자유를 바라고 있는지 없는지 이제는 그것조차 알 수 없게 되었다. 처음에는 애타게 자유를 원하고 또 원했었다. 저녁마다 앞으로 남은 형기를 손꼽아 헤아려 보곤 했던 것이다.

그러나 얼마 후엔 그것도 싫증이 났다. 그리고 또 얼마 후엔, 형기를 끝마치더라도 집에는 돌아갈 수 없고 다시 유형지(시베리아 및 중앙아시아 등의 변방—옮긴이)로 쫓겨가야 한다는 것을 알게 되었다. 유형지에서의 생활이 과연 여기보다 나을지 어떨지, 그것도 그에게는 확실하지 않았다. 슈호프가 자유를 갈망한 것은, 다만 집으로 돌아가고 싶다는 한 가지 소망 때문에서였다.

그러나 지금은 형기가 끝나도 집으로 돌려보낼 것 같지가 않다…….

알료샤는 남을 속일 줄을 모른다. 그의 음성이, 그의 눈이 그가 진심으로 감옥살이를 기쁘게 생각하고 있음을 증명해 주고 있었다.

「알료샤.」

슈호프는 변명처럼 말했다.

「자네는 감옥살이를 한다 해도 억울한 건 없을 거야. 자넨 그리스도의 부름에 따라 그리스도의 이름을 위해 감옥에 들어온 사람이니까. 하지만 나는 무엇을 위해 들어왔을까? 41년에 우리 나라가 무방비 상태에 있었기 때문일까? 그렇지만 그것은 나와 아무런 상관도 없는 일이 아니냔 말이야.」

「두 번째 점호는 없을 모양이군…….」

키르가스가 자기 침상에서 중얼거렸다.

「그럴 것 같군!」

슈호프가 말을 받았다.

「굴뚝 속에다 숯덩어리로 낙서해 놔야겠어, 두 번째 점호는 없다고.」

하품을 하고 나서 중얼거렸다.

「아마 잠이 들어 버렸나 보지.」

그러나 바로 그 순간, 바깥쪽 문고리를 벗기는 소리가 조용한 막사 안에 들어왔다. 방한화를 건조대에 가지고 갔던 죄수 두 명이 복도로 달려 들어오며 외쳤다.

「두 번째 점호다!」

뒤이어 간수가 외치는 소리가 들린다.

「건너편 방으로 집하압!」

벌써 곤히 잠이 들어 버린 패들도 있었다. 투덜거리며 자리에서 일어나 방한화를 신는다(솜바지를 벗은 사람은 하나도 없었다. 담요 한 장만으로는 다리가 시려서 도저히 잠을 잘 수 없기 때문이다).

「쳇, 제기랄!」

슈호프는 씹어 뱉듯 말했다. 그러나 아직 잠이 들었던 것도 아니니 너무 화를 낼 것까지는 없다.

체자리가 위층으로 손을 뻗쳐 왔다. 비스킷 두 개와 사탕 두 덩어리, 그리고 소시지 한 개가 쥐여져 있다.

「고맙습니다, 체자리 마르코비치!」

슈호프는 통로 쪽으로 몸을 숙이고 말했다.

「자, 당신의 자루를 이리 올려 보내세요. 내 베개 밑에 넣어 두면 안전하니까.」(위층에 놓아두면 지나는 길에 슬쩍 집어 가려 해도 그리 쉽지는 않을 것이다. 더욱이 슈호프 따위 가난뱅이의 침대를 눈여겨 볼 놈이 어디 있으랴?)

체자리는 주둥이를 잡아 맨 흰 자루를 슈호프에게 건네주었다. 슈호프는 그것을 매트리스 밑에 넣었다. 그러고 나서도 마루 위에 맨발로 서 있는 시간을 조금이라도 단축할 셈으로, 재촉이 심해질 때까지 그냥 침상에 앉아 있었다.

간수가 호통을 친다.

「야, 거기 구석에 있는 놈!」

슈호프는 얼른 밑으로 뛰어내렸다. 발에는 아무것도 신지 않았다(방한화와 발싸개가 난로 바로 위에 걸려 있었기 때문에 풀어 내리기가 싫었던 것이다). 남에게는 슬리퍼를 여러 켤레 만들어 준 슈호프였지만, 자신의 것은 가지고 있지 않았다. 게다가 그다지 시간이 걸리는 것도 아니고, 맨발로 실내점호를 받는다는 것쯤은 이미 숙달되어 있었기 때문이다. 그리고 낮에는 슬리퍼를 신고 다닐 수 없게 되어 있었다.

방한화를 건조대에 보낸 반원들도 실내 점호라면 그다지 염려하지 않는다. 슬리퍼를 신거나 발싸개를 감거나, 아니면 맨발로 나온다.

「야, 서둘러!」

간수가 소리친다.

「막사 밖으로 나가고 싶으냐, 굼벵이 놈들아!」

막사장은 한술 더 뜬다.

전원이 건너편 방으로 들어갔다. 뒤늦은 몇 명만이 복도 벽 밑, 똥통 옆에 서 있어야 했다. 슈호프도 그들 사이에 끼어든다. 발 밑이 질퍽질 퍽하고, 현관문 쪽에서는 얼음 같은 찬바람이 온몸을 휘감는다.

죄수들을 모두 쫓아 낸 다음, 간수와 막사장은 또 한 번 방안을 둘러 보고 돌아간다. 혹시 남아 있는 놈은 없는가, 어두컴컴한 구석에서 그 냥 자고 있는 놈은 없는가를 살피는 것이다. 인원수가 모자라서 다시 세어야 한다면 문제인 것이다. 하룻저녁에 세 번이나 점호를 되풀이하 다가는 잠잘 새가 없다.

한 바퀴 둘러보고 나서 출입구로 돌아온다.

「하나, 둘, 셋, 넷……」

이번에는 한 사람씩 방으로 들여보낸다. 슈호프는 열여덟 번째로 방 에 들어왔다. 맨발로 곧장 침상에 달려와서, 한쪽 발로 발판을 짚고 훌 쩍 위층으로 뛰어올랐다.

이젠 살았구나! 방한복 속에 다시 발을 쑤셔 넣는다. 담요를 덮고 그 위에 작업복을 덮는다. 이젠 편하게 잠들 수 있다! 이번에는 건너편 방 의 죄수들이 전원 이쪽으로 들어올 차례다. 그까짓 건 우리들하고 상관 없는 일이다.

체자리가 돌아왔다. 슈호프는 그에게 자루를 도로 내준다.

알료샤도 돌아왔다. 착하다 할까 어수룩하다 할까, 누구에게나 친절을 베풀어 주면서도 자기 자신은 아무런 벌이도 할 줄 모른다.

「이거 받게, 알료샤!」

비스킷을 한 개 그에게 내준다.

알료샤는 벙긋 웃는다.

「고맙습니다! 하지만 당신도 먹을 것이 부족할 텐데요?」

「어서 먹게!」

우리들이야 없으면 또 벌면 되니까 걱정할 건 없다.

그리고 자기는 소시지를 한 조각 입에 베어 문다. 어금니로 지그시 눌러본다. 자근자근 씹어 본다. 향긋한 고기냄새! 달콤한 고기즙이 혀끝을 녹인다. 아, 목구멍으로 넘어간다. 뱃속으로 미끄러져 들어간다.

벌써 '이상, 끝' 이로구나.

조금은 남겨 두었다가 내일 아침 작업장에 가기 전에 먹기로 하자.

그는 때묻은 얄팍한 담요를 머리서부터 뒤집어썼다. 침상 사이의 통로는 점호를 기다리는 건너편 방의 죄수들로 가득 찼다. 그러나 그쪽으로는 귀를 기울이지도 않았다.

슈호프는 아주 만족스러운 기분으로 잠을 청했다. 오늘 하루 동안은 그에게 꽤나 순조로운 날이었다. 재수가 썩 좋은 하루였다. 영창에도 들어가지 않았고, '사회주의 단지' 로 추방되지도 않았다. 점심때는 죽 그릇 수를 속여 두 그릇이나 얻어먹었다. 작업량 사정도 반장이 좋게 해결한 모양이다. 오후에는 정신없이 블록을 쌓아올렸다. 줄칼 토막을 무사히 가지고 들어왔다. 저녁에는 체자리 대신 차례를 기다려 주고 많은 벌이를 했다. 담배도 사 왔다. 병에 걸린 줄만 알았던 몸도 가뿐하게 풀렸다.

이렇게 하루가, 우울하고 불쾌한 일이라고는 하나도 없는, 거의 행복하기까지 한 하루가 마감되었다.

이런 날들이 그의 형기가 시작되는 날부터 끝나는 날까지 만 10년을, 그러니까 3,653일이나 세속되었다.

사흘이 더 많은 것은 그 사이에 윤년이 끼었기 때문이다.

작가와 작품 해설

솔제니친의 생애와 작품 세계

카자크 혈통 집안에서 태어난 솔제니친은 그가 세상에 나오기도 전에 아버지가 사고로 사망했기 때문에 어머니 손에서 자랐다. 남부 러시아 로스토프 대학에서 물리 · 수학을 전공하였으며, 리아잔 시의 중학교에서 물리 · 수학 교사로 있다가 포병 장교로 독일 전선에서 활약하기도 했다. 그러던 중 동료들에게 반소 선동을 하고 반소 조직의 창설에 주도적인 역할을 했다는 이유로 루반칸 수용소에 수용되었으며 후에 라게리에로 옮겨졌다.

1953년 형기 만료로 석방되어 『이반 데니소비치의 하루』를 발표하면서 작가 활동을 시작하게 된다. 그 외에 『크레체토프카 역에서 생긴 일』, 『마트료나의 집』, 『노브이 미르』, 『공공을 위하여』 등을 계속 발표

하였고, 1968년에는 『암병동』(제1권)을 서방세계에서 출판함으로써 1970년에 노벨 문학상을 수상하게 된다. 그러나 스톡홀름에서 열린 시상식에는 참석하지 않았다. 『암병동』은 솔제니친 자신이 1950년대 말 강제 추방당해 입원해 있으면서 암 말기라고 선고받았으나 암을 치료한 과정을 담고 있다.

1971년에는 『1914년 8월』을, 1973년에는 『수용소 군도』를 파리에서 출판하여 전세계에 센세이션을 일으키기도 했다. 『수용소 군도』가 출간되자마자 솔제니친은 소련 언론의 공격을 받았고, 서유럽에서는 그에게 큰 관심을 보였으나 결국 체포돼 반역죄로 법정에 서게 된다. 이튿날 소련에서 추방당하고 스위스로 건너간다.

1976년에는 『취리히에서의 레닌─여러 장들』을 펴냈고, 미국을 여행하다가 버몬트의 한적한 시골에 정착하였다. 1980년에 『졸참나무와 송아지』와 『치명적인 위험』을 발표했다.

솔제니친의 문학은 19세기 러시아 문학의 전통 위에 서서 스탈린 개인 숭배의 부정적 현상을 철저히 부각시켜 놓았다. 그러나 그것은 소련 사회라는 한정된 공간에 국한되는 것이 아니고, 널리 인간 사회 전반에 통용되는 문제이기도 했다. 솔제니친은 그러한 세계를 들여다보고 그것을 이야기할 용기를 가진 외로운 싸움을 계속한 작가인 것이다. 지금까지의 소극적인 스탈린 비판을 보다 근본적인 체제 비판으로 끌어올린 데에 솔제니친 문학의 진정한 가치가 있다.

한 모금의 담배 연기가 자유 자체보다도 귀중하게 여겨질 정도로 비참했던 8년 동안의 수용소 생활에서 솔제니친은 인간으로서의 인격과

개성을 상실하고, 하나의 번호에 불과한 물적 존재로서의 부자유와 궁핍, 중노동을 하면서도 삶에 대한 사랑과 집념, 그리고 강인한 의지로써 그것들을 극복한 자신의 생활 경험을 용감하게 표현했다.

작품 줄거리 및 해설

『이반 데니소비치의 하루』는 솔제니친이 몸소 경험한 스탈린 치하의 수용소 생활을 묘사함으로써 스탈린주의의 공포와 죄악을 날카롭게 고발하고 있다. 그는 이 작품 속에서 무엇보다도 진실을 추구하고 절대로 어떠한 타협도 해서는 안 된다는 것, 예술의 형식이 중요한 것이 아니라 내용이 모든 것을 결정한다는 것, 예술의 가치를 결정짓는 것은 그것을 누리는 사람의 감정을 높이는가 아닌가의 여부에 달려 있다는 것 등을 피력하고 있다.

솔제니친은 이 작품에 이반 데니소비치 슈호프라는 평범한 농민 출신의 죄수를 주인공으로 등장시킨다. 그가 강제수용소에서 아침에 일어나 잠자리에 들 때까지의 하루 동안 겪는 단조로운 생활이 마치 일기 쓰듯이, 보고 형식으로 짜여져 있으나 그 밑바닥에는 가벼운 해학이 깔려 있음을 간과해서는 안 된다.

이 작품은 우리가 흔히 소설에서 기대할 수 있는 스토리다운 스토리가 없다는 데 특징이 있다. 이반 데니소비치의 하루 일과가 묘사되고 있는데, 그의 하루는 무서울 정도로 단조롭다. 이 단조로운 생활을 작가는 예리하고 면밀하게 추적하는 것이다. 이 추적을 통해 솔제니친은 아침에 일어나고 밤에 잠자리에 들기까지의 숙명적인 일과를 반복적으로 되풀이함으로써 숙명을 거부하고 새 체제를 구축하려 했던 볼셰비키의 혁명이 더욱 혹독한 숙명을 창조해내고 있음을 역설적으로 비판하고 있다.

오전 5시, 언제나 그러하듯 기상 신호가 울렸다. 성에가 손가락 두 개만큼씩이나 두껍게 얼어 붙은 유리창을 통해서 짤막한 음향이 희미하게 흘러 들어왔다. 이반 데니소비치 슈호프는 늦잠을 자는 일이 한 번도 없었으나 오늘은 웬일인지 일어날 수가 없었다. 몸이 쑤시고 오슬오슬 추운 게 몸살이라도 난 모양이다. 의무실에 가서 좀 쉬고 싶었다. 오늘만은 날이 새지 말았으면 좋겠다고 생각한다. 반장과 부반장이 일어나는 소리가 들린다. 본부로 명령을 수령하러 갈 것이다. 오늘은 특별한 날이니까. 그들 104작업반은 '사회주의 단지' 건설장으로 가기가 쉽다. 허허벌판 눈덮인 작업장, 얼어 죽지 않기 위해 열심히 곡괭이를 휘둘러야 한다. 위 침상 잠자리의 침례교 신사 알로샤가 일어나고, 아래 침상의 전직 해군 중령인 부이노프스키가 일어난 것이다. 밖에 나갔던 부이노프스키가 막사 안으로 들어와 "기운을 내라, 붉은 군대 수병(水兵)들아! 밖은 영하 삼십도가 틀림없어!" 하고 외친다.

식당으로 갔다. 그곳에서는 죽그릇과 국그릇을 담아 소리소리 지르며 야단이다. 성호를 긋고는 죽을 먹었다. 식사를 끝낸 슈호프는 숟가락을 방한화에 꽂았다.

의무실로 가서 진단을 받았으나 아무런 성과 없이 막사로 돌아오고 만다. "제 백사 작업반, 막사 밖으로 집합!" 이라는 반장 추린의 명령에 슈호프도 그 대열에 끼었다. 반장 추린은 일을 잘할 뿐만 아니라 부하들을 사랑한다. 그는 부농의 아들로 적군에서 추방되어 체포된 인물이다. 투지와 강한 신념으로 작업반을 이끌어 간다.

줄을 지어 엄중한 감시를 받으며 걸어가는 슈호프의 머리에는 갖가지 추억이 주마등처럼 지나간다. 슈호프, 그는 독소 전쟁에서 독일군의 포로가 되었다가 탈출하여 돌아왔으나 간첩죄로 체포, 반국가죄 58조라는 죄목으로 10년형을 받고 8년을 여러 수용소를 전전하였다. 2년 후에는 석방될 수 있으나 과연 석방이 이루어질 수 있는지 의심하며 체념과 주저 속에서 생활하는 인물이다. 남의 심부름도 하고, 장갑을 짜주기도 하고, 얼마간의 잔돈을 모으면 담배를 사 피우는 일이 고작이다. 정직하며 순진한 그는 남의 물건을 훔칠 줄도 모르고 남의 것을 빼앗을 줄도 모르는 순수한 농민이다. 또한 잔재주도 없고 자기보다 약한 자를 잘 도와주는 마음씨 고운 사람이기도 하다.

작업장에 도착한 슈호프는 반장을 도와 언제 몸이 아팠냐는 듯이 열심히 일을 한다. 수용소에도 뇌물이 있고 고발이 있으나 영하 30도를 넘는 추위 속에도 훈훈한 인심이 있다. 슈호프는 오후에도 열심히 작업을 했다. 몸도 아주 거뜬해졌다. 우울하고 불유쾌한 일이라고는 하나도 없고 거의 행복하기까지 한 하루였다.

이렇게 슈호프는 자기의 형기가 시작되는 날부터 꼭 10년을 하루같이 보낸 것이다. 3,653일이라는, 3일이 더 가산된 것은 그 사이에 윤년이 끼어 있었기 때문이다. 솔제니친은 자신의 수용소 생활을 격한 감정의 폭발이나 선동적인 언어 없이 잘 묘사해 냈다. 비인간적인 요소와 공포마저 감도는 수용소 생활인데도 가벼운 해학과 재치있는 말솜씨로 사건을 진지하게 다루고 있다는 점에서 그의 문학적 재능을 다시 한번 엿보게 된다.

작가 연보

1918년   12월 11일, 카프카즈에서 태어남.

1923년(5세)   돈 강 근처의 로스토프 시로 이사.

1936년(18세)   로스토프 시의 중학교 졸업. 로스토프 대학 물리 · 수학과 입학.

1939년(21세)   로스토프 대학 동창 나탈리아 레슈토프스카야와 결혼.

1941년(23세)   로스토프 대학 졸업. 이학사 학위를 받고 시골 교사로 부임. 6
월, 사병으로 수송대에 배치됨.

1942년(24세)   포병 장교로 독일 전선에 배치.

1945년(27세)   2월, 포병 대위로 동프러시아의 쾨니히스베르크에 근무중 반소
선동, 반소 조직의 혐으로 모스크바의 루반칸 수용소에 수감됨.

1946년(28세)   7월, 전문 기술자만을 수용하는 수용소에 수감됨.

1950년(32세)   모스크바에서 3천여 킬로미터 떨어진 북카자흐스탄의 탄광지
대 라게리에로 옮겨짐.

1953년(35세)   2월, 형기 만료로 석방되었으나 카자흐스탄의 발하시 호수 근
처의 코크 테렌에 거주지역의 제한을 받고 살게 됨. 얼마 후 발
병하여 타시켄트의 병원에 입원. 이곳이 『암병동』의 무대가 됨.

1956년(38세)   2월 6일, 복권됨으로써 러시아로 돌아와 리아잔 시의 고등학교
수학교사가 됨. 오랜 별거생활 끝에 아내와 동거하게 된 것은
이 무렵부터임.

1962년(44세) 11월, 처녀작 『이반 데니소비치의 하루』를 문예지 《노브이 미르》에 게재.

1963년(45세) 『크레체토프카 역에서 생긴 일』과 『마트료나의 집』을 《노브이 미르》 1월호에 게재. 『공공을 위하여』를 동지 7월호에 게재.

1964년(46세) 『시작과 한화』를 서독 프랑크푸르트의 《그라니》 지에 발표. 『이반 데니소비치의 하루』가 레닌 문학상 후보작으로 추천됨.

1965년(47세) 11월 4일, 문학평론 「타르는 수표에 넣는 것이 아니다. 그래서 스메타나가 있지 않은가」를 모스크바의 《문학신문》에 발표.

1966년(48세) 『속주머니의 자하르』를 《노브이 미르》 1월호에 발표. 이 무렵부터 발매 금지 처분을 받게 됨.

1968년(50세) 『암병동』을 프랑크푸르트와 파리에서 출판. 『오른손』을 프랑크푸르트의 《그라니》 12월호에 게재. 희곡 『바람에 흔들리는 등불』을 런던에서 출판.

1969년(51세) 4월 17일, 서간 「세 학생에게 대답한다」를 파리의 《러시아 사상》 지에 발표. 「부활절의 십자가 행진」을 프랑크푸르트의 《그라니》 지 5월호에 발표. 희곡 『사슴과 라게리의 여인』을 프랑크푸르트의 《그라니》 지에 발표. 논평 「이반 데니소비치가 읽히고 있다」를 프랑크푸르트의 《피요세프》 지 5호에 게재. 11월, 소련 작가동맹으로부터 제명당함.

1970년(52세) 10월 8일, 스웨덴 왕실 아카데미에서 1970년도 노벨 문학상 수여를 결정.

238

1971년(53세) 5월, 국외 러시아인 독자들을 위해 유럽에서 작품 발간을 결의.

6월, 『1914년 8월』을 파리에서 출판.

1973년(55세) 12월 20일, 『수용소 군도』를 파리에서 출판.

1974년(56세) 2월, 소련 당국에 검거되었다가 국외 추방을 당하여 유럽으로
망명. 취리히를 거쳐 미국에 정착.

1994년(76세) 러시아로 귀국.